Maia Franke
Die Glücksbringerin

Maia Franke

# DIE GLÜCKS BRINGERIN

Roman

PIPER

ISBN 978-3-492-07147-5
2. Auflage 2024
© Piper Verlag GmbH, München 2022
Redaktion: Catherine Beck
Satz: Eberl & Koesel Studio, Altusried-Krugzell
Gesetzt aus der Bulmer
Druck und Bindung: GGP Media GmbH, Pößneck
Printed in Germany

Für alle besten Freunde, die uns im Leben begleiten,
– und jene, die mehr sind als das.

# 1

Emma blätterte die Seite um. Schade, nur noch ein Kapitel, dann war der Roman zu Ende. Seufzend ließ sie das Buch in den Schoß sinken, um den Abschied etwas hinauszuzögern.

Sie liebte spannende Geschichten mit starken Heldinnen, die jeder Gefahr trotzten. Aber nach dramatischen Verwicklungen wartete oft nur ein bittersüßer Schluss, kein romantisches Happy End. Der Roman, den Emma gerade las, schien da keine Ausnahme zu sein. Alles wies darauf hin, dass die tapfere Selkie der Liebe abschwor und ins Meer zurückkehrte.

Warum bloß? Konnte sie nicht einfach den Helden küssen, und alles wäre auf magische Weise perfekt?

Emmas Blick verharrte kurz auf dem Umschlag.

Das Cover zeigte einen felsigen Küstenabschnitt: windumtoste Klippen, graublauer Himmel, Schaumkronen auf den Wellen. Im Hintergrund thronte ein malerisches Cottage. Dazu ein paar Möwen und ein einsames irisches Schaf.

Fast glaubte Emma, die Salzluft auf den Lippen zu schmecken. Sie tupfte mit dem Zeigefinger daran und stellte fest, dass sie dringend frisches Lipgloss benötigte.

Ob es anderen Leserinnen ebenso erging? Dass ein Sturm, der lediglich aus Worten bestand, ihre Haut austrocknete und das Haar zerzauste? Oder Kälte ihre Zehen frieren ließ, während sie doch beim Lesen gemütlich im Warmen saßen?

Emma ahnte, dass das eine jener Fragen war, die sie lieber nicht stellen sollte. Für »zu viel Fantasie« war sie schon als Kind gerügt worden.

Aber es war ohnehin niemand da, der über ihre Gedanken den Kopf schütteln konnte. Im städtischen Fundbüro arbeitete sie allein, das Archiv im Rathauskeller war ihr eigenes kleines Reich, und Emma mochte die friedliche Stille, von der sie die meiste Zeit des Tages umgeben war. Während der Arbeitszeit ungestört lesen zu dürfen, fand sie genial.

Genau wie das Mobiliar – am besten gefiel Emma der massive Schrank aus dunklem Holz mit den zahlreichen Schubfächern, der genauso gut in einer Apotheke des 19. Jahrhunderts hätte stehen können. Der Schrank war ebenso wie die alte Vitrine und die Regalreihen vollgestopft mit Fundsachen, doch Emma wusste immer genau, wo alles war. Das lag nicht unbedingt an ihrem Ordnungssystem, sondern mehr an ihrem guten Gedächtnis. Sie hütete Schirme in allen Farben, Dutzende von einzelnen Handschuhen, wollene Schals, Mützen und Schnullerketten, Kuscheltiere und Fußbälle, Uhren und Ohrringe mit kaputten Verschlüssen sowie Schlüssel jeder Form und Größe, manche rostig, manche blitzblank.

Es gab mitunter auch ganz wundersame Fundsachen – zu Emmas Lieblingsstücken gehörte das Kästchen aus Zedernholz, dessen Deckel klemmte und in dem es so geheimnisvoll klackerte, der signierte Gedichtband eines unbekannten Poeten, in dem sie hin und wieder heimlich blätterte, der Damenring mit dem kleinen rosa Schmetterlingsstein oder der Skizzenblock mit Porträtzeichnungen, fast alle unvollendet, die einen Mann mit nachdenklichem Blick zeigten. Sie hatte keine Ahnung, wer der Abgebildete war oder von wem die Skizzen stammten, aber sie fand die Porträts zauberhaft.

Warum vermisste solche Dinge niemand?

Konnten sie wirklich in Vergessenheit geraten sein?

Oder hatte jemand diese persönlichen Kostbarkeiten womöglich nicht mehr zu schätzen gewusst und sie dann absichtlich weggeworfen?

Das schien Emma unvorstellbar. Deshalb behandelte sie all diese außergewöhnlichen Fundstücke mit besonderer Ehrfurcht und gab die Hoffnung nicht auf, dass ihre Besitzer eines Tages erscheinen würden, um sie abzuholen.

Aber die wenigen Besucher, die tagsüber den Weg zu ihr fanden, erkundigten sich eher nach verlorenen Handys oder Autoschlüsseln. Manchmal kamen Kinder, um nach ihren im Bus vergessenen Turnbeuteln mit teuren Sportschuhen, Gameboys oder sonstigem Elektronikspielzeug zu fragen.

Emma freute sich immer, wenn sie das Gesuchte hatte und es aushändigen konnte. Aber viele Dinge zogen dauerhaft in ihre Regale ein, weil nie jemand danach fragte. Solange Emma noch Platz im Fundbüro hatte, kam es ihr nicht in den Sinn, etwas davon wegzuwerfen. Auch die Yuccapalme, die bei einem Umzug am Straßenrand stehen geblieben war, wuchs in der Ecke neben dem Tresen weiter und sorgte für frisches Grün im Raum. Dass Emma gelegentlich mit ihr redete, störte sie kein bisschen. Vielleicht gefiel es ihr sogar.

Menschen, die etwas abgeben wollten, brachten es oft auch nicht direkt zu Emma, sondern hinterließen es oben an der Pforte. Dort saß Emmas deutlich ältere Kollegin Rosemarie, die liebend gern mit jedem und jeder ein Schwätzchen hielt und die Fundsachen, die sie entgegennahm, anschließend mit allen wesentlichen – und noch mehr unwesentlichen – Details zum Fundort und den Personalien des Finders unten bei Emma ablieferte. An ihr war es dann, die Dinge zu archivieren und aufzubewahren.

Heute war der Tag jedoch auffallend ruhig gewesen. Nur einmal war Rosemarie gegen Mittag aufgetaucht – mit einer braunen Aktentasche in der Hand.

»Die wurde am Bahnhof gefunden, Gleis 2. Lehnte am Fahrkartenautomat.«

»Was ist drin?«

»Ein Kreuzworträtselheft und ein Kugelschreiber.«

Emma hatte den Inhalt kurz gesichtet, aber auf Rosemaries Gründlichkeit war Verlass. Kein Hinweis darauf, wem die unscheinbare Tasche gehörte. Es dauerte trotzdem nicht lange, bis Emmas Fantasie ansprang. Was wäre, wenn … ein Testament in der Tasche gewesen wäre, das den Besitzer so in Trauer und Wut versetzt hatte, dass er es noch am Bahnhof zerriss und wegwarf? Oder ein alter Liebesbrief, der für Enttäuschung gesorgt hatte?

Sie würde Zeit brauchen, um sich eine konkrete Geschichte dazu auszudenken, aber erste Ideen sprudelten bereits. Emma dachte sich liebend gern Geschichten aus und tippte ihre Entwürfe abends in den Laptop.

Schreiben faszinierte sie.

Manchmal kam es ihr vor, als hielte sie dabei anfangs ein dickes, verknotetes Knäuel Strickwolle in der Hand, bei dem es den Faden zu finden galt. Hatte sie den Faden geschnappt, konnte sie das Wollknäuel in aller Ruhe entwirren und dann neu aufwickeln. Bei manchen Gegenständen im Fundbüro sah Emma sofort den Faden, bei anderen dauerte es länger, bis ihr eine Geschichte einfiel. Aber sobald sie tippte, versank sie in ihrer eigenen Welt, und seit sie im Fundbüro arbeitete, fiel ihr das Schreiben wunderbar leicht.

Mit dem Zedernholzkästchen hatte es angefangen. Allein, es zu betrachten oder über den Deckel zu streichen, inspirierte Emma. Auch heute noch. Wem hatte es gehört? Was mochte darin verborgen sein? In Emmas Fantasie war es ein Medaillon. Ein Medaillon mit einer vergilbten Fotografie darin – Beweis einer Liebe, die nur im Verborgenen geblüht hatte.

Wann? Wo? Wer waren die Liebenden?

So fing es immer an, und dann tanzten ihre Finger bald über die Tastatur.

Allerdings hielt sie ihre Schreibleidenschaft strikt geheim. Dass sie gern las, wusste jeder. Es war nicht zu übersehen, da sie ständig mit der Nase in einem Buch steckte. Auch am Lesekreis der Bibliothek nahm sie mit Begeisterung teil. Über Bücher konnte sie stundenlang reden.

Darüber, dass sie schrieb, redete Emma nie – seit sie nach dem Schulabschluss mit ihrem Wunsch zu schreiben, kläglich gescheitert war.

»Warum bewirbst du dich nicht einfach beim *Bickstädter Tagblatt*?«, war der gut gemeinte Vorschlag ihrer Oma gewesen, die das *Tagblatt* seit Jahren allmorgendlich austrug und den meist noch schlafenden Bickstädtern in die Briefkästen steckte. »Was meinst du? Soll ich mich für dich nach einer Stelle erkundigen?«

Der Chefredakteur der Zeitung hatte Emma tatsächlich ein Volontariat vermittelt, aber der hektische Tagesablauf in der Lokalredaktion hatte sie überfordert. Mit den Themen, über die sie berichten sollte, tat sie sich schwer. Zum Lesenachmittag im Kindergarten fiel ihr ja noch etwas ein, aber zu Autounfällen? Fußballergebnissen? Dem Jahrestreffen der Kaninchenzüchter? Was bitte gab es da zu erzählen?

Noch vor dem vereinbarten Ende des Volontariats hatte sie aufgegeben und die Ausbildung im Rathaus begonnen – zuerst in der allgemeinen Verwaltung, dann im Archivbereich. Hier im Fundbüro, umgeben von verlorenen Dingen und vergessenen Schätzen, fühlte sie sich am wohlsten.

Frei, die zu sein, die sie war.

Ihre Oma, die vor einiger Zeit verstorben war, hatte Emmas Entscheidung nie verstanden.

Rosemarie verstand es bis heute nicht. »Du bist noch so jung und hockst die ganze Zeit im Keller. Warum? Da unten rauscht doch das ganze Leben an dir vorbei! Pass bloß auf, dass du keine Spinnweben ansetzt.«

Emma lächelte nur, wenn sie wieder damit anfing.

An ihr rauschte gar nichts vorbei. Im Gegenteil.

Sie bekam alles viel intensiver mit, wenn sie sich mit den Details der Dinge beschäftigte. Die Fundsachen spiegelten das Leben in all seinen Facetten wider – Glück und Schmerz, Liebe und Verlust. Aber dafür hatte eine Quasselstrippe wie Rosemarie natürlich keinen Blick, sie war im Alltag viel zu abgelenkt.

Apropos abgelenkt. Als Emma in die Kekspackung auf dem Schreibtisch griff, stutzte sie. Leer? Da hatte sie neben ihrer fesselnden Lektüre wohl mehr gegessen als gedacht. Seltsam, dass sie trotzdem Hunger verspürte.

Sie goss den Rest Früchtetee aus der Thermosflasche in den Becher und klappte das Buch auf ihrem Schoß wieder auf. Die kleine Mosaiklampe auf dem Tresen genügte zum Lesen, deshalb verzichtete sie meist darauf, die Leuchtröhre an der Decke einzuschalten. Deren Flackern und Brummen fand sie auf Dauer nervtötend. Da das Fundbüro nur über einen vergitterten Lichtschacht vor dem Fenster verfügte, wurde es höchstens im Sommer einigermaßen hell. An diesem nebligtrüben Märztag brannte die Lampe schon seit Emmas Dienstbeginn, am Morgen waren die Schatten außerhalb des Lichtkreises jedoch nicht so abgrundtief gewesen.

Ein mulmiges Gefühl beschlich Emma. Sie konnte die Ecken des Raums kaum noch erahnen. Wie spät war es eigentlich?

Der blinkende Timer an der Telefonanlage wusste die Antwort: 18:22 Uhr.

»Was?« Mit einem erstickten Laut fuhr sie in die Höhe.

Freitag. Heute war Freitag! Sie hatte seit über drei Stunden Dienstschluss. Alle anderen Rathausmitarbeiter waren sicher längst ins Wochenende gegangen.

Wie hatte sie nur so die Zeit vertrödeln können?

Der Roman war schuld, keine Frage. Die Selkie-Geschichte hatte sie total in den Bann gezogen.

Emma stürzte aus dem Fundbüro – und fand ihre schlimmsten Befürchtungen bestätigt. Der Archivbereich lag in völliger Dunkelheit. Die massive Stahltür am Ende des Kellerflurs, die sonst tagsüber offen stand, war jetzt geschlossen.

Man hatte sie eingesperrt.

Obwohl sie ahnte, dass es sinnlos war, rannte Emma zur Tür und rüttelte mit aller Kraft an dem Metallknauf.

Vergeblich.

»Hallo?« Sie hämmerte heftig gegen die Tür, die das nicht im Geringsten beeindruckte. »Hallooo?«

Natürlich reagierte niemand auf den Lärm. Wer außer ihr war so verrückt, an einem Freitagabend um diese Zeit noch im Büro zu sitzen?

Sie hämmerte trotzdem weiter, in der Hoffnung, irgendjemand würde durch die lauten, dumpfen Schläge aufmerksam. Erst als ihr die Fäuste wehtaten, gab sie auf. Pech, dass sie nicht im Aufzug, sondern hinter einer Tür festsaß. Keine Aussicht auf Hilfe per Knopfdruck.

Sie musste sich etwas Besseres einfallen lassen.

Natürlich, sie konnte jemanden anrufen! Emma hastete zurück ins Zimmer und wühlte das Handy aus ihrer Handtasche. Hier unten im Keller war der Empfang schlecht, aber mindestens einen Balken bekam sie in der Regel angezeigt.

Heute jedoch leuchtete nicht einmal das Display.

»O nein.« Sie sank auf den Stuhl. »Bitte nicht.«

Doch. Der Akku war leer. Wie viele Male zuvor. Emma vergaß ständig, ihn zu laden. Weil sie keinen Menschen kannte, den sie unbedingt von unterwegs anrufen wollte oder für den sie dringend erreichbar sein musste. Ihre Nachlässigkeit war sonst kein großes Problem. Heute schon.

Emma kippte den Inhalt ihrer Handtasche auf dem Schreibtisch aus. Vielleicht, vielleicht … hatte sie ausnahmsweise das Ladekabel eingesteckt? Nach kurzem vergeblichem Kramen stand fest, dass sie das nicht getan hatte.

In der Schublade mit Fundkabeln fand sich auch keines mit passendem Stecker für ihr Handy.

Blieb noch die Telefonanlage. Die funktionierte nicht nur intern im Rathaus. Aber wen sollte Emma anrufen? Im Handy hatte sie einige Nummern gespeichert, zum Beispiel die von Rosemarie. Auswendig wusste sie keine.

Ob ihr die Auskunft einen Schlüsseldienst vermitteln konnte?

Emma zögerte. Nahm den Hörer ab und legte ihn sofort wieder auf. Das würde teuer werden und ihr neben Ärger sicher auch Spott einbringen. Sie war nicht gerade erpicht darauf, für allgemeine Belustigung zu sorgen. Also was tun?

Die Feuerwehr befreite Menschen. Oder die Polizei. Aber wenn sie die zu Hilfe rief, war das Ergebnis dasselbe. Sie würde Kosten verursachen, Aufsehen erregen, und die Kollegen würden sie mit ihrer Schusseligkeit aufziehen.

Unschlüssig nagte Emma an der Unterlippe.

Vielleicht sollte sie einfach abwarten und das Beste daraus machen? Ihr Buch zu Ende lesen und dann … bestimmt fiel ihr dann etwas Sinnvolles ein.

Eine Nacht im Fundbüro würde sie schon überstehen. Es gab einen Schlafsack hier, neu, mit Etikett, der nach dem Kauf von einem Autodach geweht worden war. Die weiche Babydecke oben im Schrank konnte sie als Kissen benutzen.

Falls am Samstagmorgen eine Trauung im Standesamt stattfand, würde die Tür geöffnet werden, weil die Besuchertoilette im Keller lag. Dann konnte sie hinausschleichen, ohne dass es auffiel. Im Mai fanden jedes Wochenende Hochzeiten statt. Dass erst März war, verringerte ihre Chancen leider ein bisschen.

Oder …? Emma beäugte das Telefon. Sie könnte die Auskunft anrufen und nach Rosemaries Nummer fragen.

Oben an der Pforte hingen Ersatzschlüssel für sämtliche Räume des Rathauses. Auch einer für die verflixte Tür. Vielleicht konnte sie Rosemarie überreden herzukommen, ohne die Sache überall herumzuposaunen. Zwar behielt Rosemarie eigentlich nie etwas für sich, aber einen Versuch war es wert. Die Aussicht, im schlimmsten Fall bis Montagmorgen im Fundbüro festzusitzen, fand Emma doch sehr unerfreulich.

Entschlossen nahm sie den Hörer ab und wartete auf das vertraute Tuten des Freizeichens. Außer Stille und ihrem eigenen Atem hörte sie … nichts.

Sie legte auf und probierte es erneut. Wieder nichts. Emma blinzelte. Auch der dritte Versuch war erfolglos. Sie hatte sich nicht getäuscht, das Telefon gab keinen Mucks von sich. Hatte man die Anlage übers Wochenende abgestellt? Gab es irgendein neu eingeführtes Programm, um Strom zu sparen? Falls ja, warum wusste sie davon nichts?

Draußen vor dem Fenster war es stockdunkel – das Fundbüro lag auf der Rückseite des Rathauses und ging auf den Fluss hinaus. Dort gab es keine Laternen. Mit Spaziergängern war um diese Jahreszeit auf dem abschüssigen Uferpfad nicht zu rechnen. Selbst wenn, wer sollte bemerken, dass im Fundbüro nicht nur versehentlich das Licht brannte?

Nicht einmal das Fenster ließ sich richtig öffnen; sämtliche Riegel im Untergeschoss waren fest montiert. Es gab nur eine schmale, handbreite Klappe zum Lüften. Ebenso einbruchsicher wie ausbruchsicher. Kein Ausweg – und wenn nicht noch ein Wunder geschah, saß sie hier fest.

Unglücklich starrte Emma ins Leere.

Nach einer Weile fing sie langsam an, das ausgebreitete Chaos auf ihrem Schreibtisch zurück in die Handtasche zu stopfen.

Großartig. Ganz großartig.

Sah so aus, als müsste sie sich auf ein langes und einsames Wochenende im Fundbüro einstellen. Die Kekse waren alle und nur noch ein Kapitel zu lesen übrig.

Immerhin hatte sie genug Taschentücher im Vorrat.

# 2

»*What I've felt, what I've known, turn the pages, turn the stone …*«

Gitarrenakkorde brachen in Emmas Traumwelt. Ruckartig fuhr sie hoch. »Autsch!« Ihr Nacken schmerzte von der unbequemen Position, in der sie auf dem Schreibtischstuhl eingenickt war. Aber das war jetzt nicht wichtig.

Wo kam die Musik her?

Hinter dem Rathaus gab es zwei Stellplätze, die kaum jemand nutzte. Vorne war schließlich ein großer Parkplatz.

»*Behind the door, should I open it for you?*«

Das war ein Witz, oder?

Nein. Da draußen musste jemand sein. Emmas Herzschlag dröhnte im Rhythmus der Gitarren.

»Hallo?« Sie rannte zum Fenster, trommelte wild gegen die Scheibe. »Hilfe! Ich bin hier!«

Angestrengt spähte sie durch den Schacht nach oben. War da nicht gerade noch ein Lichtschein gewesen? Der Scheinwerfer eines Autos? Nun sah sie nichts als spiegelnde Schwärze.

»Hilfe! Hört mich jemand?«

Solange die Musik lief, vermutlich nicht. Der Krach, den die Gitarren machten, war lauter als ihr Klopfen. Wenn sie doch nur das Fenster öffnen könnte!

Verzweifelt sah Emma sich um. Dann hatte sie eine Idee.

Sie rannte zum Lichtschalter. Drückte darauf. Wieder und wieder.

An. Aus. An. Aus. An.

Ihr war klar, dass das kein verständlicher Morsecode war. Wie ein simpler Wackelkontakt sah es aber hoffentlich auch nicht aus. Ein Einbrecher würde keine Lichtsignale senden; wer auch immer sich dort draußen befand, musste das doch begreifen, oder?

»Hilfe!«, schrie sie wieder.

Warum reagierte niemand? Vor der hinteren Rathausfassade befand sich lediglich ein schmaler, mit ein paar Büschen bewachsener Grünstreifen. Die waren zu dieser Jahreszeit größtenteils kahl. Wieso gelang es ihr nicht, auf sich aufmerksam zu machen?

»Bitte, bitte, bitte«, murmelte Emma und drückte weiter auf den Lichtschalter. An. Aus. An. Aus ... aus?

Die Deckenröhre knackste protestierend. Dann gab sie den Geist auf. Nun brannte nur noch die kleine Mosaiklampe auf dem Tresen.

»O nein.« Emma stürmte zurück ans Fenster.

Schlug da draußen eine Autotür zu? Die Musik war verstummt, aber sie hatte kein Motorengeräusch gehört. Das Auto konnte also nicht davongefahren sein.

Falls da überhaupt ein Auto war. Vielleicht hatte sie sich getäuscht. Vielleicht waren es nur ein paar Jugendliche auf Fahrrädern gewesen, die mit einem Bluetooth-Lautsprecher auf dem Uferweg vorbeigezogen und längst weg waren.

Aber noch war sie nicht bereit, die Hoffnung aufzugeben.

»Hilfe!« Erneut trommelte sie gegen die Scheibe. »Hallo? Ist da jemand?«

»Ja«, antwortete eine Männerstimme.

Emma zuckte zusammen. Schlagartig wurde ihr bewusst, dass sie nicht das Geringste erkennen konnte von demjenigen, der sich gerade über den Lichtschacht beugte. Wer auch immer da oben war, sah sie jedoch ganz deutlich. Ihr wurde ein bisschen mulmig.

»Was ist los, gibt's ein Problem?«, fragte der Unbekannte. Ehe sie antworten konnte, lachte er. Ein raues, aber sympathisches Lachen klang durch die Lüftungsklappe. »Sorry, blöde Frage. Natürlich gibt's ein Problem, sonst hätten Sie ja nicht um Hilfe gerufen.«

»Ich bin eingesperrt.«

Er rüttelte testweise am Gitter über dem Schacht. Es war nicht nur verrostet, sondern auch fest verschraubt. Das bekam niemand ohne Werkzeug aufgestemmt. Selbst wenn er zu den Männern gehörte, die ständig Werkzeug im Kofferraum herumkutschierten, würde das Emma wenig helfen.

Er begriff es im selben Moment, als sie ihn darauf hinweisen wollte. »Das Fenster lässt sich nicht öffnen, richtig?«

»Nein«, erwiderte sie kläglich.

Somit konnte er sich die Mühe mit dem Gitter sparen. Dass sie die Scheibe einschlug, um sich anschließend durch die Scherben und den engen Schacht von ihm nach oben zerren zu lassen, war keine Lösung. Womöglich wurde dabei nur jemand verletzt. Höchstwahrscheinlich sie.

»Tja, dann ... rufe ich am besten die Polizei.«

Emma presste die Lippen zusammen und schwieg.

»Nein?«

»Nein«, murmelte sie. »Besser nicht.«

Er schien zu zögern. Vermutlich wurde ihm gerade klar, dass sie dazu auch allein in der Lage gewesen wäre. Verstanden hatte er ihre leise Antwort durch die Scheibe sicher nicht.

»Was machen Sie überhaupt da drin?«, fragte er.

»Ich ... arbeite hier.«

»Im Ernst?«

»Ja.«

»Haben Sie keinen Schlüssel?«

»Doch, aber nicht für die Brandschutztür.«

Sie wünschte, sie könnte ihn sehen. Es würde es leichter machen, mit ihm zu reden. Ihr kurzes Angstgefühl war zwar verflogen, der Mann da draußen wirkte in keiner Weise bedrohlich auf sie. Und trotzdem …

»Warten Sie, ich bin gleich wieder da.«

»Was?«, rief sie entsetzt. Wo wollte er denn hin?

»Ich hole Hilfe!«

Eine rasche Bewegung, so als hätte sein verschwommener Schatten ihr von oben zugewinkt. Dann hörte sie, wie sich seine Schritte entfernten. Sie lauschte, ob er ein Auto anließ, aber alles blieb still. Kein Motorengeräusch, keine Musik.

Emma wartete ein paar Minuten, aber als nichts weiter passierte, ging sie zurück zum Schreibtisch und sank auf ihren Stuhl. Vergrub das Gesicht in den Händen.

Was hatte er vor?

Die Zeit verrann. Der Timer zeigte 23:10 Uhr.

Vielleicht würde er gar nicht wieder auftauchen, sondern sie hier einfach ihrem Schicksal überlassen. Es war Freitagnacht, und der Mann kannte sie überhaupt nicht. Wer wollte es ihm verdenken?

»Bitte«, wisperte Emma. »Bitte komm zurück.«

Eine halbe Ewigkeit war vergangen, als sie das metallische Klicken hörte. Jemand schloss die schwere Stahltür auf und trat in den Flur.

»Emma?«, ertönte die Stimme des Hausmeisters.

»Fred, Gott sei Dank!«

Sie stürmte ihm entgegen und wäre ihm im Überschwang beinahe um den Hals gefallen. Nur seine grimmige Miene hielt sie davon ab. Mit brennenden Wangen ließ sie die Arme sinken.

»Vielen Dank, dass du mich gerettet hast.«

»Verdient hast du's nicht«, grollte er.

»Es tut mir wirklich leid.«

»Lass es dir eine Lehre sei … umpf! He, was soll das?«

»Sorry.« Der Mann, der an Freds Seite aufgetaucht war, hatte ihn reflexartig in die Rippen geboxt. »Benimm dich nicht wie ein Arsch, Freddy. Sie hat es doch nicht mit Absicht getan.«

Emma traute ihren Ohren nicht. Ungläubig blinzelte sie den Unbekannten an. Er war schlanker und deutlich größer als Fred. Die eng anliegende schwarze Lederjacke, die er trug, betonte seine Schultern. Das dunkle Haar fiel ihm tief in die Stirn, an der linken Augenbraue blitzte eine kleine sichelförmige Narbe darunter hervor.

»Hi«, sagte er.

»Hallo.« Er musste etliche Jahre jünger sein als Fred, sie schätzte ihn auf etwa dreißig. Im dämmrigen Grün der Notbeleuchtung ließ sich das nicht genauer bestimmen. Obwohl er lächelte, wirkte der Ausdruck auf seinem blassen Gesicht seltsam verhalten. So, als wäre er lieber woanders. Ganz weit weg.

»Was für ein Zufall, dass ihr euch kennt«, platzte sie heraus.

»Ja, leider«, knurrte Fred. Jetzt erst fiel Emma auf, dass er unter der offenen Lammfelljacke nur ein Unterhemd trug. Außerdem roch er nach Bier. »Wegen deiner Schusseligkeit verpasse ich das Elfmeterschießen. Du schuldest mir also was. Und du auch, Dominik!«

So hieß ihr Retter also.

»Hol endlich deine Sachen!«

Emma stürzte zurück ins Fundbüro, um ihren Mantel und die Umhängetasche zu holen. Fred neigte auch an normalen Tagen zu Unfreundlichkeit, es brachte nur Scherereien, ihn gegen sich aufzubringen. Nervös fuhr sie sich durchs Haar, ehe sie die Mosaiklampe ausschaltete. Dass sie die Leuchtröhre an der Decke kaputt gemacht hatte, erzählte sie dem Hausmeister besser erst nächste Woche.

»Hast du alles? Auch deinen Hausschlüssel?« Fred konnte es nicht lassen.

Unter seinem bohrenden Blick begann Emma hektisch zu kramen. Sie liebte ihre Tasche, die so bunt wie ein Regenbogen war. Das Buch steckte darin, die Thermosflasche und tausenderlei Krimskrams.

»Hab ihn!« Erleichtert hielt sie den Schlüssel in die Höhe. Daran baumelte ein Miniflamingo.

Über Dominiks Gesicht zuckte ein Grinsen. »Ich hätte auf ein Einhorn getippt.«

»Was?«, fragte sie unsicher.

»Nichts. Das heißt, doch. Hast du vielleicht einen Kaugummi in deinem Gepäck?«

»Kaugummi? Nein, aber …« Sie kramte erneut und bot ihm ein weißes Röllchen an. »Pfefferminz?«

»Passt auch. Danke.« Er schob sich eines in den Mund.

»Wären die Herrschaften dann so weit?« Fred wandte sich um und stapfte den Gang hinunter. »Gehen wir.«

Gleich darauf standen sie draußen vor dem Rathausportal. Hinter ihnen erhob sich das mächtige alte Gebäude mit den vielen Türmchen und Erkern. Die Turmuhr schlug zweimal.

»Halb zwölf«, wisperte Emma. »Um die Zeit bin ich noch nie hier gewesen.« Sie deutete auf die Stufen der Freitreppe, die im Mondlicht schimmerten. »Sieht zauberhaft aus, findet ihr nicht? Wie im Märchen.«

»Dann hoffe ich, du hast eine Kutsche bestellt, die dich nach Hause bringt. Sonst muss sich wohl der Prinz erbarmen.« Fred knallte die Türflügel zu. »Gute Nacht, Prinzessin!«

Emma starrte ihm nach, wie er die Treppe hinunterstapfte. Die Schritte des grantigen Hausmeisters hallten durch die Nacht. Zügig überquerte er den Rathausplatz und verschwand in einer Gasse.

»Tja, mich kann er nicht gemeint haben.« Dominik schob die Hände in die Taschen seiner Jeans. »Ich bin kein Prinz.«

»Keine Sorge, ich finde den Weg schon allein.« Emma schlang fröstelnd den Schal um ihren Hals.

»Steht dein Auto in der Nähe?«

»Mein …? Oh, ich habe keins. Ich gehe immer zu Fuß. Durch den Park.«

»Durch den Park?«

Emma nickte. »Ja, ich wohne auf der anderen Seite.« Sie blickte zu den Bäumen hinüber, die düster und unheimlich wirkten, und zog unbehaglich die Schultern hoch. »Es ist nicht weit.«

»Quatsch! Wenn das so ist, bringe ich dich natürlich nach Hause.« Dominik klang schroff. »Komm mit, mein Wagen steht hinten am Fluss.«

»Nur wenn es keine Umstände macht …?«

»Macht es nicht.« Er lief bereits die Treppe hinunter, immer zwei Stufen auf einmal nehmend.

Emma zögerte nicht lange, sondern eilte ihm nach. Er hatte nicht so geklungen, als ob er sein Angebot wiederholt hätte, und sie war tatsächlich nicht erpicht darauf, um diese Zeit allein durch den Park zu gehen.

Von Mutproben hatte sie in dieser Nacht genug.

Auf dem Stellplatz hinter dem Rathaus stand Dominiks Passat dicht vor der Mauer, hinter der das Flussufer steil abfiel. Feine Nebelschwaden hingen in der feuchten Luft. Die Zweige einer Trauerweide streiften das Autodach wie Geisterfinger. Emma fand die Szenerie gespenstisch, fast noch unheimlicher als den düsteren Park. Sie war froh, dass sie nicht allein war. Das Taxischild bemerkte sie erst, als sie unmittelbar vor dem Wagen angelangt waren.

»Du fährst Taxi?«

»Ja.«

Unzählige Fragen sausten durch ihren Kopf. Zumindest die naheliegendste wagte sie zu stellen. »Was hast du vorhin hier hinten gemacht? Ich meine, hinter dem Rathaus steigt doch um diese Zeit niemand ein oder aus?«

»Pause.« Er zog eine Schachtel Players und ein silbernes Zippo aus der Tasche seiner Lederjacke. »Sonst kann ich nirgends in Ruhe rauchen. Ich komme her, wenn ich nicht angequatscht werden will. Möchtest du eine?«

Sie lehnte höflich ab.

Dominik ließ das Feuerzeug aufschnappen, zündete eine Zigarette an und sog den Rauch tief ein. Als er bemerkte, dass Emma frierend von einem Bein aufs andere trat, öffnete er ihr die Beifahrertür.

Dankbar schlüpfte sie auf den Sitz. Im Wagen roch es eher neutral, kaum nach Rauch oder Parfüm. Emma wunderte sich, bis sie merkte, dass das Ding, das an Dominiks Rückspiegel schaukelte, gar kein Wunderbaum, sondern ein Traumfänger war. Ein Glück. Von Wunderbäumen wurde ihr übel.

Dominik trat seine Zigarette aus und schob sich neben Emma auf den Fahrersitz. »Eines habe ich übrigens nicht kapiert«, sagte er. »Warum hast du keinen Schlüssel für die Stahltür, wenn du doch dort unten im Keller arbeitest?«

»Weil es nur zwei Schlüssel gibt.« Sie seufzte. »Die Tür wurde vor Ewigkeiten aus Brandschutzgründen eingebaut. Im Archiv lagern einige ziemlich wertvolle Dinge, historische Dokumente, Register und so was. Tagsüber ist die Tür immer offen. Sie wird nur nachts und am Wochenende abgeschlossen. Wegen der Versicherung. Der Hauptschlüssel hängt oben an der Rathauspforte, den zweiten hat der Hausmeister.«

»Also hat Freddy dich versehentlich eingesperrt?«

»Möglich, ja.« Vielleicht hatte Fred sich deswegen sofort aus seinem Fernsehsessel bequemt, weil er es heute Abend versäumt hatte, sämtliche Räume zu kontrollieren, bevor er abschloss. Das gehörte eigentlich zu seinen Pflichten. »Aber es war meine Schuld, ich hab den Feierabend verpasst.«

Allerdings konnte sie schlecht erklären, was an ihrer Arbeit im Fundbüro derart spannend war.

Dominik schien es auch nicht wissen zu wollen. Er steckte den Schlüssel ins Schloss, drehte ihn um, und sofort donnerte Gitarrengewitter aus den Boxen. Der Lärm fegte Emma fast vom Sitz. Sie krallte sich an ihrer Tasche fest, obwohl sie sich noch lieber die Ohren zugehalten hätte.

Dominik griff nach dem Knopf und schaltete das Radio ab. So grob, dass der Regler knackte.

»Etwas leiser hätte genügt«, sagte Emma tapfer. »Deine Musik stört mich nicht. Nur der Musik habe ich es zu verdanken, dass ich dich überhaupt bemerkt habe. Sonst wäre mir deine Anwesenheit entgangen.« Scheu lächelte sie ihn an. »Was war das, das da vorhin lief?«

»Nichts.«

Verwirrt neigte sie den Kopf. »Nichts?«

»Nichts von Bedeutung.« Die Züge um seinen Mund verhärteten sich. »Nur ein alter Song von Metallica.«

Er setzte den Wagen zurück. Die Reifen rutschten auf dem nassen Laub, das seit letztem Herbst niemand weggeräumt hatte. »Also, wohin?«

Sie nannte ihm die Adresse und wollte schon zu einer Erklärung ansetzen, wie er am besten durch das Gewirr an Quersträßchen dorthin kam, als er sie unterbrach.

»Ich weiß, wo das ist. Glaub mir, ich kenne jede verdammte Ecke in diesem Kaff.«

»Fährst du schon lange Taxi?«

»Eine Weile.«

Sie beobachtete ihn verstohlen aus dem Augenwinkel, während er an dem großen Papiercontainer vorbei um die Rathausecke lenkte. Dominik war wirklich erschreckend blass. Es passte nicht zum Rest seiner Erscheinung. Er wirkte auf sie robust und tough. Jemand, den so schnell nichts umwarf. Vielleicht fehlte ihm Schlaf? »Fährst du oft nachts?«

»Jeden Freitag. Manchmal auch am Wochenende.«

»Du siehst müde aus.« Erschöpft traf es sogar noch besser. Doch er winkte ab.

»Schlafen wird überbewertet.«

Emma fand es schwierig, sich mit ihm zu unterhalten. Sie hätte gern mehr über ihn erfahren, aber er ließ einfach kein Gespräch zu.

Woher er den kleinen Traumfänger hatte, wollte er ihr auch nicht verraten. Stattdessen riss er ihn mit einem Ruck vom Rückspiegel ab. »Behalt ihn, wenn er dir gefällt.«

»Aber ...?«

»Ich schenk ihn dir. Mir ist er nicht wichtig.«

Warum hatte Dominik ihn dann an den Spiegel gehängt, wenn er gar nicht an seine Wirkung glaubte?

Ihr nächtlicher Retter gab Emma Rätsel auf. So hilfsbereit und nett er sich zuvor gezeigt hatte, so abweisend wirkte er jetzt. Als könne er es gar nicht erwarten, dass sie aus seinem Taxi stieg. Dass er sie endlich loswurde.

Wenig später erreichten sie ihr Ziel.

Dominik bremste scharf und hielt direkt vor Emmas Haustür. Immerhin lächelte er jetzt wieder. »Gute Nacht, Emma.«

»Danke für alles«, sagte sie und durchwühlte die Tasche nach ihrem Portemonnaie. Hoffentlich hatte sie genug Geld eingesteckt.

»Schon gut.« Er beugte sich geschickt über sie hinweg und stieß ihre Tür auf. »Das Taxameter ist aus. Für die paar Meter Fahrt musst du mir nichts bezahlen.«

»Oh, dann ... nochmals vielen Dank.«

Sie verhedderte sich erst im Gurt und stolperte dann beim

Aussteigen prompt über die Bordsteinkante. Glühend vor Verlegenheit wandte sie sich um.

»Gute Nacht!«

Doch Dominik hatte die Taxitür bereits zugezogen und fuhr davon, ohne sich noch einmal umzudrehen.

Emma sah ihm nach, bis die Rücklichter am Ende der Straße um die Ecke verschwanden. Fast kam es ihr vor, als hätte sie das Ganze nur geträumt.

Bis sie den kleinen Traumfänger wahrnahm, der sich in ihre Handfläche schmiegte. Ohne jeden Zweifel war er real.

Folglich musste Dominik es auch sein.

# 3

Der Dienstag war sonnig warm, und Emma saß während der Mittagspause mit Rosemarie im Innenhof des Rathauses. Die Holzbank unter der Schatten spendenden Pergola, über die sich im Sommer wilder Wein rankte, war ein herrlicher Ort zum Lesen und Träumen.

Heute konnte Emma sich allerdings weder ihrem Roman widmen noch ihren gewöhnlichen Tagträumen. Seit jener Nacht spukte ihr der Taxifahrer im Kopf herum. Sie hatte Fred gelöchert, woher er ihn kannte – vielleicht von dem Sicherheitsdienst, wo der Hausmeister früher gearbeitet hatte?

»Nee, wir trainieren nur manchmal zusammen im Fitnessstudio. Hat sich zufällig so ergeben.« Fred hatte sie misstrauisch gemustert, während er im Fundbüro auf der Leiter stand, um die kaputte Leuchtröhre an der Decke zu reparieren. »Warum interessiert dich das?«

Emma hatte sich die Antwort verkniffen. Sie haderte damit, dass sie Dominik nicht einfach zum Essen eingeladen hatte, wenn er schon kein Geld von ihr hatte annehmen wollen. Wie dumm, dass ihr so etwas immer erst im Nachhinein einfiel.

Bevor ihre Gedanken weiter abdrifteten, zerrte Rosemarie sie zurück in die Wirklichkeit. Emmas ältere Kollegin platzte fast vor Empörung.

»Ehrenamtlich«, schnaubte sie und spuckte das Wort aus,

als sei es eine Beschimpfung.»Ehrenamtlich, hat der neue Chef gesagt. Der kann mir mal ehrenamtlich den Buckel runterrutschen! Was glaubt der, wer er ist? Der hat doch nicht mehr alle Latten am Zaun, wie mein Enkel sagt. So ein Schnösel!«

»Worum geht's?«, fragte Emma verwirrt.

»Na, um den Neuen! Hast du vergessen, dass Herr Friedrich in Pension geht?«

»Natürlich nicht.«

Oder vielleicht doch. Mit dem Rathauschef hatte Emma wenig zu tun, sie konnte sich kaum erinnern, wann sie ihm zuletzt über den Weg gelaufen war. Neulich hatte die Standesbeamtin Geld für ein Abschiedsgeschenk eingesammelt, aber Emma hatte vergessen, wann es überreicht werden sollte.

»Der Neue ist viel jünger.« Auf Rosemaries Stirn bildete sich eine steile Falte. »Einen schlechteren Aprilscherz kannst du dir nicht ausdenken! Der Kerl sieht aus wie ein Banker, redet wie ein Banker und benimmt sich wie ein Banker. Mich will er rausschmeißen.«

»Was?« Emma verschluckte sich an ihrem Käsebrötchen. Hustend hielt sie sich die Hand vor den Mund. Einige Krümel fielen herab, zur Freude einer Taube, die eilig angetrippelt kam. »Aber das kann er doch nicht machen?«

»Kann er wohl«, entgegnete Rosemarie erzürnt. »Weil ich in Frührente bin. Mit den Stunden hier hab ich mir nur was dazuverdient. Die will er jetzt streichen. Herr Friedrich habe aus Gefälligkeit ein Auge zugedrückt, aber er sehe da keinen Bedarf. Allenfalls ehrenamtlich sei meine Tätigkeit vorstellbar.«

»Oh.« Emma wusste nicht, was sie sagen sollte.

»Kein Bedarf! An mir! Der weiß doch gar nicht, was ich alles mache. Ich sitz nicht bloß an der Pforte! Ich kümmere mich um die Verteilung der Post, ich erklär den Leuten, wo sie hinmüssen, beantworte alle Fragen, nehme deine Fundsachen an und … ach, zum Teufel mit dem Schnösel!«

Rosemarie warf der Taube den Rest ihres Butterhörnchens hin. Offenbar war ihr der Appetit vergangen. Mit finsterer Miene starrte sie auf den Boden, wo kleine Sonnenflecken flirrende Lichtpunkte auf die Pflastersteine malten. »Ehrenamtlich kann er vergessen«, sagte sie dann. »Ich lass mir doch von dem nicht mein Geld wegnehmen.«

Emma versuchte, sich die Pforte ohne Rosemarie vorzustellen, aber es gelang ihr nicht. Sie war immer da gewesen, sommers wie winters, und wenn samstagvormittags im Standesamt eine Hochzeit stattfand, kam sie sogar am Wochenende. Rosemarie gehörte zum Inventar.

Emma wurde es eng in der Brust. Von einem neuen Rathauschef, der als Erstes Rosemaries Stelle einsparte, war wenig Gutes zu erwarten. »Vielleicht hast du ihn nur falsch verstanden?«, meinte sie hoffnungsvoll.

»Ich habe den feinen Herrn sehr gut verstanden. Er hat sich kein bisschen missverständlich ausgedrückt.«

»Aber ...«

»Kein Aber«, schimpfte Rosemarie.

Emma schwieg und knibbelte an ihrem Rocksaum, an dem sich ein Faden gelöst hatte. Sie zupfte ihn ab. Ein Marienkäfer landete neben ihrem Knie auf der Holzbank. Sie zählte die schwarzen Punkte auf seinem roten Rücken. Sieben. Eine Glückszahl. Vielleicht kam alles doch weniger schlimm als befürchtet.

»Mach dir keine Sorgen.«

»Wenn's um den neuen Chef geht, kannst du dir gar nicht früh genug Sorgen machen!« Rosemarie blickte auf ihre Armbanduhr und erhob sich. »Wart's nur ab«, prophezeite sie Emma. »An dem Kerl und seinen Modernisierungsideen wird hier keiner Freude haben. Vor dem kannst du dich auch in deinem Keller nicht verstecken. Am besten meldest du dich gleich morgen beim Arbeitsamt, dann kann dir egal sein, was dem

Schnösel so alles einfällt. Das hab ich auch der Sekretärin von Herrn Friedrich geraten. Die Ärmste hat den Neuen ja bald direkt vor der Nase sitzen.«

Rosemaries Warnung summte den ganzen Nachmittag durch Emmas Kopf wie das Geräusch einer penetranten Fliege.

Sogar Lesen war unmöglich.

Minutenlang starrte sie auf dieselbe Seite ihres Romans, ohne den Sinn richtig wahrzunehmen.

Als es klopfte und ein etwa zehnjähriges Mädchen durch die Tür spähte, war Emma äußerst dankbar für die Ablenkung.

»Kann ich bei Ihnen eine Geldbörse abgeben?«

»Klar, wenn du sie gefunden hast.« Sie lächelte. »Hier ist das Fundbüro. Komm rein.«

Das Mädchen streckte ihr eine Herrenbrieftasche hin. Das schwarze Leder war deutlich abgewetzt und zeigte Spuren eines Autoreifens.

»Der Paketbote hat sie verloren, als er in den Lieferwagen gestiegen ist. Sie ist ihm aus der Tasche gerutscht. Und dann ist er auch noch drübergefahren!«

Emma nahm ihr die Brieftasche ab. »Hast du nachgesehen, was drin ist?«

Das Mädchen wurde rot. »Ähm ... ist das verboten?«

»Nein. Ist es nicht.« Emma schmunzelte.

Die Kleine legte den Kopf schräg. Vielleicht grübelte sie, ob Emma die Wahrheit sagte. »Ja«, gab sie dann zu. »Ich hab reingesehen. Es ist Geld drin und ein Einkaufswagenchip und viele Karten und ...«

»Ein Ausweis«, verkündete Emma, zog ihn heraus und hielt ihn ans Licht. »Prima, dann wissen wir, wer der Besitzer ist, und sobald er seine Brieftasche abholt, bekommst du einen Finderlohn.«

»Echt?« Sie riss erfreut die Augen auf.

»Natürlich.« Emma nickte. »Das ist so vorgesehen. Es steht im Gesetz.«

»Es gibt ein Gesetz über verlorene Geldbörsen?«

»Nicht direkt. Aber ...« Sie unterbrach sich, weil sie ahnte, dass die Kleine sich für den Wortlaut eines Paragrafen aus dem BGB nicht interessieren würde. »Pass auf, wir notieren jetzt deinen Namen und wo du die Brieftasche gefunden hast, und ich kümmere mich darum, dass der Mann sie zurückerhält. Du kommst in ein paar Tagen wieder vorbei und holst dir bei mir den Finderlohn ab. Einverstanden?«

Es würden höchstens fünf Euro herausspringen, viel Bargeld war nicht in dem Portemonnaie, und Paketboten verdienten in der Regel nicht allzu üppig. Andererseits war der Besitzer sicherlich froh, seinen Ausweis, die Bankkarte und den Rest nicht neu beschaffen zu müssen. Das hätte ihm sonst einiges an Kosten verursacht.

Emma füllte rasch das einseitige Formular aus und ließ das Mädchen unterschreiben. Natalie hieß sie.

Emmas Blick fiel wieder auf den Ausweis – lag die Adresse nicht fast auf ihrem Heimweg? –, und spontan hatte sie eine bessere Idee. »Weißt du was, wir regeln das gleich mit dem Finderlohn. Dann musst du nicht extra noch mal herkommen.«

Sie kramte in ihrer Handtasche und fand zum Glück fünf Euro in Münzen, die sie Natalie reichte.

»Danke!« Das Mädchen strahlte.

»Magst du auch ein Toffee?« Emma deutete auf das Glas auf ihrem Schreibtisch.

Außer ihr bediente sich selten jemand daraus, aber sie fand, das Bonbonglas war eine hübsche Dekoration, und leer sah es irgendwie ... unnütz aus. Deshalb füllte sie es im Frühling und Herbst mit Karamelltoffees, im Sommer mit Brausebonbons und im Winter mit Schokoladenkugeln.

»Nein, lieber nicht.« Natalie ließ ihre Zahnspange blitzen

und schob das Geld in die Hosentasche. »Tschüss!« Schon war sie winkend zur Tür hinaus.

»Tschüss«, rief Emma ihr hinterher.

Wenig später platzte noch eine Dame mit Hut herein, die auf dem Edeka-Parkplatz ein Armband gefunden hatte. »Sehen Sie, da sind Brillanten dran! Oder denken Sie, die Verzierungen sind bloß aus Plastik?«

»Hm, ich weiß nicht.« Emma nahm das Armband entgegen, das tatsächlich eher wie ein billiges Werbegeschenk statt wie ein wertvolles Schmuckstück wirkte.

»Ich wollte eigentlich zu Rosemarie.« Die Dame musterte sie skeptisch. »Rosemarie hätte mir bestimmt sagen können, ob das echte Edelsteine sind oder nicht.«

Emma seufzte innerlich. Ja, vielleicht hätte Rosemarie sogar gewusst, wem das Armband gehörte. Weil sie ständig alles wusste. Und wenn nicht, dann tat sie so, als ob. Ein Trick, den Emma nicht sonderlich gut beherrschte.

»Ungewöhnlich, dass Rosemarie so früh Feierabend macht. Ist sie krank?«

»Nein, sie …«

»Oben hängt jedenfalls ein Schild: Pforte nicht besetzt. Das hing da sonst nie, wenn ich vorbeigekommen bin.«

Emma erwähnte lieber nicht, dass das Schild vielleicht bald dauerhaft dort hängen würde.

Womöglich hatte Rosemarie beschlossen, alles hinzuwerfen, und war nach der Mittagspause schnurstracks nach Hause marschiert. Keiner konnte ihr verübeln, wenn sie es vorzog, ab sofort nicht mehr zur Arbeit zu erscheinen. Sie hatte massenhaft Überstunden, die der Nachfolger von Herrn Friedrich sicher nicht bezahlen würde. Wenn er mit allen Mitarbeitern im Rathaus so unsensibel umging, konnte Emma sich auf was gefasst machen.

Zum Glück war heute Dienstag. Da fand ihr Lesekreis statt.

Selten hatte sie sich mehr auf das abendliche Treffen in der Stadtbücherei gefreut. Es würde sie vom Grübeln abhalten – egal, ob ihr der unbekannte neue Chef oder ein spezieller Taxifahrer im Kopf herumspukten.

Als Emma an diesem Tag das Fundbüro verließ, nahm sie die Brieftasche des Paketboten mit. Der Umweg machte ihr nichts aus, und obwohl das, was sie vorhatte, nicht den Vorschriften entsprach, erschien es ihr trotzdem richtig.

Mit klopfendem Herzen bog sie in die schmale Straße ein.

Ein Lieferwagen fuhr an ihr vorbei und hielt vor dem Haus mit der Nummer 10. War das womöglich der Fahrer, den sie suchte?

Emma beschleunigte ihre Schritte. »Hallo«, rief sie dem aussteigenden Mann mit dem Basecap zu. »Warten Sie, bitte!«

Überrascht drehte er sich zu ihr um.

»Meinen Sie mich?« Eine Spur Misstrauen flackerte in seinem Gesicht, als sie näher kam.

Vielleicht sollte sie aufhören, ihn so anzustarren.

»Sind Sie Mirko Czewinski?« Er sah dem biometrischen Foto auf seinem Ausweis nur entfernt ähnlich, aber das war bei ihrem eigenen Bild auch der Fall. Menschen wirkten so viel lebendiger, wenn man vor ihnen stand.

»Ja, warum?«

Emma griff in ihre Tasche. »Ich habe etwas, das Ihnen gehört, und möchte es Ihnen gern zurückgeben.«

Beim Anblick der Brieftasche fuhr er zusammen. Sichtlich erschrocken tastete er seine Jacke ab. »Aber wie ...?«

»Sie hatten den Verlust noch gar nicht bemerkt?«

»Nein, ich ...«

Emma lächelte ihn an. »Manchmal tauchen die Dinge wieder auf, bevor man sie vermisst.«

»Wer sind Sie, eine gute Fee?«

»Nein, ich arbeite im Fundbüro.« Sie händigte ihm seine Brieftasche aus. Dass es eigentlich nicht zu ihrem Job gehörte, Fundsachen persönlich zu überbringen, verschwieg sie angesichts des dankbaren Leuchtens in seinen Augen.

Den Finderlohn, den sie Natalie bereits ausgezahlt hatte, erwähnte sie auch nicht. Denn das Erste, das Mirko Czewinski überprüfte, war nicht das Geld oder das Vorhandensein seiner EC-Karte. Was er herauszog, war ein gefalteter Zettel, auf dem ein paar Worte in krakeliger Kinderschrift standen. Der Zettel war ihm wichtiger als alles andere.

»Von meiner Tochter«, erklärte er. »Sie wohnt bei meiner Ex-Frau, und ich sehe sie nur selten. Ronya ist erst vier, sie geht noch nicht zur Schule. Das hier hat sie von einem Buch abgeschrieben, das ich ihr geschickt habe.« Er hielt Emma den Zettel hin.

»Weißt du eigentlich, wie lieb ich dich hab?«, las sie.

»Danke«, fügte er mit rauer Stimme hinzu. »Dass Sie mir das zurückgebracht haben.«

Emma war so gerührt, dass ihr die Worte fehlten.

Den restlichen Heimweg dachte sie darüber nach, ob sie in Zukunft nicht öfter aktiv werden sollte. Unbestreitbar gab es viel zu wenige gute Feen auf der Welt. Vielleicht konnte sie ein bisschen mehr dafür tun, dass die verlorenen Dinge zu ihren Besitzern zurückfanden?

# 4

Der Bickstädter Lesekreis traf sich jeden zweiten Dienstag im Vorraum der Stadtbücherei. Ursprünglich hatte Agnes, die Bibliothekarin, Lesungen geplant, aber ihr Budget war zu knapp bemessen, um bekannte Schriftstellerinnen und Autoren einzuladen. Daher existierte nur eine kleine Runde, die gemeinsam Bücher besprach, die Agnes zuvor ausgewählt hatte.

Dazu gab es meist Wein und Brotstangen oder Käsecracker, die Agnes' schüchterne Halbtagshilfe Betty besorgte. Dafür reichte das Budget.

Emma liebte diese Treffen und nahm regelmäßig teil. Heute jedoch empfing Agnes sie sichtlich beunruhigt. »Mir ist da was zu Ohren gekommen über den neuen Verwaltungsleiter. Der will wohl einiges umstrukturieren?«

Es war Emma peinlich, dass sie nichts Genaueres wusste.

»Ach, du kennst den Mann noch gar nicht?«

»Nein«, gestand sie.

»Wie bedauerlich.« Agnes spielte nachdenklich mit der Kette ihrer Lesebrille. »Rosemarie meinte nämlich, seine Einsparpläne würden auch die städtische Bücherei betreffen. Sie hätte da so was läuten hören ...«

»Da muss sie sich geirrt haben. Ich weiß davon jedenfalls nichts.« Emma schüttelte den Kopf. »Und du wärst doch die Erste, die von solchen Plänen erfahren würde, oder?«

»Sollte man meinen.«

Agnes wirkte nicht völlig überzeugt. Emma war froh, als die nächste eintreffende Teilnehmerin ihr Gespräch unterbrach und sie zu ihrem Stammplatz neben Sandra fliehen konnte – der Einzigen in der Runde, die außer ihr auch nicht studiert hatte. Leider versäumte Sandra öfter ein Treffen, wenn sie wichtigere Termine hatte. Schön, dass sie heute da war.

»Hi, Em!« Sandra sah von ihrem Smartphone auf. Die Farbe der Strähnchen in ihrer blonden Mähne wechselte ständig, heute schimmerten sie pink. Sie tippte rasch zu Ende, dann zog sie die sorgfältig gezupften Brauen in die Höhe.

»Ich hab dir was für deine Gesichtshaut mitgebracht.« Sie zog eine Cremetube hervor, kaum größer als ein Streichholz. »Probier's aus. Einfach auf die Wangen tupfen.«

»Danke.« Emma wusste es zu schätzen, dass Sandra sie mit Produktproben bedachte. Die meisten der Cremes dufteten himmlisch, waren aber sündhaft teuer. Niemals hätte Emma so viel Geld für Hautpflege ausgegeben. Sie fand es verrückt, wenn eine Creme so viel kostete wie zehn Bücher.

»Und? Wie hat dir Isabel Allende gefallen?«

Sandra winkte ab. »Ich hab wieder bloß die Hälfte des Romans geschafft, den wir lesen sollten. Ehrlich, ich beneide dich um deinen ruhigen Job.«

Emma lächelte. »Du würdest dich zu Tode langweilen an meiner Stelle.«

Niemals würde Sandra die Zeit im Fundbüro stundenlang mit Lesen verbringen. Eher würde sie sämtliche Nagellackfarben der Welt ausprobieren oder Muster aus Strasssteinchen auf die Schrankschubladen kleben.

»Ja, möglich.« Sandra führte den Kosmetiksalon am Markt und hatte zwei kleine Kinder. Mehr Trubel ging gar nicht. Dass sie trotzdem am Lesekreis teilnahm, zeigte, wie wichtig ihr Literatur war, auch wenn sie die ausgewählten Bücher selten bis zu Ende las. Emma hegte insgeheim den Verdacht, dass Sandra alles, was sie in der Runde aufschnappte, später in Gesprächen mit Kundinnen als eigene Meinung ausgab. Als belesen zu gelten, war wohl geschäftsdienlich.

»Lasst uns anfangen.« Agnes rückte ihre Brille zurecht. »Hanno hat angerufen, dass er später kommt; er muss noch einen Stapel Aufsätze korrigieren.«

Hanno war der einzige Mann im Lesekreis. Als Studienrat am Gymnasium, der Deutsch unterrichtete, hielt er die Teilnahme für seine Pflicht. Gelegentlich hatte er auch schon Schüler dazu verdonnert, wenn sie ein Referat verpatzt oder eine Hausaufgabe nicht rechtzeitig abgegeben hatten.

Emma freute sich immer über jüngere Anwesende, sie und Sandra waren die Einzigen in der Runde unter dreißig, der Rest war über fünfzig. Das schränkte die Bücherauswahl deutlich ein. Klassiker standen hoch im Kurs. Aktuelle Liebesromane waren nicht gefragt, Fantasy oder humorvolle Unterhaltung ganz ausgeschlossen. Als Emma einmal gewagt hatte, nach der Begründung zu fragen, hatte Agnes nur die Schultern gezuckt: »Über Bücher, die jeder liest und jeder versteht, gibt es doch nichts zu diskutieren.«

Das sah Emma vollkommen anders, aber ihre Meinung zählte da leider wenig.

Heute plätscherte der Meinungsaustausch lange Zeit vor sich hin. Erst als Hanno dazustieß, wurde es lebhaft, denn er brachte den Vorschlag mit, demnächst einen Schreibwettbewerb zu organisieren.

Agnes zeigte sofort Interesse. »Für deine Schüler?«

»Das war die Idee.« Er goss sich den Rest Wein ein, den sie übrig gelassen hatten. »Aber vielleicht lässt sich die Sache ja auch größer denken. Deshalb wollte ich mit euch darüber reden.«

Sie debattierten eine Weile hin und her. Sollte es lieber um

Prosa oder Lyrik gehen, welche Bewertungskriterien könnte es geben, und wer sollte in der Jury vertreten sein?

»Ich dachte an dich«, sagte Hanno zu Agnes. »Ich meine, du leitest die Stadtbücherei – da bist du doch prädestiniert, um die Beiträge für den Wettbewerb zu prüfen.«

»Ich mache auch mit«, warf Sandra sofort ein.

»Super.« Hanno leerte sein Weinglas mit einem kräftigen Schluck und hob den Daumen. »Auf euch ist Verlass. Dann sind wir zu dritt, das reicht. Ich rede morgen mit der Rektorin, was sie von der Idee hält und wie wir das umsetzen können.«

Emma klappte den Mund wieder zu. Sie hatte auch gerade ihre Mithilfe anbieten wollen. Vor allem, weil sie selbst schrieb, hätte sie bestimmt tolle Ideen gehabt, wenn es darum ging, ein interessantes Thema für den Wettbewerb auszuwählen. Aber wieder einmal hatte sie zu spät reagiert.

Warum zögerte sie bloß immer so lange?

Nun blieb ihr nichts weiter, als abzuwarten, ob Hanno beim nächsten Treffen eine größere Jury für angebracht hielt oder Sandra wieder absprang, weil sie zu viel anderes um die Ohren hatte.

Allmählich ärgerte Emma sich ernsthaft über sich selbst. Die verpassten Chancen und Momente in ihrem Leben häuften sich. Das durfte nicht so bleiben!


Auf dem Heimweg ertappte sie sich dabei, nach jedem Auto den Kopf zu drehen, als könnte sie so ein Wiedersehen mit Dominik herbeibeschwören.

Doch das einzige Taxi, das ihr unterwegs auffiel, war ein Mercedes, und der Fahrer sah dem Mann, nach dem sie Ausschau hielt, nicht im Geringsten ähnlich. Aufgebracht fuchtelte er mit den Händen und redete über Funk auf jemanden ein.

Ganz anders als der wortkarge Dominik. Das Intensivste an ihm war der Ausdruck in seinen Augen gewesen. Den Schatten darin konnte Emma einfach nicht vergessen. Dominik war ein Mann, der ihr in zehn Minuten mehr Rätsel aufgegeben hatte als andere Männer in zehn Jahren.

Das falsche Taxi brauste an ihr vorüber, und sie schluckte ihr Bedauern hinunter. Pech gehabt.

In den Romanen, die Emma las, wurde behauptet, dass Glück etwas Flüchtiges sei, das einen dann streifte, wenn man es am wenigsten erwartete. Daher war sie überzeugt, dass sie irgendwann ihr Glück schon noch finden würde.

Oder das Glück sie.

Vielleicht wartete es ja hinter der nächsten Ecke?

Schwungvoll bog Emma in ihre Straße ein – und stolperte über den Kater, der ihren Vermietern gehörte, die im Erdgeschoss wohnten. Beinahe wäre sie auf der Nase gelandet.

»Was stehst du denn hier im Weg herum?«

Verdrossen blickte der Angerempelte zu ihr auf. Wie können Menschen bloß so ungeschickt sein?, schien er sich zu fragen.

Emma gluckste, als er davontrottete. Nein, so sah ihr Glück bestimmt nicht aus – rotfellig und übergewichtig.

Sie stieg die Stufen zu ihrer Wohnung empor und beschloss, noch ein bisschen zu schreiben. Seit Rosemarie ihr die Tasche vom Bahnsteig gebracht hatte, spukte ihr eine Idee im Kopf herum. Vielleicht konnte sie das zauberhafte Schaltuch aus dem Fundbüro damit verknüpfen? Zu einer romantischen Geschichte über verpasste Momente einerseits und die nie versiegende Hoffnung andererseits?

Inspiriert setzte Emma sich an den Laptop und begann zu tippen.

## Das grüne Schaltuch

*(von Emma Walther)*

An seinem letzten Arbeitstag räumte Johannes den Spind aus. Stück für Stück verstaute er sämtliche Habseligkeiten in der abgewetzten Tasche. Die Uniformjacke, die er so viele Jahre getragen hatte. Das Kreuzworträtselheft, mit dem er sich gern die Pausenzeit vertrieb. Die leere Vesperdose. Ein Paar dicke Arbeitshandschuhe, das er früher oft gebraucht hatte. Damals, als die alten Lokomotiven noch auf den Schienen fuhren und es seine Aufgabe gewesen war, sie abzukoppeln.

Ab morgen wartete die Rente auf ihn. Jede Menge Zeit, die es zu füllen galt. Zu viel, um nur Kreuzworträtsel zu lösen.

Vom Bahnsteig draußen ertönte ein Pfiff, dann setzte sich der 17-Uhr-Zug ratternd in Bewegung. Johannes brauchte seine Kelle und die Trillerpfeife nicht mehr. Er würde keine Anweisungen mehr geben. Keine Züge mehr aufhalten, damit die abgehetzten Büromenschen noch schnell aufspringen konnten, keiner Mutter mehr mit dem Kinderwagen über die Stufen in den Waggon helfen. Niemand würde ihn mehr nach einer Ankunfts- oder Abfahrtszeit fragen, niemand ihn wegen einer Verspätung beschimpfen. Er würde keine Diskussionen mehr führen um fehlende oder verlorene Fahrkarten, gefälschte Ausweise oder kaputte Automaten.

Sein Leben würde ruhig und friedlich verlaufen.

Keine Hektik mehr am Bahnsteig, keine Menschenmengen, die sich um ihn drängten, kein »Bitte, wann fährt ...?«, »Wohin fährt ...?« oder sonstige Fragen mehr.

Johannes war nicht sicher, ob ihm die Stille gefallen würde, die in Zukunft auf ihn wartete.

Vom Boden des Spinds schimmerte es grün. Das Schaltuch! Viele Jahre hatte er es auf einem Bügel hinten im Spind verborgen, verdeckt von seiner Uniform. Jetzt, beim Ausräumen, war es zu Boden gerutscht. Johannes griff danach.

Der Stoff war unbeschreiblich zart. Wie die Frau, die das Tuch einst vor seinen Augen verloren hatte. Sie hatte damit aus dem abfahrenden Zug gewinkt – dem Mann zu, der mit gesenktem Kopf und einem Strauß dunkelroter Rosen auf dem Bahnsteig stand. Der Mann war zu spät gekommen, um sie am Fortgehen zu hindern.

Johannes hatte die Szene mit angehaltenem Atem beobachtet. Ein herzzerreißender Abschied an einem stürmischen Herbstabend. Er hatte Minuten zuvor Feierabend gemacht, irgendetwas hatte ihn aufgehalten. Es war nur Zufall, dass er noch dort stand.

Vielleicht war es auch kein Zufall gewesen.

Sondern Schicksal. Magie.

Er betrachtete den grünen Schal. Ein hauchfeines Blütenmuster zierte den Stoff, winzige Knospen neben noch winzigeren Blättchen. Sogar zwischen Johannes' schwieligen Fingern sah das Halstuch edel aus. Er schnupperte mit halb geschlossenen Augen. Fast glaubte er, einen Hauch Parfüm daran wahrzunehmen. Obwohl das natürlich Unsinn war.

Es war viel zu lange her.

Dennoch konnte er sich das Bild jederzeit vor Augen rufen – die hübsche Frau, die sich aus dem Zugfenster beugte. Ihr im Wind flatterndes Haar, das blasse Gesicht, in dem der rote Lippenstift hell leuchtete. Ihre traurigen Augen.

Eine Böe riss ihr plötzlich das Tuch, mit dem sie winkte, aus der Hand. Wehte es davon, über den Kopf des zu spät gekommenen Mannes hinweg, der es nicht einmal bemerkte. Ein Andenken, von dem er nichts wusste.

Vielleicht hätte das Schaltuch seinen Schmerz gelindert.

Aber Johannes war es gewesen, der es erhaschte, ehe es auf dem schmutzigen Bahnsteig landete. Und er hatte das Tuch für sich behalten. Warum, wusste er selbst nicht. Vielleicht weil der Stoff so wunderschön war wie die Frau, die den Schal getragen hatte. Vielleicht weil er immer gehofft hatte, sie würde eines Tages zurückkehren. Aus einem Zug steigen und lächelnd auf ihn zukommen.

Leider war sie ihm nie wieder begegnet.

Johannes schloss den Spind und steckte das Tuch in die Tasche.
Hellgrün war seit damals die Farbe seiner Träume.
Er würde die Hoffnung nicht aufgeben.


Nachdenklich starrte Emma auf ihren Text. Es war mehr eine Szene als eine Geschichte geworden. Und klang der vorletzte Satz nicht besser als der eigentliche Schlusssatz?

Sie löschte ihn, zögerte … – und fügte ihn dann wieder ein. Vielleicht sollte sie das besser morgen entscheiden.

# 5

Am Mittwochmorgen erschien Emma pünktlich, aber müde im Rathaus. In der vergangenen Nacht hatte sie kaum geschlafen, trotz des hübschen neuen Traumfängers, der über ihrem Bett hing. Immer wieder waren ihre Gedanken zurück zu Rosemarie gewandert, egal, wie sehr sie sich dagegen gesträubt hatte. Würde eintreffen, was die lebenserfahrene Kollegin vorhergesagt hatte?

Noch nie hatte Emma sich so unruhig und besorgt gefühlt, was ihre Zukunft betraf. Tatsächlich war sie noch keine fünf Minuten im Fundbüro, als es klopfte.

»Ja?«, rief sie.

Im Türrahmen erschien ein beleibter Mann mit weißem Haarkranz. Herr Friedrich, ihr Noch-Chef. Oder ihr Nicht-mehr-Chef? Im Arm trug er eine Grünlilie. »Ich wollte mich gern noch persönlich von Ihnen verabschieden. Sie waren gestern verhindert, nehme ich an?«

»Gestern? Nein, ich …« Sie verstummte.

Da hatte sie anscheinend die kleine Feier zu seinem Abschied verpasst. Um ihn nicht zu kränken, schwindelte sie ihm einen unaufschiebbaren Termin beim Zahnarzt vor. »Probleme mit einem Weisheitszahn. Der musste dringend raus.«

»Verstehe. Da kann man nichts machen.«

Er wirkte bekümmert. Vielleicht hatte Rosemarie auch nicht

an seiner Abschiedsfeier teilgenommen, obwohl sie sonst nie ein Fest versäumte. Aber gestern war sie ja schon mittags gegangen, und seitdem war die Rathauspforte verwaist.

»Hier, nehmen Sie die.« Er drückte ihr den Topf mit der Grünlilie in die Hand. »Mein Nachfolger ist schon da und räumt oben im Büro alles um. Er bevorzugt Kunstpflanzen mit breiteren Blättern. Die machen mehr her, sagt er. Und man muss sie nicht gießen. Da gibt es dann keine Wasserflecke auf dem Teppich ...«

Ein kurzes Schweigen entstand.

Emma wusste nicht, was sie sagen sollte. Sie mochte echte Pflanzen lieber, reichte das als Antwort? »Ich werde gut auf sie achtgeben. Versprochen.«

Er nickte. »Ich wünsche Ihnen alles Gute für die Zukunft. Sie sind noch jung, da verkraftet man solche Veränderungen besser.«

Besser als wer – Rosemarie? Oder war der Neue schon dabei, oben auch die Sekretärin zu vergraulen? Das würde ja lustig werden, wenn die Pforte unbesetzt blieb und im Büro keiner mehr ans Telefon ging.

»Genießen Sie Ihren Ruhestand«, sagte Emma und schüttelte ihrem Ex-Chef ein letztes Mal die Hand.

»Viel Glück mit Herrn Brunner«, wünschte er.

Brunner hieß also der Neue. Emma war froh, dass sie das jetzt wusste.

Vielleicht hatte er genug zu tun, sodass sie im Archiv noch eine Weile vor ihm sicher war. Was die normalen Abläufe im Rathaus betraf, gab es im Keller wenig Interessantes oder Bedeutsames. Ihr bisheriger Chef hatte sie alles selbstständig organisieren lassen, was die Arbeit betraf. Vielleicht würde der Neue es genauso halten.

Sie stellte die Grünlilie vor das Kellerfenster. Durch den Lichtschacht fiel ein schmaler Streifen Tageslicht herein.

Wieder musste Emma an Dominik denken.

Wie sie seine Musik gehört und hektisch das Licht an- und ausgeknipst hatte, um auf sich aufmerksam zu machen. Wie er plötzlich dort oben aufgetaucht war. Mehr als seinen schattenhaften Umriss hatte sie in der Dunkelheit nicht erkennen können, aber etwas in seiner Stimme hatte ihr sofort Vertrauen eingeflößt.

Zu Recht, wie sie inzwischen wusste.

»Weißt du, dass ich ihm begegnet bin, muss eine Bedeutung haben«, sagte Emma zu der Grünlilie. »Im Universum existieren nämlich keine Zufälle.«

Die Grünlilie gab keine Antwort. Vielleicht war sie es nicht gewöhnt, dass jemand mit ihr sprach. Oder sie kannte sich mit dem Universum nicht so gut aus.

Die friedliche Stille hielt bis gegen Mittag, dann klopfte es erneut an der Tür des Fundbüros. Emma konnte sich nicht erinnern, wann sie das letzte Mal so gefragt gewesen war wie in den letzten Tagen.

War das ein gutes oder ein schlechtes Omen?

Ein gutes, beschloss sie.

Zumal der Mann, der eintrat, auf den ersten Blick aussah wie ein blonder Ian Somerhalder. Der dunkelgraue Anzug, den er trug, war zweifellos eine Maßanfertigung, und der Stoff saß absolut knitterfrei.

»Hallo«, grüßte er. »Wir kennen uns noch nicht. Ich bin Tom Brunner.«

Emma schnappte vor Schreck nach Luft. »Herr Bru...«

»Stopp! Tom, bitte.« Er lächelte breit und präsentierte blendend weiße Zähne. »Darauf bestehe ich.«

Sie musste ihn so überrumpelt angestarrt haben, dass er sich genötigt sah, seinen Wunsch zu erklären. »Ich lege Wert auf einen lockeren Umgang und ein unkompliziertes Verhältnis zu den Menschen, mit denen ich arbeite. Ich hoffe, da sind wir uns einig, Emma. Sie heißen doch Emma?«

»Ja, ich …«

»Intern ziehen wir alle an einem Strang, das ist mein Motto. Es fördert den Zusammenhalt, beschleunigt sämtliche Prozesse und erhöht die Effektivität.«

Er redete so schnell, dass es ihr schwerfiel, ihm zu folgen. Offenbar schätzte er Effektivität und Geschwindigkeit auch beim Sprechen. »Das förmliche Herr Brunner gilt nur für unsere Kunden. Für die Beschäftigten hier bin ich einfach Tom.«

Gar nichts an ihm war einfach Tom.

Wieso hatte Rosemarie kein Sterbenswörtchen darüber erzählt, wie umwerfend der angebliche Schnösel aussah? Das Haar war kurz und stylish geschnitten, der oberste Hemdknopf lässig geöffnet. Ein leichter Bartschatten betonte sein markantes Kinn. Nichts an ihm wirkte schlampig oder gar zufällig. Tom Brunner war der Typ Mann, bei dem immer alles perfekt war. Und der von anderen erwartete, dass es bei denen ebenfalls perfekt lief.

Von wegen einfach Tom.

Emma räusperte sich. »Ja, das hier ist also mein Reich. Ich weiß nicht, ob Sie, äh du …« Sie brach ab.

Keine Ahnung, wie Tom sich das Fundbüro vorgestellt hatte. Offenbar nicht so wie den Raum, in dem er jetzt stand. Mit gefurchter Stirn starrte er über Emmas Schulter hinweg die vollen Regalreihen an. Ihren wunderschönen Schubladenschrank beäugte er gar, als erwarte er, dass gleich Kakerlaken darunter hervorkrabbelten.

»Unglaublich! Hier lagert ja mehr Krempel als in einer Großstadt. Dabei hat Bickstädt doch nur ein paar Tausend Einwohner. Wie lange bewahrst du das Zeug denn hier auf, für Jahrzehnte? Warum sortierst du so was nicht aus?« Er nahm den schäbigsten Teddy von einem Regalbrett ganz oben.

»Weil …« Das Plüschfell war abgegriffen, sicher hatte ein Kind ihn sehr lieb gehabt. Dieser Teddy war eines der ersten Fundstücke, die Emma angenommen hatte. Genau deshalb mochte sie ihn gern. Sie blinzelte oft zu ihm hoch, wenn sie am Schreibtisch saß. Er guckte stets in ihre Richtung, wenn sie las, so, als würde er mitlesen. Aber davon konnte sie Tom unmöglich erzählen.

Er fixierte sie noch schärfer als den Teddy. »Wie lange arbeitest du schon hier, wenn ich fragen darf?«

»Sechs Jahre.«

»Sechs Jahre? Dass die allgemeine Aufbewahrungsfrist sechs Monate beträgt, ist dir aber bekannt?«

Emmas Wangen brannten. »Nun ja …«

»Gab es Versteigerungen während der Zeit?«

Sie nickte. »Sicher. Eine oder zwei pro Jahr.« Da hatte sie hauptsächlich die Fahrräder angeboten, wenn Fred mal wieder gemeckert hatte. Die Fundfahrräder standen nämlich in einem Nebenraum zu seiner Hausmeisterwerkstatt. Spätestens wenn er die Tür nicht mehr richtig aufbekam, beschwerte er sich bei Emma, und sie kümmerte sich dann darum. Der Erlös kam auf das Gemeindekonto. Doch insgesamt hatte sich meist nur ein recht spärlicher Betrag ergeben. Die Versteigerungen bedeuteten mehr Aufwand für Emma, als dass sie sich finanziell lohnten. Das versuchte sie, Tom zu erklären.

Die Furche auf seiner Stirn glättete sich daraufhin nicht. Im Gegenteil.

»Selbstverständlich erwarte ich nicht von dir, das wertlose Zeug zur Versteigerung anzubieten. Ich verstehe nur nicht, warum die Sachen überhaupt noch hier sind. Warum wirfst du sie nicht weg? Plüschtiere und ähnlichen Krempel kannst du doch intern entsorgen lassen. Ein Anruf, und die Jungs vom städtischen Bauhof holen alles ab. Kostenlos!«

»Aber ich habe doch genügend Platz«, wandte Emma zaghaft ein. Vor Toms Erscheinen hatte nie jemand infrage gestellt, wer oder was im Fundbüro anwesend sein durfte. Sie hatte das Gefühl, nicht nur den armen alten Teddy, sondern auch sich selbst verteidigen zu müssen.

»Darum geht es nicht. Sondern um Effizienz.«

Er redete weiter auf sie ein, bis Emma der Kopf schwirrte. Umstrukturierung. Digitalisierung. Tom hatte weitreichende Pläne und sprach von seiner Erfahrung, wenn es darum ging, die Prozesse in der Verwaltung zu optimieren.

»Ich habe schon mehrere Rathäuser auf Vordermann gebracht. Hier wird auch einiges anders werden.« Er lächelte sie an, als müsse sie darüber in Jubelschreie ausbrechen.

»Hör zu, Emma, es ist nicht meine Art, lange um den heißen Brei herumzureden.«

O Gott. Jetzt kam es. Sie würde ihre Stelle verlieren, so wie Rosemarie. Oder Stunden reduzieren müssen.

»Ich mache dir ein Angebot: Ich habe mir überlegt, dich zu meiner persönlichen Assistentin zu machen. Mit sofortiger Wirkung. Wir werden von nun an eng zusammenarbeiten.«

Emma glaubte, sich verhört zu haben. »Ich soll ...?«

»Du bist die Jüngste im Team, und es steht außer Frage, dass du mit der simplen Tätigkeit im Fundbüro unterfordert bist. Wir müssen die Abläufe ändern, modernisieren, zukunftsfähig machen. Ich ernenne dich zur Assistentin und übertrage dir die alleinige Verantwortung dafür. Klingt gut, oder?«

Die Ankündigung flößte Emma eher eine Heidenangst ein. Sie fühlte sich von Toms Vorpreschen überfordert. Zumal sie nicht begriff, was er eigentlich von ihr erwartete.

»Ich übernehme die Verantwortung für ... was genau?«

»Das haben wir doch eben besprochen.« Er wedelte lässig mit der Hand. »Wir greifen zukünftig mehr auf digitale statt menschliche Ressourcen zurück. Onlineformulare können rund um die Uhr von jedem ausgefüllt werden. Mit der

Software für die Fundmeldungen kommst du locker klar, dein neuer PC ist schon bestellt und wird in den nächsten Tagen geliefert. Das Kabuff hier im Keller ist Vergangenheit. Sobald der Übergang vollzogen ist und du alles ausgeräumt hast, bekommst du oben ein schickes Büro direkt neben meinem.«

»Das ist ...«

»Super, ich weiß.«

Emma wusste nicht, was sie sagen oder denken sollte.

Ihre Gedanken verknoteten sich, wenn sie Tom nur anblickte. Im Gegensatz zu ihm fühlte sie sich völlig konfus. Er schien überzeugt, dass sie über die spontane Beförderung glücklich und stolz war. Vielleicht sollte sie stolz sein? Assistentin zu werden war doch eine besondere Anerkennung. Es geschah Emma nicht allzu oft, dass sie geschätzt wurde. Andererseits kannte Tom sie und ihre Fähigkeiten überhaupt nicht. Woher wollte er wissen, dass sie die Richtige für den wichtigen Job an seiner Seite war?

Das nervöse Flattern in ihrem Magen hielt an.

Tom ließ ihr keine Chance zum Luftholen – geschweige denn zum Nachdenken über die Veränderungen, die er plante.

»Dein Gehalt passen wir natürlich an. Sinnvollerweise erst dann, wenn die Umstrukturierungen hier abgeschlossen sind. Ich denke, meine Assistentin zu sein bietet dir genügend Anreiz, die Sache zu beschleunigen.«

Das war also der Haken.

»Ich bekomme nicht mehr Geld?«

»Vorerst nicht. Aber sehr bald.« Er schritt durch den Raum, öffnete Schubladen und Archivboxen. »Es liegt an dir, wie zügig du die Umstellung durchziehst.«

Die Umstellung, von der ihr immer noch nicht klar war, wie sie konkret aussehen sollte. Nur dass der alte Plüschteddy vermutlich seinen Platz im Regal räumen musste. Zahlreiche andere Fundstücke standen auch auf Toms Abschussliste, wenn sie seine abfällige Miene beim Sichten der Regalboxen und des Schrankinhalts richtig deutete.

Emma hatte den Eindruck, sogar die Blätter der Grünlilie schienen in seiner Anwesenheit zu schrumpfen. Dabei schenkte er der Pflanze gar keine Beachtung.

Sobald er sich ihr wieder zuwandte, lächelte er. Startete eine neue Charme-Offensive. Der echte Ian Somerhalder hätte nicht überzeugender sein können. »Ich freue mich, dass du die Chance, die ich dir biete, zu schätzen weißt.«

Emma nickte langsam. »Ja.«

»Wenn ich nachher mit dem Hausmeister spreche, sage ich ihm, er soll dir ein paar Umzugskartons besorgen.«

»Danke.«

Flirtete Tom mit ihr? Oder bildete sie sich das herausfordernde Funkeln in seinen blaugrauen Augen nur ein?

»Was hältst du davon, wenn wir demnächst ein Glas Prosecco zusammen trinken?« Er kam ihr so nah, dass sie vom Duft seines Aftershaves angeweht wurde. »Ich lade dich ein. Auf unsere Zusammenarbeit anzustoßen wäre doch ein netter Anlass, findest du nicht? Emma?«

Sie riss sich zusammen. »Doch, ja.«

»Dann ist es abgemacht. Wir sehen uns! Ich checke meinen Kalender wegen eines Termins und gebe dir Bescheid.«

Er wischte eine unsichtbare Staubfluse von seinem Anzugärmel und verabschiedete sich.

Die Tür ließ er offen stehen. So als sei das Fundbüro nicht länger Emmas eigenes, abgeschirmtes Reich. Das Kribbeln in ihrem Nacken war eine unmissverständliche Warnung.

In Bezug auf Tom Brunner war Vorsicht angesagt.


Nachdem er verschwunden war, reichte es Emma für heute an Aufregung. Sie sehnte das Ende ihrer Arbeitszeit herbei.

Um Punkt vier floh sie aus dem Rathaus.

Das Wetter draußen war herrlich. Kinder skateten durch den Park oder spielten auf der Wiese Ball, ältere Paare saßen auf den Bänken in der Sonne. Zu Emmas Entzücken war sogar schon der mobile Eiswagen da. Sie stellte sich ans Ende der Schlange und kramte in ihrer Tasche nach Kleingeld.

»Stracciatella?« Der Eisverkäufer strahlte sie an. Dunkles Haar quoll unter seiner gestreiften Kappe hervor. War das derselbe Verkäufer wie im letzten Sommer?

Emma zögerte. »Stefano?«

»Si!« Er war so begeistert, dass sie sich an ihn erinnerte, dass er darauf bestand, ihr das Eis zu schenken. »Steck dein Geld weg, ich mache sowieso bald Schluss. Ist fast nix mehr da von meinem Eis. Nur Pistazie will keiner. Komisch.«

»Hm, also …« Emma konnte das gut verstehen. Sie verabscheute Pistazieneis.

»Ich weiß, du willst immer dasselbe. Stracciatella.«

»Merkst du dir von allen Kunden, welche Sorte Eis sie am liebsten essen?«

»No. Aber bei dir ist es einfach. Die Punkte auf deiner Nase erinnern mich daran. Sommersprossen. Sagt man so?«

»Ja, so sagt man«, bestätigte Emma.

Sie wippte auf den Zehenspitzen und sah Stefano zu, wie er schwungvoll mit dem Kugellöffel hantierte. Das Kratzen beim Eintauchen in den Eisbehälter verriet, dass dieser wirklich fast leer war.

»Hat sich gelohnt, der Tag heute.« Stefano klang zufrieden. »Tolles Wetter, viel Sonne. Alle essen Eis.«

Die Trattoria am Markt gehörte seinem älteren Bruder. Seit letztem Sommer unterstützte Stefano ihn mit dem Eismobil, so kamen die beiden sich nicht ständig in die Quere.

»Bin ich mein eigener Herr. Kann Paolo mich nicht dauernd kommandieren, eh?« Er grinste. »Aber der Platz am Freibad ist besser als hier. Am Wochenende bin ich dort. Gehst du schwimmen?«

»Vielleicht im Sommer. Wenn es richtig heiß ist.«

»Denk dran, deine Sprossen brauchen Sonne, Cara. Du bist zu blass.« Er reichte ihr die Waffel mit zwei Kugeln von ihrem Lieblingseis. »Bitte sehr.«

»Danke! Beim nächsten Mal bezahle ich aber wieder.«

Sein Grinsen wurde breiter. »Keine Sorge. Paolo reißt mir wegen der Abrechnung nicht gleich den Kopf ab.«

»Das hoffe ich.« Sie lachte. »Ciao, Stefano!«

Gemächlich schlenderte sie weiter. Die Aprilsonne brannte warm in ihrem Nacken. Oder war es Stefano, der ihr nachsah? Sicher nicht. Fotos von seiner Familie klebten im Eiswagen – er hatte eine hübsche Frau, zwei Kinder und eine große Verwandtschaft in Italien.

Auch die Schaukel unter den Kastanienbäumen war besetzt. Ein Vater schubste seine Zwillinge an. Ihr fröhliches Kreischen vermischte sich mit dem rhythmischen Quietschen.

Emma wich einer Frau aus, die einen Cockerspaniel spazieren führte, und bückte sich dann nach einer Fünfcentmünze auf dem Parkweg. Sie fand oft Kleingeld auf dem Boden oder Knöpfe oder irgendwelche anderen Dinge. Deswegen war sie so gern zu Fuß unterwegs. Das Langsame daran entsprach genau ihrem Wesen. Manchmal fragte sie sich, ob sie in ihrem früheren Leben vielleicht eine Schildkröte gewesen war. Zu Fuß bemerkte sie jedes Detail der Umgebung. In ihrer Kindheit hatte sie nach vierblättrigem Klee Ausschau gehalten oder nach besonderen Steinen, die sie Wunschsteine nannte und daheim in einem leeren Gurkenglas sammelte. Sie hatte fest daran geglaubt, Wunschsteine könnten Träume erfüllen.

Manchmal glaubte Emma das immer noch.

Dann, wenn sie gerade entschieden hatte, das Gurkenglas endlich wegzuwerfen und hübschere Deko auf das Fensterbrett im Bad zu stellen. Ein Schälchen mit Rosenblüten oder eine Karaffe mit Badeöl.

Aber am Ende behielt sie dann doch das Glas voller Steine und träumte weiter.

# 6

Irgendetwas im Universum war in Bewegung geraten.

Emma spürte es so deutlich wie kleine Wellen, die an den Strand schwappten – harmlos zunächst, aber unaufhörlich ansteigend. Man ahnte die Kraft schon, mit der das Meer bald über das Land hereinbrechen und alles fortreißen würde, was nicht rechtzeitig in Sicherheit gebracht worden war.

Zweifelnd betrachtete sie die leeren Kartons neben ihrem Schreibtisch. Noch zögerte sie, überhaupt etwas hineinzupacken. Eigentlich hätte sie das vertraute Büro im Keller am liebsten behalten. Es entsprach ihr viel mehr als die Zimmer im Obergeschoss, die im Vergleich dazu so langweilig und steril wirkten wie OP-Räume. Aber der Umzug lag schließlich nicht nur in Toms Interesse, sondern auch in ihrem.

»Entsorg den Krempel«, hatte er gesagt und ihr eine Rolle Müllsäcke in die Hand gedrückt.

Vielleicht sollte sie mit den Dingen anfangen, die wirklich für niemanden Bedeutung hatten. Unpersönliche Gegenstände wie Stecker und Ladekabel, die man nachkaufen konnte, oder die »Allerweltsfunde«, wie Emma sie nannte: Lederhandschuhe aus dem Kaufhaus, Feuerzeuge, billigen Modeschmuck. Wenn sie diese Fundsachen aussortierte, tat sie sicher niemandem weh. All das in einen großen schwarzen Müllsack zu stopfen, um es wegzuwerfen, war trotzdem ein blödes Gefühl.

Deshalb ging sie bald zu einer anderen Taktik über: Sie sortierte liebevoll jene Dinge in einen Karton, die sie schon lange hütete und auf keinen Fall wegwerfen wollte. Ihre besonderen Schätze, die es zu bewahren galt. Wenn es im Rathaus keinen Platz mehr dafür gab, würde sie die Sachen eben heimlich mit nach Hause nehmen. Tom musste davon ja nichts erfahren ...

Nachdenklich drehte Emma eine ovale Blumenbrosche zwischen den Fingern. Ein Streifen Sonnenlicht fiel durch den Lichtschacht und ließ die bunten Farben der Glasstückchen, mit denen die Brosche besetzt war, herrlich funkeln. Auch die Blätter der Grünlilie leuchteten auf.

Emma überlegte gerade, ob sie die Pflanze später ebenfalls mit nach Hause nehmen sollte, um sie dort auf eine Fensterbank zu stellen, als Fred hereintobte.

»Gratuliere! Ich hoffe, du bist stolz auf dich?«

»Bitte?«, fragte sie.

»Dank deiner Dämlichkeit verliere ich meinen Job!«

Sie wusste gar nicht, wovon er sprach.

»Tu doch nicht so unschuldig! Du hast dem Lackaffen erzählt, was neulich passiert ist.«

»Dass ich hier eingesperrt war? Ja, aber ...«

Emmas Geständnis war lediglich dem dritten Glas Prosecco geschuldet gewesen – und Toms beiläufiger Art, sie über alles Mögliche auszufragen, während er ihr nachschenkte. Weil sie nicht über die Kollegen im Rathaus lästern wollte, hatte Emma eben von sich erzählt. Dass sie gern las und manchmal so verträumt war, dass sie die Zeit vergaß.

Ein klassisches Eigentor.

Tom hatte die Brauen gehoben und versichert, dass ihr so etwas als seiner Assistentin nie wieder passieren würde. Da hätte sie jederzeit genügend Aufgaben und müsste nicht ihre Zeit vertrödeln.

»Mit keinem Wort habe ich dir die Schuld daran gegeben«, versicherte sie.

»Um die Schuldfrage geht es auch nicht.« In Freds Augen loderte blanke Wut.

»Worum geht es dann?« Obwohl der aufgebrachte Hausmeister kaum größer war als sie und ihr gewiss nichts antun würde, wich Emma unwillkürlich ein Stück vor ihm zurück. »Ich weiß wirklich nicht, was du meinst …«

»Ich meine, dass unserem smarten Chef so viel an dir und deinem Wohlergehen liegt, dass er mir erklärt hat, dass so was nie wieder geschehen darf. Deshalb kommt die antiquierte Brandschutztür demnächst raus und eine moderne Schließanlage rein. Das Ganze wird vollautomatisch geregelt, per Zeitschaltuhr. Das Archiv im Keller hat dann eine Sicherheitstür, die außerhalb der Öffnungszeiten im Rathaus noch von innen geöffnet werden kann, aber nicht mehr von außen. Wenn dir danach ist, kannst du also auch bis Mitternacht im Büro hocken.«

»Und was ist daran jetzt so schlimm?«

»Er braucht zukünftig keinen Hausmeister mehr, der sich ums Abschließen kümmert.« Fred ballte die Fäuste. »Und weil die supertolle, supermoderne Schließanlage auch superteuer ist, muss woanders leider, leider gespart werden. Vorzugsweise an meiner Stelle. Die fällt zum Monatsende weg.«

»Aber wer übernimmt dann die ganzen Reparaturen und deine anderen Aufgaben?«

»Das wird *outgesourct*.« Er schnaubte. »Angeblich macht das jedes fortschrittliche Unternehmen heutzutage so. Auch die Rathausverwaltungen.«

Dazu fiel Emma nichts mehr ein. »Tut mir leid, ich …«

»Dein Mitleid kannst du dir sparen.« Er funkelte sie wütend an. »Vielleicht bist du ja die Nächste, die hier überflüssig wird, Prinzessin. Wer weiß?«

Nachdem Fred hinausgerauscht war, sank Emma auf ihren Platz hinter dem Tresen. Nicht einmal die Toffees halfen ihr, sich zu beruhigen. Sie hasste Auseinandersetzungen. Konflikten ging sie, wann immer möglich, aus dem Weg.

Ihre Welt war klein und überschaubar, und Emma bevorzugte es, wenn es darin harmonisch zuging.

Sie fand, das war ihr gutes Recht.

Bald darauf näherten sich schon wieder Schritte. Kam Fred zurück, um ihr weitere Vorwürfe zu machen?

Emma hob den Kopf. »Bitte, ich …«

Sie verstummte. Derjenige, der da über ihre Schwelle spähte, halb verdeckt von der Yucca-Palme, und gerade die Hand hob, um gegen den Türrahmen zu klopfen, trug eine enge schwarze Lederjacke. Das war nicht der Hausmeister.

»Dominik?«

»Hi.« Unschlüssig blieb er stehen. »Komme ich ungelegen?«

Sie rang sich ein Lächeln ab. »Nein, warum?«

»Ich bin eben Freddy begegnet.« Dominik blickte den Flur hinab. »Der war stocksauer. Hat mich fast über den Haufen gerannt und nicht mal gegrüßt.«

Beinahe hätte Emma geantwortet, dass das verständlich war, doch dann schluckte sie die Erklärung hinunter. Sie wollte nicht erneut etwas ausplaudern, ohne an die Konsequenzen zu denken. Freds Entlassung ging Dominik nichts an.

»Gab's Ärger?« Er blickte auf die Kartons. Natürlich entging ihm der chaotische Zustand des Raums nicht. Und auch nicht, in welcher Verfassung sie war. »Hast du geweint?«

Sie schüttelte den Kopf. »Alles in Ordnung. Ich war nur ein bisschen durcheinander. Weswegen bist du hier?«

Er trat näher, offensichtlich erleichtert, dass sie auf ein unverfängliches Thema auswich. »Ich hab das in meinem Taxi gefunden. Kann sein, dass es schon länger unter dem Sitz lag, mir ist es erst jetzt beim Saubermachen in die Hände gefallen. Keine Ahnung, wer es verloren hat. Oder wann.«

»Zeig her.« Sie nahm ihm das violette Etui ab und öffnete es vorsichtig. »Die Brille sieht teuer aus.«

»Ja, das dachte ich auch. Vielleicht hat schon jemand bei dir danach gefragt?«

»In der letzten Woche nicht.« Sie überlegte. Davor war Rosemarie noch da gewesen. Vielleicht hatte sie eine Anfrage an der Pforte vermerkt, ohne Emma etwas zu sagen. »Ich prüfe das auf jeden Fall nach.«

»Okay, dann …« Dominik schob die Hände in die Taschen seiner Jeans. »Das war's schon, was ich wollte.«

»Warte«, rief sie.

Er erstarrte mitten in der Bewegung.

»Ich benötige noch ein paar Angaben von dir.« Sie zog das Formular hervor und griff nach dem Kugelschreiber. »Name, Adresse und so weiter.«

»Klar, die Bürokratie.«

Er lehnte sich über den Tresen und diktierte ihr, was sie wissen wollte. Emma hatte eine hübsche Schrift, auf die sie stolz war. Kleine wohlgeformte Buchstaben, gut lesbar. Fast wie gemalt, hatte ihre Lehrerin immer gesagt. Daher wunderte sie sich, wie irritiert Dominik auf den Stift in ihrer Hand starrte. »Stimmt was nicht?«

Er räusperte sich. »Ich bin auch Linkshänder.«

Aus unerklärlichen Gründen freute sie das. »Vielleicht haben wir noch mehr Gemeinsamkeiten?«

»Glaub ich nicht.« Das klang ruppig.

Emma senkte den Kopf. Ohne Dominik anzusehen, füllte sie die nächste Zeile aus.

»Deine Telefonnummer brauche ich noch.«

Er nannte sie ihr.

Emmas Ziffern waren vollkommen, genau wie ihre Buchstaben. Doch offenbar konzentrierte sie sich beim Schreiben so sehr auf den Zettel, dass es Dominik auffiel.

»Prägst du dir gerade meine Nummer ein? Um mich anzurufen, wenn du mal wieder nachts hier festsitzt?«

Sie sah hoch und bemerkte das Grinsen. Die Ironie, die in seinen dunklen Augen funkelte. »So schnell lasse ich mich nicht wieder einsperren«, sagte sie und schob ihm das Formular zur Unterschrift hin.

Dann fiel ihr plötzlich etwas ein. Eine Frau, die eine so extravagante Brille trug, besuchte sicher auch regelmäßig den Kosmetiksalon. »Ich weiß jemanden, den ich wegen der Brille fragen könnte. Hast du noch eine Minute Zeit?«

»Sicher.« Er nickte.

Emma rief Sandra an. Die verstand ihr Anliegen zunächst falsch, weil sie mit einer Kundin beschäftigt war. »Nein, Em, ich vermisse keine Brille. Du weißt doch, dass ich Kontaktlinsen trage.«

Das hörte Emma zum ersten Mal. Aber egal, sie klärte den Irrtum auf und versuchte umständlich, Details der Brille zu beschreiben.

Sandra fiel ihr ins Wort. »Schick mir doch einfach ein Foto per WhatsApp, dann kann ich dir sagen, ob ich die Brille wiedererkenne.«

Auf die Idee hätte sie auch selbst kommen können!

Emma legte das aufgeklappte Etui ans Ende des Tresens, weil es dort am hellsten war, und schoss mit der Handykamera rasch zwei Fotos. »Und?«

»Warte kurz …« Sandra tuschelte mit ihrer Kundin, um einen neuen Termin zu vereinbaren, dann war sie wieder dran. »Hm, vom Stil her könnte die Brille Luna gehören, meiner Yoga-Lehrerin. Die trägt immer farbenfrohe Klamotten, da passt auch das Etui dazu.«

Dominiks Augen weiteten sich, als er das hörte.

»Sagt dir der Name Luna was?«, fragte Emma.

»Eher der Hinweis farbenfroh … Falls das die Brille dieser Yoga-Lehrerin ist, weiß ich jedenfalls, wo sie wohnt.«

»Danke, Sandra! Du hast uns sehr geholfen.« Emma beendete das Gespräch. Wenn Dominik die Adresse kannte, musste sie Sandra nicht länger von der Arbeit abhalten.

Er reagierte erstaunt, als er hörte, dass sie vorhatte, die Brille persönlich zurückzubringen.

»Gehört das zum Service?«

»Na ja, nicht direkt, aber …«

»Verstehe. Karma und so?« Wieder zuckte ein Grinsen um seine Mundwinkel. »Soll ich dich hinfahren?«

Emma sagte sofort zu. »Könntest du mich anschließend bei mir zu Hause absetzen?«, fragte sie hoffnungsvoll, denn das bot ihr die Gelegenheit, den ersten Karton mit Fundstücken vor Toms Entsorgungswahn zu retten. Ihre Lieblingssachen wie das Zedernholzkästchen und der Skizzenblock befanden sich schon darin, nun packte Emma schnell noch den alten Teddy und das Stiftmäppchen mit den bunten Knöpfen dazu. Die Blumenbrosche wickelte sie in das grüne Schaltuch, und ihre Handtasche und der Topf mit der Grünlilie kamen ganz obenauf.

Dominik wartete währenddessen stumm an der Tür.

Emma war froh, dass er nicht fragte, was sie da eigentlich trieb. Oder ob das Ganze erlaubt war.


Sandras Yoga-Lehrerin öffnete nach dem ersten Klingeln und umarmte Emma vor Freude. »Meine Brille! Oh, was für ein Segen, ich war schon völlig verzweifelt, weil ich sie nicht finden konnte.« Mit einer überschwänglichen Geste presste sie das violette Etui ans Herz. »Überall habe ich danach gesucht.«

Wie Emma dem nachfolgenden Wortschwall entnehmen konnte, brauchte Luna gar keine Brille. Zumindest war sie weder kurz- noch weitsichtig. Die modische Fassung enthielt nur Fensterglas.

»Ich hatte einst eine kluge Mentorin, die mir immer gesagt hat, alles, was mir hilft zu sehen, soll ich nutzen. An diesen Rat halte ich mich, jeden Tag.«

»Ah ja …« Emma begriff allmählich, warum Dominik im Auto sitzen geblieben war.

Luna redete ohne Punkt und Komma weiter auf sie ein. Sie freute sich so sehr, dass Emma ihr die Brille zurückgebracht hatte, dass sie darauf bestand, ihr zum Dank einen ihrer Meditationssteine zu schenken. »Schauen Sie, dieser Regenbogen-Obsidian eignet sich gut dafür. Gefällt er Ihnen?«

»Ja, sehr.« Emma meditierte zwar nicht, aber für besondere Steine hatte sie ein Faible, und den Obsidian fand sie ganz bezaubernd.

Es dauerte, bis sie sich von Luna losreißen konnte. Mit einem innigen »Namasté« wurde sie verabschiedet.

»Eigentlich steht der Finderlohn ja dir zu«, sagte Emma, als sie zu Dominik ins Taxi stieg.

»Ein Stein?« Lachend wehrte er ab. »Was soll ich damit? Den kannst du behalten, du hast doch auch den Traumfänger, den sie mir aufgedrängt hat.«

»Der Traumfänger stammt von Luna?«

»Ja, ich fahre sie gelegentlich zum Flughafen, wenn sie mal wieder ein Selbstfindungsseminar in der Wüste gebucht hat oder irgendeinen anderen kuriosen Workshop …«

Emma lehnte sich schmunzelnd im Sitz zurück.

Dominik fuhr an. Sie waren nur ein paar Straßen von Emmas Wohnung entfernt, in wenigen Minuten würde sie zu Hause sein. Wenn sie die Gelegenheit nicht wieder verstreichen lassen wollte, dann … Jetzt. Oder nie. Also jetzt.

»Weißt du, ich hatte mir gedacht …« Sie stockte. »Ich möchte mich noch bei dir bedanken. Du wolltest neulich kein

Geld für die Taxifahrt annehmen, und heute hilfst du mir schon wieder. Dafür möchte ich mich gern revanchieren und dich zum Essen einladen.«

Dominiks Blick blieb auf den Verkehr gerichtet. Kein Muskel zuckte in seinem Gesicht. Nichts verriet, was er dachte.

Ehe er ablehnen konnte, redete Emma hastig weiter. »Wir müssen nicht ins Restaurant gehen, wenn du nicht willst. Ich kann dich auch zu mir nach Hause einladen. Also ganz zwanglos, ohne weiße Tischdecken, Kerzenlicht und feines Benehmen. Wir bestellen Pizza oder suchen uns beim Griechen was aus und lassen es liefern. Je nachdem, was du lieber magst. Ich mag beides.«

Er bremste vor dem Haus und stellte den Motor ab. Je länger sein Schweigen andauerte, desto mehr fürchtete Emma, es vermasselt zu haben. Doch dann wandte er den Kopf. »Soll ich dir ein Geheimnis verraten?«

»Ein Geheimnis?«

»Ich bevorzuge Essen, das ich selbst gekocht habe.«

»Oh«, sagte sie. »Tatsächlich?«

»Tatsächlich.«

»Du kannst kochen?«

»Ziemlich gut sogar.«

»Ich nicht«, gestand sie und zupfte verlegen an einer Locke, die sie am Ohr kitzelte. »Ich kann höchstens ein Rezept aus dem Kochbuch vorlesen.«

»Wir brauchen kein Kochbuch. Meine Lieblingsrezepte habe ich im Kopf. Du darfst helfen – Zwiebeln wirst du wohl schneiden können oder ein paar Kräuter klein hacken.«

Jetzt musste sie lachen. »Vielleicht. Was kochen wir?«

»Ich denk mir was aus und bringe die Zutaten mit.«

»Kommt nicht infrage«, protestierte sie. »Ich bestehe darauf, die Einkäufe zu bezahlen. Den Wein auch. Oder was du sonst trinken möchtest ...«

Er wischte ihre Einwände beiseite. »Das können wir später klären. Einen Vorschlag, wann wir kochen wollen?«

Sie einigten sich auf nächsten Freitag. Um sieben.

Er öffnete den Kofferraum, und Emma nahm ihren Karton mit den geretteten Fundsachen heraus.

Bevor Dominik die Klappe wieder zuschlug, fiel ihm noch etwas ein. »Ach übrigens, Emma ...«

»Ja?« Sie wandte sich um.

»Ich habe nichts gegen Tischdecken.«

»So? Was ist mit Kerzenlicht und feinem Benehmen?«

Er grinste. »Das lassen wir weg.«


Abends saß Emma vor dem Laptop, den leeren Karton zu Füßen und die geretteten Schätze aus dem Fundbüro um sich herum ausgebreitet.

Jedes der Stücke schien eine geheimnisvolle Vergangenheit zu haben, eine eigene Geschichte. Wie schade, dass Emma diese Vergangenheit nicht kannte! Wenn sie nur einen Weg wüsste, die Menschen ausfindig zu machen, denen diese verlorenen Dinge früher einmal gehört hatten. Zu gern hätte Emma sie ihnen dann persönlich zurückgebracht.

Aber solange sie das nicht konnte, musste sie sich eben die Geschichten dazu ausdenken. Zumindest auf diese Weise konnte sie dafür sorgen, dass die Dinge nicht ganz in Vergessenheit gerieten. Weil sie die Erinnerung wachhielt.

Emma zwinkerte dem Teddy verschwörerisch zu. »Du verstehst mich, stimmt's?«

Sie legte die alte Glasbrosche neben die Tastatur, brach ein Stückchen Schokolade ab und ließ es langsam und genüsslich auf der Zunge zergehen.

Dann begann sie zu tippen.

## Die Blumenbrosche
*(von Emma Walther)*

Violetta ging langsam durch den Garten. Zitronenduft erfüllte die Luft, tiefblau schimmerte das Meer in der Sonne. Auch die Brosche in Violettas Hand glitzerte im Licht. Gefertigt aus Dutzenden kleiner Glasstückchen, zeigte das Motiv einen bunten Blumenkorb.

Millefiori – tausend Blumen. Violetta hätte sich keine passendere Bezeichnung ausdenken können.

Sie schloss die Finger um die Brosche. Spürte, wie sich die Kanten der Glasstückchen in die Innenseite ihrer Hand bohrten; sanft und nicht scharf genug, um zu schmerzen.

Was schmerzte, war allein der Gedanke an Abschied.

Dieses Haus zu verlassen, diesen Garten und die Erinnerungen an Matteo, ihren Kindheitsfreund. Seiner Familie gehörte das Haus nebenan, und Violetta kannte Matteo, seit sie denken konnte. Er hatte immer zu ihrem Leben gehört. Er hatte ihr das Schwimmen beigebracht, weil ihren älteren Brüdern dazu die Geduld fehlte, und sie mit seiner Vespa fahren lassen, lange bevor sie den Führerschein besaß.

Doch nun heiratete er morgen.

Nicht sie. Eine andere. Denn Violetta war immer nur das kleine Mädchen von nebenan für ihn gewesen. Das Mädchen, dem er einst die Brosche aus buntem Glas geschenkt hatte. Ein Mitbringsel von einem Ausflug nach Venedig. Damals war sie vielleicht fünf Jahre alt gewesen – und das glücklichste Mädchen der Welt. Sein Geschenk hatte ihr alles bedeutet! Jahrelang hatte sie die Brosche gehütet wie einen Schatz.

Violetta öffnete die Hand. Betrachtete den Blumenkorb. Keine Rosen waren es, nur Fantasieblumen. Blaue, rote, gelbe.

Sie vergrub die Blumenbrosche unter dem Zitronenbaum nahe der Steinmauer, die den Garten von der Steilküste abschnitt. Ein Grab für ihre Kindheitsträume. Sie würde Matteo morgen nach der Hochzeit Glück wünschen und dann aufbrechen. Ihr Koffer war schon gepackt. Ein Studium wartete auf sie, eine fremde Stadt, ein neues Leben.

Doch sie würde sich immer an ihn und diesen Ort erinnern.

# 7

»Seit wann schreibst du schon?«

Emma blickte vom Schneidbrett hoch. Es war erstaunlich, mit welcher Geschwindigkeit Dominik Teile ihres Lebens
erkannte und zu einem schlüssigen Puzzle zusammensetzte.
Nur weil ihr Laptop noch aufgeklappt gewesen war, als er mit
frischem Brot, Gemüse, Fisch und Meeresfrüchten bepackt in
der Tür stand. Er hatte sogar einen seltsamen Topf dabei, der
wie eine riesige Muschel aussah. Gerade kippte er Olivenöl
hinein.

»Seit ich schreiben kann.«

»Echt?«

»Ja, ich denke mir gern Geschichten aus.«

»Wie praktisch.« Er grinste. »Wenn dir irgendwann die
Bücher ausgehen, kannst du deine eigenen schreiben.«

»O nein, so ist das nicht.«

»Wie ist es dann?«

»Interessiert es dich wirklich, worüber ich schreibe?«

»Würde ich dich sonst danach fragen?«

»Nein.« Emma lächelte. »Du nicht.«

Während sie die Kartoffeln in kleine Würfel schnitt, erzählte
sie ihm von den besonderen Fundstücken, deren unbekannte
Herkunft und Geschichte sie nicht losließ. Von dem klackern-
den Kästchen, das sich nicht öffnen ließ, und dem Skizzen-

block mit den melancholischen Porträts. Von dem Ring mit dem Schmetterlingsstein, der fast zu klein für eine Frauenhand war. »Vielleicht hat er einem Kind gehört?«

All die Geheimnisse, die sich ihrer Ansicht nach hinter den Dingen verbargen und die sie so gern lüften würde.

»Mir kommt es oft so vor, als würde ich nicht nur die Gegenstände aufbewahren, sondern alles, was damit verbunden ist: Erinnerungen, Träume, Sehnsüchte ...«

»Und weil du die Wahrheit nicht kennst, denkst du dir eine Vergangenheit für die Sachen aus?«

»Ja. Findest du das albern?«

»Warum sollte ich?« Er warf eine Handvoll Zwiebelstücke in den Muscheltopf. Das Öl zischte. »Du bist kreativ, das ist toll. Jeder, der eine Begabung hat, sollte sie nutzen.«

»Was ist dein Talent, Kochen?«, scherzte sie.

»Kochen kann jeder lernen.« Sein Gesicht verschloss sich. »Ich habe kein besonderes Talent.«

Emma biss sich auf die Lippen. Inzwischen sollte sie es doch besser wissen, wie Dominik auf persönliche Fragen reagierte. Entweder beantwortete er sie gar nicht, oder er wich aus. Als Taxifahrer war er geübt darin, ein Gespräch zu lenken – und er konnte zu fast jedem Thema etwas beitragen.

Sie legte das Messer weg und ging zum Kühlschrank. »Ich habe uns eine Flasche Weißwein kalt gestellt. Passt, oder?«

»Sorry, ich trinke nicht.«

Es war nicht die Antwort, die Emma überraschte, sondern der klare, ruhige Ton, in dem Dominik sie gab. Als hätte er diesen Satz schon oft gesagt. »Lass dich von mir aber nicht abhalten«, fügte er hinzu.

Um Gläser aus dem Schrank zu holen, musste sie sich an ihm vorbeizwängen. Sein Haar war frisch gewaschen und duftete nach einem herben Männershampoo. Emma mochte, wie er roch. Nach Sonne und Erde und ... individueller Freiheit?

Beinahe hätte sie über ihre Gedanken gelacht.

Während sie sich ein Glas Weißwein einschenkte, gab er den Fisch und die Meeresfrüchte in den Topf. Anschließend häutete er Tomaten, und zuletzt kamen noch ein paar Gewürze und Kräuter in den Sud. Er rührte um und nickte zufrieden.

»So, das muss jetzt eine Weile schmoren.«

»Was kochen wir da eigentlich?«

»Cataplana«, sagte er. »Ein portugiesisches Gericht. Der Name bezieht sich auf den Topf, in dem es zubereitet wird. Es gibt unzählige Varianten davon. Das hier ist meine.«

»Und du behauptest, du wärst unkreativ.«

»Hab ich das gesagt?« Er zwinkerte ihr zu. »Wie sieht's aus, hast du zwischen deinen Tausenden Büchern auch ein bisschen Musik?«

»Nichts, was dir gefällt, fürchte ich.«

»Woher willst du wissen, was mir gefällt?«

»Na ja, ich dachte … Gitarrenlärm.«

»Wow, okay.« Er lachte. »So kann man's nennen.«

Emma ging voraus ins Wohnzimmer und zog wahllos ein paar CDs aus dem Ständer. Falls Dominik es altmodisch fand, dass sie keine Playlists nutzte, war das sein Problem. Wenn sie Musik hörte, tat sie es auf konventionelle Weise.

Sie einigten sich auf ein Album von Ed Sheeran.

»Setz dich«, sagte Emma. »Wie kommt es eigentlich, dass du heute freihast? Ich dachte, du fährst freitagabends immer Taxi?« Sie war sicher, dass er das damals erwähnt hatte, als sie sich kennengelernt hatten.

»Das ist eine längere Geschichte.«

»Und? Wir haben Zeit, oder nicht?«

Er setzte sich in den Schaukelstuhl und drehte sein mit Mineralwasser gefülltes Glas in den Händen. Dann gab er sich einen Ruck. »Ich habe mich entschieden, vorläufig nicht mehr nachts zu fahren. Weil an dem Abend, an dem du im Rathaus eingesperrt warst, da ist was passiert. Also, bevor ich dort ankam ...«

Es folgte eine bruchstückhafte Erklärung, der Emma entnahm, dass er geglaubt hatte, einen Unfall verursacht zu haben.

»Ich kam um die Kurve, und da lag das Motorrad auf der Straße.« Er wischte sich eine Strähne aus der Stirn und rieb über die winzige Narbe an der Augenbraue. »Ich dachte, ich kann nicht mehr ausweichen. Ich dachte, ich hätte sie erwischt.«

»Sie?«

»Die beiden Jungs, denen das Motorrad gehörte.«

Dabei waren die beiden einfach nur gestürzt. Ohne sein Zutun. Weggerutscht in der engen Kurve. Ein übersehenes Schlagloch. Oder ein Fahrfehler. Anfängerpech.

»Sie haben nicht kapiert, warum ich mich so aufgeregt habe. Ja, ich hatte sie zu spät gesehen, aber ich hatte sie beim Bremsen nicht einmal gestreift.«

Sie richteten das Bike auf, stiegen auf und fuhren weiter. Fertig. Ende der Geschichte.

»Aber ich kam nicht gut mit der Sache klar. Ich dachte ...« Dominik stockte. »Egal, was ich dachte.«

Es war unverkennbar, dass er nicht weiter darüber sprechen wollte. Emma rief sich sein blasses Gesicht in jener Nacht in Erinnerung. Also war nicht die Notbeleuchtung im Rathausflur daran schuld gewesen. Der Beinahe-Unfall hatte ihn schockiert. Deshalb hatte er so dringend eine Pause gebraucht.

»Ich habe übrigens einen Balkon, falls du rauchen willst.«

»Sieht man mir das an?« Er grinste schief, doch seine Augen blieben ernst, und Emma erahnte den Abgrund darin.

»Ja«, sagte sie daher nur und öffnete die Tür zu dem kleinen Balkon. »Pass auf, dass du dir an der Dachgaube nicht den Kopf anstößt. Sie ist sehr niedrig. Dafür kann ich die Wäsche auch bei Regen raushängen, ohne dass sie nass wird.«

Als Dominik zurückkam, hatte er sich wieder gefangen.

Sein portugiesischer Eintopf schmeckte vorzüglich. Nach Sonne und Meer und flirrendem Licht am Strand.

Nach sommerlicher Leichtigkeit.

»Wie Urlaub aus dem Topf.« Obwohl Emma sich sonst wenig aus Fischgerichten machte, häufte sie sich einen Nachschlag auf den Teller.

Dominik, der schneller aß, hatte seine zweite Portion bereits vertilgt. Amüsiert sah er ihr beim Essen zu.

»Was magst du noch?«, fragte er. »Griechisch? Türkisch?«

»Mmh, ja!« Sie spießte ein Stück Kartoffel auf die Gabel.

»Wir könnten öfter zusammen kochen«, schlug er vor. »Eine kulinarische Rundreise durch Europa machen.«

Auf die Gefahr hin, für verfressen gehalten zu werden, stimmte sie sofort zu. »Freitagskochen? Ich bin dabei.«

Nicht nur wegen des Essens, sondern auch wegen der Aussicht, mehr Zeit mit ihm zu verbringen. Es machte Spaß, mit ihm zusammen zu sein. Dominik konnte herrlich unkompliziert sein.

Jetzt lachte er. »Fangen wir mit Haggis an?«

»Igitt, nein!«

Wie sich herausstellte, war das ein Scherz gewesen. Auf Haggis konnte Dominik gut verzichten. Von mediterraner Küche hielt er deutlich mehr, und auch sonst verstanden sie sich prima. Emma kam es bald nicht einmal mehr seltsam vor, dass sie den Wein allein trank. Wenn Dominik kein Aufhebens darum machte, warum sollte sie es tun?

Plaudernd räumten sie die Küche auf und kehrten ins Wohnzimmer zurück. Dominik tauschte Ed Sheeran gegen James Arthur. Dass Emmas CDs genau wie manche Möbel und etliche ihrer Bücher vom Flohmarkt stammten, entlockte ihm ein Kopfschütteln.

»Ich stöbere eben gern«, verteidigte sie sich.

»Und wonach suchst du die Musik aus? Ob die Farbe des

Covers zu deinen Sofakissen passt? Ob ein Songwriter der Hauptfigur in deinem Lieblingsroman ähnelt?«

»Du verstehst das nicht.«

»Wie auch? Erklär's mir!«

»Nur wenn du schwörst, mich nicht auszulachen.«

»Ich schwöre.« Er hob die Hand, als wollte er einen Eid ablegen.

»Nicht ich bin es, die nach bestimmten Dingen sucht«, sagte Emma. »Es ist eher so, dass die Dinge mich finden. Wenn ich auf einen Flohmarkt gehe, lasse ich mich überraschen, was ich entdecke. Irgendwas wartet dort immer auf mich – ein Bild, das zu meiner Stimmung passt, oder eben ein Buch. Neulich habe ich ein Milchkännchen aus Porzellan gekauft, das fast genauso aussah wie jenes, das mir am Tag davor heruntergefallen und zerbrochen war.«

Sie hielt inne, aber er schwieg und lachte nicht.

»Es ist wie Magie«, ergänzte sie.

Dominiks dunkle Augen ruhten auf ihr, während sie versuchte, ihm das Gefühl zu beschreiben, das sie für Magie hielt.

»Es war schon immer so. Als ob manche Dinge von mir gefunden werden wollten.« Sie dachte kurz nach. »Bei den Gegenständen im Fundbüro ist es anders.«

»Weniger Magie, mehr … was?« Sein Blick schweifte zu dem Karton neben ihrem Schreibtisch, und ihr wurde klar, dass sie ihm noch eine Erklärung schuldete.

»Mehr Verantwortung«, erklärte sie. »Ich habe die Sachen mitgenommen, weil es die einzige Möglichkeit ist, sie weiter aufzubewahren. Mein neuer Chef verlangt nämlich, dass ich im Fundbüro alles wegwerfe, bei dem die gesetzliche Lagerfrist überschritten ist. Das betrifft natürlich vor allem die älteren, besonderen Fundstücke, von denen ich dir vorhin erzählt habe. Aber schau dir die wundervollen Gegenstände doch an, sie sind viel zu schade für den Müll.«

»Klingt, als sei dein neuer Chef ein Idiot.«

»Tom hat mich gerade zur Assistentin befördert!«

»Ach ja?« Er grinste. »Dann widerrufe ich mein Urteil.«

Emma ging in die Küche, um sich noch ein Glas Wein zu holen. Anschließend fühlte sie sich mutig genug, Dominik zu fragen, ob er eine oder zwei von ihren Geschichten lesen würde.

»Sag mir ehrlich, was du davon hältst«, bat sie ihn. »Ich hatte bisher nie vor, etwas zu veröffentlichen, aber derzeit denke ich darüber nach.«

Aufmerksam hörte er zu, als sie ihm von der Idee erzählte, die ihren Sinneswandel verursacht hatte.

»Es gibt Blogs zu so vielen Themen, und ich möchte einen Blog zu den besonderen Fundsachen einrichten. Dann würden sie nicht einfach verschwinden. Das Internet vergisst nie, heißt es doch, und auf diese Weise könnte ich dafür sorgen, dass all die wundervollen Dinge in Erinnerung bleiben.«

»In einem Textblog mit deinen Geschichten?«

»Ja, in gekürzter Form, damit es nicht zu überladen wird. Beim Blogsymbol dachte ich an eine Schatztruhe, die wäre dann mein Leitmotiv. Ein schöner Name für den Blog ist mir auch schon eingefallen: *Das Archiv der verlorenen Träume.* Wie findest du das?«

»Klingt toll.«

»Ich weiß, die Chance ist klitzeklein, dass jemand zufällig darüber stolpert und durch eine Geschichte an etwas erinnert wird, das verloren ging, aber ...«

»Was ist mit Fotos?«, unterbrach Dominik sie. »Mit Fotos könntest du die Chancen deutlich erhöhen, dass jemand die Fundsachen in deinem Blog wiedererkennt.«

»Natürlich!« Vor Aufregung verschüttete Emma beinahe ihren Wein. Fotos! Das war das fehlende Puzzleteil zu ihrer Idee.

Sie eilte zum Schreibtisch und skizzierte auf einem Blatt Papier, wie sie sich die Seitenansicht des Blogs vorstellen konnte. »Denkst du, so könnte es gehen? Zentral das Foto mit der jeweiligen Überschrift, darunter die Geschichte und am Rand ein Kästchen mit den Informationen zu Fundort und Datum oder was ich eben sonst über das Fundstück weiß?«

»Probier's aus.«

»Hast du Lust, mir zu helfen? Jetzt gleich?«

»Solange du nicht von mir erwartest, dass ich mich damit auskenne.« Er lachte. »Aber vielleicht ist es ja gar nicht so kompliziert.«

Gemeinsam verbrachten sie die nächsten zwei Stunden damit, eine Grundstruktur für Emmas Blog einzurichten. Es machte ihr unglaublich viel Spaß, mit dem Programm herumzutüfteln, das Design, die Hintergrundfarben und die verschiedenen Schriftarten auszuprobieren.

In der Bilddatenbank fand sie das Motiv einer Schatztruhe, deren Deckel einen Spaltbreit geöffnet war. Goldsternchen sprühten daraus hervor.

»Zauberhaft! Das nehme ich.« Emma fügte das Bild sofort als Blogsymbol in der Kopfzeile ein.

»Und jetzt? Willst du noch ein Testobjekt fotografieren?«, fragte Dominik.

Emma entschied sich für die Blumenbrosche und drapierte sie sorgfältig auf einem flauschigen weißen Schal. Darauf kamen die bunten Glasstückchen am besten zur Geltung. Nachdem sie die Brosche aus allen möglichen Winkeln fotografiert hatte, lud sie das Bild zum Bearbeiten hoch. Faszinierend, welche Möglichkeiten es dafür gab!

Zufrieden klappte sie schließlich den Laptop zu. »So, Schluss für heute. Den Einleitungstext verfasse ich am Wochenende, dann kann mein Blog starten.«

Das Archiv der verlorenen Träume.

Online statt Offline.

Emmas Herz klopfte jetzt schon beim Gedanken daran.

Dominik verschwand auf dem Balkon, um noch eine Zigarette zu rauchen. Als er zurückkam, lächelte Emma ihn an.

»Jetzt ging es den ganzen Abend um mich, erzähl mir etwas von dir! Zum Beispiel, woher du diese Narbe an der Schläfe hast, die wie eine Mondsichel aussieht.«

Hatte er eben noch entspannt mit dem Fuß zur Musik gewippt, wirkte er nun, als wollte er in der nächsten Sekunde abhauen. »Warum ist das wichtig?«

»Ist es nicht, aber ...«

»Ich hatte früher ein Piercing. Jetzt hab ich keins mehr, wie du siehst.«

Das war keine Antwort auf ihre Frage. Überhaupt begriff Emma nicht, warum Dominik jedes Mal ein Drama daraus machte, wenn sie ihm eine harmlose Frage stellte.

»Sorry, ich steh einfach nicht auf solche Wahrheit-oder-Pflicht-Spiele.« Er bewegte sich auf die Tür zu. »Ich geh dann besser.«

Irgendetwas lief gerade ganz schrecklich schief. »Dominik, bitte setz dich wieder.«

»Nein, ich ...« Er wandte den Blick zur Decke und holte tief Luft. »Okay, lass es mich kurz machen. Ich mag dich, Emma. Wirklich. Sonst hätte ich deine Einladung gar nicht erst angenommen. Das heute war ein richtig schöner Abend. Aber wenn wir uns freitags weiterhin zum Kochen treffen wollen, muss eines klar sein.« Er sah sie direkt an. »Freunde.«

»Was?«, fragte sie verwirrt.

»So lautet der Deal.«

»Freunde?«

»Ja. Das können wir beide sein. Vorausgesetzt, dass du das auch willst.«

»Verstehe«, sagte Emma, obwohl sie nichts verstand.

»Glaub mir, für alles andere tauge ich nicht.«

»Freunde ist mir recht.« Sie funkelte ihn an. »Ich war nur neugierig, sonst nichts! Tut mir leid, wenn das falsch bei dir ankam. Jedenfalls hatte ich keine Hintergedanken, als ich dich eingeladen habe.«

»Gut.« Jetzt lächelte er wieder. »Dann sind wir uns ja einig.« Gleich darauf standen sie im Flur.

Dominik klemmte sich den Autoschlüssel zwischen die Zähne, schlüpfte in seine Lederjacke und nahm den Muscheltopf unter den Arm. »Dann bis ... nächsten Freitag?«

Sie nickte. Und schon war er weg.

Emma lauschte kurz seinen Schritten im Treppenhaus nach, dann schloss sie die Tür.

Was auch immer das Missverständnis zwischen ihnen ausgelöst hatte, zum Glück hatten sie es gleich geklärt.

In Zukunft musste sie mit ihren Fragen vorsichtiger sein. Dominik war ein außergewöhnlicher Mensch – sie wollte ihn nicht verlieren.

Es war schön, ihn zum Freund zu haben.


**Das Archiv der verlorenen Träume**
**Willkommen! Oder: Warum dieser Blog existiert**
*(von Emma Walther)*


Liebe Gäste,

seit ich ein kleines Mädchen war, finde ich Dinge.

Das ist sozusagen meine Spezialität, meine Gabe oder wie Sie es nennen mögen.

Auch bei meiner Arbeit im Fundbüro fallen mir immer wieder besondere Schätze in die Hände. Leider werden die Fundsachen dort jedoch nicht dauerhaft aufbewahrt.

Ich möchte Ihnen hier einige verlorene Gegenstände zeigen, die mich berührt haben. Die mich zum Träumen anregen und zu den Geschichten inspiriert haben, auf die eine oder andere Weise. Ich bin sicher, dass keine Geschichte so passiert ist oder meine Fantasie in die wahre Vergangenheit führt. Die echten Geschichten hinter den Fundsachen sind gewiss noch viel spannender und interessanter.

Ich fände es großartig, sie zu erfahren!

Daher möchte ich Sie bitten: Schreiben Sie mir! Wenn Sie irgendeinen Gegenstand auf meinem Blog wiedererkennen, lassen Sie es mich wissen!

Denn der allerschönste Erfolg für mich wäre es, wenn mein Blog dazu beitragen könnte, diese Fundstücke endlich wieder in die Hände derer zurückgeben zu können, die sie vielleicht schon seit langer Zeit vermissen.

Ich würde mich sehr freuen, von Ihnen zu hören!

Herzlichst

Ihre Emma Walther

# 8

»Na, kommst du voran?« Tom betrat das Fundbüro. Ohne Jackett, nur lässig im Hemd, einen »Coffee to go«-Becher in der Hand.

Hastig klappte Emma den Deckel des Kartons zu, in den sie gerade den signierten Gedichtband gepackt hatte, um ihn mit nach Hause zu nehmen, und ließ das verräterische Beweisstück unter dem Schreibtisch verschwinden. »Äh, ja …«

»Viel ist bislang ja nicht passiert.« Stirnrunzelnd sah er sich um. »Sieht fast schlimmer aus als vorher! Es wäre gut, wenn du das Chaos hier unten zügiger bewältigst. Ich brauche dich als Assistentin oben bei mir.«

»Ab wann denn?«, fragte Emma.

Er lächelte gewinnend. »Sofort.«

»Was, jetzt?« Sie fühlte sich völlig überrumpelt. »Aber ich habe gerade erst angefangen mit dem Sortieren.«

»Es gibt Wichtigeres.« Sein Ton klang scharf und ließ keinen Widerspruch zu. »Die Sekretärin hat sich krankgemeldet und mir zudem mitgeteilt, dass sie eine Kur beantragt hat. Ich fürchte, sie fällt längere Zeit aus.«

Oje, das war zu befürchten gewesen. Emma erinnerte sich an Rosemaries Warnung.

»Ich habe ein bisschen Dampf gemacht und dafür gesorgt, dass dein neues Büro neben meinem heute schon bezugsfertig wird. Der Techniker installiert gerade noch alles Notwendige. Komm mit, sieh es dir an!« Er trank einen letzten Schluck Kaffee, stellte den Becher dann auf ihrem Tresen ab und marschierte zur Tür hinaus.

Emma eilte ihm hinterher.

Nervös versuchte sie, im Laufen ihre Locken zu glätten, was natürlich zum Scheitern verurteilt war, aber Tom schenkte ihr ohnehin nur einen flüchtigen Blick, als er die Treppe hinaufging und die Rathaushalle durchquerte.

»Voilà.« Er riss die Tür auf. »Was sagst du?«

Emma sagte erst einmal gar nichts. Kein Zweifel, das Büro war hübsch. Hell und geräumig mit großem Fenster, durch das die Frühlingssonne hereinfiel. Ein Eckschreibtisch sowie ein kleiner runder Besprechungstisch mit vier Stühlen. Ein Regal und mehrere halbhohe Aktenschränke an den Wänden. Vor einem der Schränke stand ein unausgepackter Karton mit einem teuren Kaffeevollautomat. Die Verbindungstür zu Toms Büro war nur angelehnt, im Hintergrund waren die grellgrünen Blätter einer Kunstpflanze zu erkennen.

Ob sie sich hier irgendwann wohlfühlen würde? Im Moment fand Emma alles noch sehr unpersönlich.

Unter dem Schreibtisch tauchte der Kopf des Technikers auf. »Die Telefonanlage ist angeschlossen. Sollte also jetzt funktionieren.«

Wie zum Beweis klingelte es melodisch.

»Geh ruhig ran.« Tom ließ lachend die Zähne blitzen. »Ist schließlich dein Telefon, Emma.«

Zögernd ging sie um den Schreibtisch herum und nahm ab. Zum Glück fiel ihr rechtzeitig ein, wie sie sich melden musste. »Gemeindeverwaltung Bickstädt, Sie sprechen mit Frau Walther, was kann ich für Sie tun?«

Zufrieden reckte Tom den Daumen.

»Emma?«, fragte die Anruferin überrascht. Es war Agnes,

die Leiterin der Stadtbibliothek. »Sag mal, dieses Memo, das der neue Chef verschickt hat ... Meint der das ernst?«

Leider hatte Emma keine Ahnung, wovon Agnes sprach. »Kann ich dich später zurückrufen?«, bat sie. »Ich erkundige mich. Oder möchtest du mit ihm selbst sprechen?«

»Hm, eigentlich wollte ich das. Aber vielleicht ist es besser, wenn du nachhakst.« Agnes schnaubte. »Nicht dass ich umsonst Wirbel verursache, weil ich etwas falsch verstanden habe. Ruf mich unbedingt an, ja? Bis zum nächsten Lesekreis kann das Ganze nicht warten.«

Das nächste Lesekreistreffen fand schon in ein paar Tagen statt. Emma fand es ungewöhnlich, dass Agnes so drängte. Normalerweise war sie die Ruhe in Person.

»Wer war das?«, fragte Tom, während der Techniker mit seinem Köfferchen im Nebenraum verschwand.

»Agnes von der Bücherei.«

»Ah, da muss ich diese Woche sowieso noch hin. Vielleicht schaffe ich es heute. Es gibt ein paar Dinge zu besprechen. Unvermeidliche Änderungen.«

Das hörte sich nicht gut an. Doch bevor Emma fragen konnte, um welche Änderungen es ging, ließ Tom etwas vor ihrer Nase baumeln. Eine ... Fernbedienung?

»Den teilen wir uns.« Er lächelte. »Ich dachte, du brauchst keinen eigenen. Sag mir Bescheid, wenn du ihn nimmst. Oder nein, frag am besten vorher, klar? Dann kommen wir uns nicht in die Quere.«

»Was ist das?«, fragte sie verständnislos.

»Der Schlüssel für unseren Dienstwagen.«

»Wir haben einen Dienstwagen?«

»Selbstverständlich«, sagte Tom. »Das war das Erste, was ich angefordert habe. Ein Hybrid. Jahreswagen.« Er zwinkerte ihr zu. »Um Kosten zu sparen.«

»Du weißt doch gar nicht, ob ich einen Führerschein habe.«

Sie hatte sich damals nur zur Fahrstunde angemeldet, weil alle in ihrer Klasse das taten. Seit der bestandenen Prüfung war sie kein einziges Mal mehr gefahren.

Tom lachte. »Wer hat denn keinen Führerschein?«

Seine Logik war und blieb Emma ein Rätsel. Wenn Tom Kosten sparen wollte, war es doch sinnvoll, auf teure und unnötige Anschaffungen zu verzichten. Sein Sportwagen stand draußen auf dem Parkplatz, mit dem konnte er jederzeit seine Termine außerhalb des Rathauses wahrnehmen. Was sprach dagegen?

Und sie selbst hatte noch nie ein Auto gebraucht, seit sie hier arbeitete. Gelegentlich, wenn sie morgens spät dran war, nahm sie das Fahrrad. In Bickstädt waren die Wege nicht weit. Aber es war besser, Tom nicht zu widersprechen. Er besaß die Angewohnheit, bei manchen von Emmas Nachfragen die Brauen zu heben und sie anzusehen, als sei sie schrecklich naiv.

Gerade hatte er allerdings anderes im Sinn. »Gehst du heute Abend mit mir essen?«, fragte er.

Emma zögerte. Bei Tom vermischte sich Dienstliches irgendwie ständig mit Privatem, sie wusste nie genau, woran sie bei ihm war. »Du meinst ...?«

»Ich meine, dass ich gern vorab ein paar Dinge mit dir besprechen will, bevor wir nächste Woche die offizielle Mitarbeiterversammlung einberufen. Damit du schon über wesentliche Punkte informiert bist.«

Das klang eher nach einer dienstlichen Verabredung.

Emma hätte ihre Freizeit lieber dem Archiv der verlorenen Träume gewidmet. Seit sie mit Dominik den Blog eingerichtet hatte, sprudelten ihre Ideen dafür nur so. Jeden Abend saß sie vor dem Laptop, vor ein paar Tagen hatte sie das Foto des hellgrünen Schaltuchs mit ihrer Geschichte hochgeladen, und als sie gestern die allererste Abonnentin entdeckt hatte, war sie vor Freude durchs Zimmer getanzt. Ob sich hinter »Luna-belle« Sandras Yogalehrerin verbarg, wusste Emma zwar nicht, aber »Lunabelle« hatte jedem ihrer bisherigen drei Blogbei-träge ein Herzchen verpasst.

»Emma, was ist nun?«, fragte Tom ungeduldig. »Hast du heute Abend Zeit oder nicht?«

»Ja, natürlich«, sagte sie rasch.

Vielleicht, weil … sie sich von seiner Frage insgeheim doch ein bisschen geschmeichelt fühlte? Die Gelegenheit, mit einem Mann wie Tom auszugehen, bekam sie nicht oft. Sandra hätte sie auch garantiert für verrückt erklärt, wenn sie sich das ent-gehen ließ.

Wenn Emma Toms Blicke richtig deutete, lag es ihm außer-dem fern, irgendeiner Frau jemals einen solchen Vorschlag wie »Freunde« zu machen. Dafür war er definitiv nicht der Typ. Ein Abendessen mit ihm könnte also genau das Richtige für ihr leicht angekratztes Ego sein.

»Prima, dann reservier uns einen Tisch«, sagte er. »Egal wo, ich vertraue dir, dass du uns was Nettes aussuchst. Um halb acht, das sollte ich schaffen.« Er kratzte sich das glatt rasierte Kinn. »Ach ja, und mach dich, bevor du gehst, mit der neuen Schließanlage vertraut.«

Er reichte ihr eine Chipkarte, die Emma verblüfft entgegen-nahm. Das war ein Schlüssel?

»Verlier die nicht! Mach am besten einen Clip dran. Und präg dir den Sicherheitscode ein. Außerhalb der Öffnungs-zeiten kommst du nur ins Haus, wenn du zusätzlich noch den Code eingibst.«

Er redete weiter, während er durch die offen stehende Tür in sein Büro hinüberging, ein paar Unterlagen zusammenraffte und den Sitz seiner Krawatte kontrollierte. »Was in dem Fach hier liegt, ist wichtig. Schau bitte durch, was zu erledigen ist, ich unterschreibe dann später.«

Er warf einen Stapel Papiere auf ihren Schreibtisch. Emma versuchte panisch, sich alle Aufträge, die er ihr nannte, zu merken, und als Tom zehn Minuten später abgezogen war, hatte sie das Gefühl, erst einmal durchatmen zu müssen.

Das Telefon ließ sie nicht.

So melodisch-sanft der Klingelton auch war, Emma hatte das Gefühl, dass sie ihn bald hassen würde.

Am Abend wusste sie nicht mehr, wie sie den chaotischen Tag und sämtliche Anforderungen, die an sie gestellt worden waren, bewältigt hatte, aber irgendwie hatte sie es geschafft. Besser gesagt: überstanden.

Sie eilte im Laufschritt nach Hause, entschied sich hektisch für ein Outfit, in dem ihre Figur passabel zur Geltung kam, versuchte Sandras »Make-up-Tipps für Notfälle« zu beherzigen und steckte die Haare hoch. Als sie Tom in der Trattoria am Markt endlich gegenübersaß, war sie vollkommen platt.

Was nicht weiter schlimm war, da Tom gern redete.

Kurz hatte Emma befürchtet, er könnte das Lokal zu schlicht oder zu rustikal finden, aber er verstand sich auf Anhieb mit dem bärtigen Besitzer.

Paolo begrüßte seine Gäste mit jovialem Handschlag und einem Redeschwall, der dem von Tom in nichts nachstand. Während er die Getränke servierte, die sie bestellt hatten, fuchtelte er mit dem Tuch herum, das ihm stets leger über der Schulter hing, und Tom antwortete mit einem Scherz. Paolo entfernte sich mit dröhnendem Lachen.

»Ich wusste gar nicht, dass du Italienisch sprichst«, sagte Emma erstaunt.

»Wir beide wissen viel zu wenig voneinander.« Seine Hand streifte kurz ihren Arm; eine ungewohnt vertraulich wirkende Geste, die er mit einnehmendem Lächeln unterstrich. »Umso schöner, dass du es einrichten konntest, mit mir zu essen. Habe ich dir schon gesagt, dass du bezaubernd aussiehst in diesem Kleid?«

»Nein.« Emma errötete.

»Das Kompliment ist ernst gemeint«, versicherte er.

Emmas Haut begann zu prickeln.

»Und du solltest dein Haar öfter hochstecken, die Frisur steht dir ausgezeichnet.«

»Danke.«

Er faltete seine Serviette auf, und das Gespräch wandte sich dem beruflichen Alltag zu. Während Emma mit kleinen Bissen ihre Gemüselasagne kaute und hin und wieder an ihrem Weinglas nippte, schwärmte Tom weitschweifig von seinen Zukunftsplänen.

»Digitalisierung in allen Bereichen! Mit dem Fundbüro legen wir los. Dann nehmen wir uns die Hundesteuer vor, und die anderen Abteilungen folgen nach und nach. Wenn du dich mit deinem Programm vertraut gemacht hast, kannst du dir gern auch die anderen aneignen. Das schaffst du locker in ein paar Tagen.«

Noch mehr neue Aufgaben, die auf sie zukamen? Emma wusste nicht, was sie davon halten sollte. »Muss ich mich denn unbedingt mit allem auskennen?«

»Warum nicht? Dann könntest du interne Schulungen im Rathaus anbieten. Das wär eine tolle Aufstiegschance für dich.«

Sie fand die Vorstellung eher beängstigend.

»Um die Finanzverwaltung kümmere ich mich natürlich selbst. Aber der ganze Rest … Ich trau dir das zu! In dir steckt viel mehr, als du glaubst.« Lächelnd stieß er sein Glas gegen ihres. »Denk darüber nach!«

Tom hatte außerdem vor, die Presse zur Unterstützung mit ins Boot zu holen. »In deiner Personalakte steht, dass du gute Kontakte zur Lokalzeitung hast?«

Emma verschluckte sich. Hustend hielt sie sich die Serviette vor den Mund. »Du hast meine Personalakte gelesen?«, krächzte sie, als sie wieder Luft bekam.

»Selbstverständlich.« Er nickte. »Die Akten von allen Beschäftigten. Wie soll ich sonst wissen, mit wem ich es zu tun habe und auf wessen Erfahrungen ich bauen kann?«

Mit der Pressearbeit wollte er jedenfalls gleich nächste Woche anfangen. »Gerade die älteren Bürger lesen doch noch Zeitung. Sie sollen sich darin frühzeitig über die Vorteile informieren können, die unsere Veränderungen bringen – kein langes Warten mehr auf Termine, keine unnötigen Wege. Das muss man den Leuten nur schmackhaft machen.« Er redete sich richtig in Fahrt. »Irgendwann soll alles bequem von zu Hause abgewickelt werden. Egal, ob es um Baugenehmigungen, Anträge auf Wohngeld, Kitaplätze oder Müllgebühren geht.«

»Zum Heiraten müssen die Paare aber schon noch persönlich ins Standesamt kommen, oder?«

Tom lachte. »Du bist echt witzig, Emma.«

Eigentlich hatte sie gar nicht witzig sein wollen. »Eine digitale Hochzeit stelle ich mir schrecklich unromantisch vor.«

»Du hast recht.« Immer noch schmunzelnd legte er das Besteck auf den leeren Teller und tupfte sich die Lippen ab. »Davon sollten wir absehen.«

Vielleicht lag es am Thema, dass er nun wieder zurück in den Flirtmodus wechselte. Oder am Wein, der schwerer war als der, den sie in Dominiks Beisein getrunken hatte. Oder an dem enorm stressigen Tag, der hinter ihr lag. Jedenfalls fühlte Emma sich ein bisschen, als würde sie schweben.

»Ich bin froh, dich an meiner Seite zu haben«, sagte er.

Während sie ihr Lieblingseis zum Dessert bestellte, trank Tom einen doppelten Espresso, aber er war sich nicht zu fein, von ihrem Löffel zu probieren.

Anschließend übernahm er die Rechnung – wobei er sich

von Paolo eine Quittung ausstellen ließ, sodass Emma davon ausging, dass er das Ganze dienstlich abrechnen würde.

»Bitte.« Galant hielt er ihr den Mantel hin. »Bist du zu Fuß gekommen? Soll ich dich nach Hause bringen?«

Emma war noch nie in ihrem Leben Porsche gefahren.

Bei Toms rasanter Fahrweise fiel es ihr schwer, sich auf den Heimweg zu konzentrieren, und beinahe hätte sie Tom unterwegs falsch abbiegen lassen. Zum Glück merkte er es nicht.

Am Ende überrollte er noch fast den dicken roten Kater, der gerade über die Straße spazierte. Schimpfend drohte Emmas Vermieterin ihm mit der Faust. Frau Krause hatte den Kater eben erst hinausgelassen und stand noch in der offenen Haustür. Das Licht, das hinter ihr aus dem Flur fiel, erhellte ihr erzürntes Gesicht.

»Ich fürchte, das nimmt sie mir übel.« Emma seufzte.

»Alles gut, meine Schuld. Nichts passiert!« Tom winkte Frau Krause beschwichtigend zu.

Der Kater setzte beleidigt seinen Weg fort und gab die Straße frei.

Tom stieg aus, ging um den Wagen herum und öffnete für Emma die Beifahrertür. »Wir sehen uns dann morgen im Büro.« Er lächelte. »Ich kann es kaum erwarten.«

Gleich darauf schoss er mit dem Porsche davon.

»Schönen Abend«, wünschte Emma ihrer Vermieterin, erntete aber nur vorwurfsvolles Schweigen.

Sie stieg die Treppe zu ihrer kleinen Dachwohnung empor, und erst als sie die Wohnungstür aufschloss, fiel ihr ein, dass sie Agnes völlig vergessen hatte. Jetzt war es zu spät, die Bibliothekarin anzurufen. Mist!

Allerdings hatte sie Tom gar nicht wegen der Bücherei gefragt, sie hätte Agnes also nichts Neues sagen können.

Emmas schlechtes Gewissen milderte das nicht.

Obwohl der Tag lang und anstrengend gewesen war, fühlte Emma sich zu aufgedreht zum Schlafen. Sie war erfüllt von einer kribbeligen Energie.

Kurz entschlossen fuhr sie den Laptop hoch, um noch eine halbe Stunde in ihren Blog zu investieren. Das Archiv der verlorenen Träume wartete darauf, mit weiteren Geschichten gefüllt zu werden. Emma klickte sich durch den Ordner mit Fotos, die sie zuletzt aufgenommen hatte.

Das Stiftmäppchen mit den bunten Knöpfen fiel ihr ins Auge, weil der mattschwarze Füller, der dazu gehörte, auf ihrem Foto so geheimnisvoll schimmerte.

Sie nahm beides aus dem Karton mit Fundsachen und legte den Füller vor sich hin. Strich behutsam mit der Fingerkuppe über den Schaft, als könnte sie so erahnen, wem der edle Stift einst gehört hatte. Leider besaß er keine Gravur.

Also ließ Emma ihre Fantasie frei schweifen.

Sie tippte, korrigierte und feilte an ihrem Entwurf bis weit nach Mitternacht. Dann fand sie, dass es an ihrer Geschichte nichts mehr zu verbessern gab.

Sie postete den neuen Beitrag im Blog und bemerkte dabei überrascht, dass ihr Archiv der verlorenen Träume inzwischen schon vier Follower hatte. Wow, vier! Emmas Gesicht glühte vor Freude.

CosmicSandy, das konnte nur Sandra sein. Sie hatte sogar einen Smiley als Kommentar gepostet.

Gerade als Emma rätselte, wie Sandra auf ihren Blog gestoßen war und wer wohl die anderen sein mochten, kündigte ein Pling den Eingang einer E-Mail an. Hoffentlich stammte sie nicht von Agnes.

Emma öffnete das Postfach, um nachzuschauen. Positiv denken! Spam, der ihr eine Kontosperre androhte oder Sextoys anpries, war auch realistisch.

Aber die Nachricht stammte von Dominik.

*Hi Emma,*
*hab gerade deinen Blog abonniert. Sieht gut aus!*
*Viel Erfolg damit und bis bald*
*Dominik*
*PS: Freu mich auf Freitag.*

Unwillkürlich musste sie lächeln. Jetzt wusste sie, wer sich hinter Nik17 verbarg.

## Aus dem Archiv der verlorenen Träume:
## Der schwarze Füller
*(von Emma Walther)*

Vorsichtig pustete Holly die Tinte trocken, ehe sie das Tagebuch zuklappte. Endlich konnte sie wieder schreiben! Endlich flossen die Worte aus ihr heraus, die so lange in ihrem Kopf festgesteckt hatten. All die Sätze, die nur in ihren Gedanken gekreist waren, die sich stundenlang nur in sinnlosen Schleifen und wirren Bahnen bewegt hatten. Jetzt fanden sie ihren Weg auf das Papier.

Der schwarze Füller, den ihr die Ärztin geschenkt hatte, musste ein Geschenk des Himmels sein. In dem Stiftmäppchen mit den bunten Knöpfen verbarg sich ein Wunder. Denn der Füller half Holly, ihre Geschichte zu erzählen.

Ihre Erinnerungen einzufangen, ihre Träume wiederzufinden.

Es gab sie noch, jene Holly, die sie vor dem Sturm gewesen war. Jene Holly, die lachte, als eine heftige Windböe ihr die Kapuze vom Kopf riss, und die nicht merkte, dass der Sturm gleichzeitig das Dach des alten Hauses beschädigte, an dem sie gerade vorbeilief.

Jene Holly sah nicht nach oben, sah die Ziegel nicht fallen. Weil sie nur nach vorne schaute, zur Bushaltestelle, wo Ben stand und auf sie wartete. Lächelnd, mit offenen Armen.

Doch sie hatte seine Arme nie erreicht.

Die Welt wurde dunkel, ohne dass Holly es wahrnahm.

Dann wurde sie wieder hell. Später, als Holly es glauben wollte. Später, als sie es sich vorstellen konnte.

Mehrere Monate waren verstrichen. Monate, von denen sie nichts wusste.

Draußen tanzten Schneeflocken vor dem Fenster.

Die Welt hatte sich weitergedreht, während Holly in einem Krankenhausbett lag und ihr Leben verpasste.

Zumindest einen Teil davon. Diesen besonderen Sommer.

Den Anfang mit Ben ...

Aber jetzt wusste Holly, dass sie noch eine Chance hatte. Sie hatte den dunklen Schlaf überwunden, die Schmerzen und zuletzt die Wortlosigkeit. Jenen Tag an der Bushaltestelle konnte sie nicht zurückholen und auch nicht den verlorenen Sommer.

Doch sie konnte Ben einen Brief schreiben.

Ihm erzählen, dass sie sich erinnerte.

An ihn. An alles.

Und wie sehr sie ihn vermisste.

Der schwarze Füller schrieb alles, was Holly sagen wollte, aufs Papier. Zeile um Zeile, Wort für Wort.

Mit jedem Buchstaben, der ihr gelang, mit jedem Schnörkel und jedem Satzzeichen näherte sie sich der entscheidenden Frage am Ende.

Ihr erster Brief, so lange nach dem Erwachen.

*Denkst du noch an mich, Ben?*

# 9

»Bitte, wer ist da?« Emma verstand die leise Stimme am anderen Ende des Telefons kaum, weil Tom vor ihr stand und permanent auf sie einredete.

Das ging schon den ganzen Morgen so. Der Dienstag war erst ein paar Stunden alt und Emma bereits total konfus. Wenn Tom nur nicht darauf bestehen würde, dass sie jeden Anruf sofort entgegennahm. Das war ihm immens wichtig, angeblich wegen der Kundenzufriedenheit. Nur, wie sollte sie jemanden am Telefon zufriedenstellen und gleichzeitig ihm zuhören? Multitasking hin oder her, das war unmöglich.

»Hier ist Betty.«

»Von der Bücherei?«

»Ja.« Aus dem Hörer klang Schluchzen. »Ich schaffe das nicht allein.«

»Moment mal, ich …« Emma wedelte in Richtung Tom, dass er still sein sollte. »Worum geht es?«

»Um Agnes. Sie hat gestern gekündigt.«

»Was?«

»Ja, und heute ist sie nicht gekommen, und ich weiß nicht, wie ich die Ausleihe und das alles ohne sie schaffen soll. Eigentlich helfe ich doch nur aus und sortiere die Bücher ein.« Wieder Schluchzen. »Ich kann das nicht.«

»Bleib in der Leitung.« Emma sprang vom Stuhl auf und

presste die Hand über den Hörer. »Tom«, zischte sie. »Ich wollte dich das schon längst fragen. Was ist mit der Bücherei?«

»Wieso?« Er sah auf die Uhr. »Ich habe umstrukturiert, weil die Finanzlage verheerend ist. Einen solchen Zuschussbetrieb kann sich die Stadt nicht leisten.«

»Aber ...?«

»Das musst du doch verstehen!«

Emma verstand gar nichts. Außer dass er etwas Ungeheuerliches getan haben musste, wenn Agnes sofort das Handtuch geworfen hatte. Sie liebte die städtische Bücherei; ihr lag am Herzen, was sie dort aufgebaut hatte. Das wusste Emma.

»Warum hat Agnes fristlos gekündigt?«

Er zuckte die Achseln. »Ich hatte ihr mitgeteilt, dass ich die Leitungsstelle aus Kostengründen auf fünfzig Prozent reduziere.«

»Das kannst du doch nicht machen.«

»Natürlich kann ich das. Ich muss es sogar! Genau dafür bin ich hier.« Er musterte sie mit undurchdringlicher Miene. »Wo ist jetzt das Problem?«

»Betty kommt allein nicht klar.«

»Die minderbegabte Aushilfe?« Er hob die Brauen. »Tja, dann bleibt nur eine Lösung, die mir angesichts der Lage ohnehin am effektivsten scheint. Fahr hin, komplimentier die überforderte Kleine hinaus, und erklär ihr, dass wir die Bücherei schließen. Und wenn du schon dort bist, häng einen entsprechenden Aushang an die Tür, damit die Leute Bescheid wissen.«

Er tippte mit vielsagendem Blick auf seine Uhr, murmelte ein hastiges »Ich muss los, wichtiger Termin« und verschwand.

Emma starrte ihm fassungslos nach. Sekunden verstrichen, bis sie sich wieder an Betty erinnerte.

»Bist du noch dran?«, fragte sie.

Ein schniefendes »Ja« erklang aus dem Hörer.

Emma versprach, in einer Viertelstunde da zu sein.

Während sie mit dem Fahrrad zur Bücherei strampelte, weil Tom wie üblich den Dienstwagen genommen hatte, obwohl sein Porsche von der Tür stand, schwirrten ihr tausend Gedanken durch den Kopf. Sie musste irgendwie verhindern, dass die Bibliothek geschlossen wurde. Aber Agnes würde sich kaum überreden lassen, als Halbtagskraft zurückzukommen. Und Betty war ein liebes Mädchen, aber sie brauchte jemanden, auf den sie sich verlassen konnte und der sie anleitete.

Emma biss die Zähne zusammen und trat heftiger in die Pedale. Tom sah immer nur auf die Zahlen, nie auf das, was eigentlich dahintersteckte. Die Bücherei warf vielleicht keinen Gewinn ab, dennoch war sie wichtig für Bickstädt. Vor allem für die Menschen, die nicht das Geld hatten, sich ständig neue Bücher zu kaufen, oder für die Kinder, die hier erste Leseerfahrungen sammeln konnten und zahlreich zu den Vorlesestunden kamen. Emmas Lesekreis und all die anderen Aktivitäten, sie waren unersetzlich.

Außer Atem erreichte sie den schmucken Altbau aus der Gründerzeit, in dem die Bücherei untergebracht war. Sie schloss ihr Fahrrad an den Ständer und hastete die Stufen neben der Rampe für Rollstühle und Kinderwagen hinauf. Auch das war Agnes' Verdienst. Sie hatte sich hartnäckig dafür eingesetzt, dass die Bibliothek barrierefrei war.

Sobald die schwere Innentür vor Emma aufschwang, umfing sie der wunderbare Geruch nach Büchern. Sie fand, es gab nichts, das damit vergleichbar war. Trotz allen Ärgers entlockte ihr der Geruch spontan ein Lächeln.

Auch Bettys Gesicht leuchtete bei Emmas Anblick auf. »Danke, dass du gekommen bist.« Sie hatte Tränenspuren auf den Wangen und wirkte völlig verzweifelt.

Auf der Ausleihtheke stapelten sich die im Laufe des Vormittags zurückgegebenen Bücher. Zwei Spielplatzmütter standen davor und unterhielten sich leise.

»Die anderen sind schon gegangen.« Betty schniefte. »Die Leute konnten nicht warten und ich ...«

»Schon gut. Wir kriegen das gemeinsam hin.« Emma lächelte ihr aufmunternd zu. Zwar kannte sie sich mit dem Leihsystem von Agnes' Computer genauso wenig aus wie Betty, aber fürs Erste behalf sie sich einfach mit Papier und Kugelschreiber. Sie ließ sich von den Frauen die Bibliotheksausweise geben und notierte deren Nummern sowie die Bücher, die die beiden ausleihen wollten. Den Erziehungsratgeber und das Buch über gesunde Ernährung für Kleinkinder hatte Betty gefunden, die Psychologiebände nicht.

»Der Platz, wo Agnes immer die Vorbestellungen hinlegt, ist leer«, sagte sie. »Siehst du?«

»Im Regal für Fachliteratur stehen sie auch nicht«, ergänzte eine der Frauen. »Dort haben wir nachgesehen.«

Emma entdeckte die vermissten Bände nach kurzer Suche auf dem überfüllten Wägelchen in der Ecke. Dort hatte Agnes sie wohl in der letzten Woche noch hingepackt, ehe Betty heute andere Bücher davorgestapelt hatte.

Sie reichte sie der wartenden Frau und bedankte sich für die Geduld. »Wir geben alles später in den Computer ein, wenn das System wieder läuft«, versicherte sie. »Vorerst genügt uns der handschriftliche Vermerk.«

Zufrieden zogen die Damen ab.

Emma sank auf den Stuhl, auf dem sonst Agnes immer gesessen hatte. Sogar ihre Lesebrille lag noch auf dem Tisch.

Nachdenklich spielte Emma mit der Kette. »Vielleicht kommt sie doch wieder zurück?«, meinte sie hoffnungsvoll.

»Nein.« Betty schüttelte den Kopf.

Was sie von dem erbitterten Streit am Vortag berichtete,

klang in der Tat nicht danach, als würde Agnes je wieder einen Fuß in die Bibliothek setzen. Nicht, solange Tom ihr Vorschriften machen konnte. Und dass er das konnte, daran bestand nicht der geringste Zweifel. Emma seufzte.

»Was tun wir jetzt?«, fragte Betty.

Emma drückte auf den Knopf und fuhr den Computer hoch. »Ich versuche herauszufinden, wie das System funktioniert, und du räumst die Bücher weg. Einverstanden?«

»Ja.« Betty strahlte. »Das kann ich.«

Natürlich konnte sie noch viel mehr. Sie suchte weitere Vorbestellungen heraus, die im Laufe der Woche abgeholt werden sollten, säuberte ein fleckiges Bilderbuch und räumte die Kinderecke wieder ordentlich auf, nachdem eine wilde Bande Vorschulkinder hereingestürmt war.

Nur mit der Technik und dem Ausleihsystem kam sie nicht zurecht, selbst als Emma es ihr später zu erklären versuchte.

Verzagt wies sie auf den Bildschirm. »Das Zeichen blinkt bei mir immer an der falschen Stelle.«

»Du kannst es mit der Maus anklicken, siehst du?«

Doch für die Koordination von Maus und Monitor fehlten Betty das Verständnis und jegliche Übung. Bald traten ihr Tränen in die Augen. »Agnes hat gesagt, ich muss das nicht können. Dafür ist sie da!«

»Du hast recht«, beruhigte Emma sie. Es war nicht Bettys Aufgabe als Aushilfe, eine ausgebildete Bibliothekarin zu ersetzen. »Hör zu, wir lassen uns etwas einfallen.«

»Bleibst du hier?«

Emma versuchte, sich zu erinnern, was im Rathaus auf ihrem Schreibtisch lag. Hoffentlich nichts, das nicht einen Tag warten konnte. Für eingehende Anrufe galt dasselbe. Falls Tom sich später über ihre Abwesenheit beschwerte, konnte sie ihn darauf hinweisen, dass das auch der Fall gewesen wäre, wenn sie sich heute krankgemeldet hätte. Sicher hätte er seinen wichtigen Termin ihretwegen nicht abgesagt. Irgendwie würde es schon gehen.

Sie nickte. »Heute bleibe ich, ja.«

»Und morgen?«, fragte Betty.

»Das besprechen wir später.«

Zum Glück fragte Betty nicht weiter nach, sondern lud sich einen Stapel Bücher auf den Arm und verschwand zufrieden summend zwischen den Regalreihen. Solange sie nicht die Verantwortung übernehmen musste, war ihr jede Lösung recht.

Emma stützte den Kopf in die Hände. Mit kreisenden Daumen massierte sie sich die Schläfen, als könnte sie ihr Gehirn so dazu überreden, Ideen auszuspucken. Im Moment wusste sie nur eines: Die Bibliothek zu schließen war keine Option.

Also brauchte sie einen Notfallplan. Dringend.

»Du hast was getan?«, rief Tom entgeistert am nächsten Morgen, als sie ihm ihre Lösung unterbreitete.

»Ich habe Rosemarie gebeten, für Agnes einzuspringen.«

»Das steht dir überhaupt nicht zu! Als meine Assistentin hast du keine Befugnis, Stellen zu besetzen. Auch keine halben! Was hast du dir bloß dabei gedacht?«

Emma zuckte zusammen. »Ich dachte, du würdest froh sein, wenn ich die Sache schnellstmöglich regle.«

»Das Schnellste wäre gewesen, die Bücherei zu schließen. So wie ich es dir vorgeschlagen habe. Warum hast du dich nicht daran gehalten?«

Es fiel Emma nicht leicht, seinem Blick standzuhalten. Tom sah mächtig verärgert aus. »Meine Idee schien mir die beste Lösung für alle Beteiligten«, verteidigte sie sich. »Du hast doch selbst gesagt, in meinem Job käme es auf Eigeninitiative an.«

»Ich fürchte, da hast du was missverstanden.« Sein Ton war scharf, die Furche auf seiner Stirn vertiefte sich.

Emma fuhr hastig fort. »Du hast erst kürzlich betont, wie

wichtig eine gute Presse für unsere Arbeit ist. Meinst du, jemand lobt dich öffentlich dafür, wenn du über Nacht die Bücherei schließt?«

»Das kommt auf die Darstellung an.«

»Also, ich glaube ...«

»Herrgott, Emma! Wen interessiert, was du glaubst?«

Das Telefon in ihrem Büro klingelte, aber er hielt sie zurück, als sie nach nebenan flüchten wollte. »Nein, bleib hier, das klären wir jetzt.«

Eindringlich redete er ihr ins Gewissen. Dass sie in Zukunft keine eigenmächtigen Entscheidungen mehr treffen, sondern sich vorher mit ihm abstimmen solle. Nein, müsse! »Die Umstrukturierungen sind meine Angelegenheit, klar? Dazu gehören vor allem die Stellenbesetzungen.«

Emma senkte den Kopf. »Heißt das, Rosemarie muss wieder gehen?«

»Nein.« Sein Zeigefinger schob sich unter ihr Kinn und hob es mit sanftem Druck nach oben. »Da sie keine Qualifikation als Bibliothekarin vorweisen kann, kostet es uns deutlich weniger, wenn wir die entstandene Lücke stundenweise mit ihr besetzen. Gute Wahl.«

Sie zögerte. »Was ist mit den Öffnungszeiten?«

»Was soll damit sein?«

»Wir werden sie einschränken müssen.«

Denn Rosemarie würde keine einzige unbezahlte Überstunde leisten, das hatte sie sofort klargestellt. Zwar hatte sie sich von Emmas flehentlichem Bitten überreden lassen, für Agnes einzuspringen, aber im Grunde widerstrebte es ihr, der langjährigen Leiterin auf diese Weise in den Rücken zu fallen und wieder für den Schnösel zu arbeiten. Sie sprang nur Emma zuliebe ein. Und vielleicht ein bisschen, weil sie gern mit Menschen zu tun hatte. Aber gewiss nicht wegen Tom.

»Dann schränk die Zeiten ein.« Er zuckte die Achseln.

»Und was ist mit den Angeboten? Agnes' Lesekreis oder die Vorlesenachmittage für Kinder oder …«

»Tu mir einen Gefallen, erspar mir die Details.« Jetzt sah er genervt aus. »Du hast ohne meine Veranlassung gehandelt, als es darum ging, die Bibliothek offen zu halten. Dann kümmere dich jetzt darum, wie du die Einzelheiten regelst. Notfalls sag alles ab, fertig. Außerdem möchte ich, dass du einen Kostendeckungsplan erstellst. Rasch, versteht sich! Bevor ich irgendeinen Arbeitsvertrag unterschreibe.«

»Einen Kostenplan?«

»Deckung lautete das Stichwort! Wenn die Bücherei weiterhin ein Minus verursacht, werde ich sie schließen.«

Das Telefon nebenan klingelte erneut, und dieses Mal hielt Tom sie nicht auf. Emma war heilfroh, ihm zu entkommen.

So wie es aussah, war die Zukunft der Bibliothek noch lange nicht gesichert. Leider – trotz ihres tapferen Einsatzes und der Auseinandersetzung früh am Morgen.

Emma atmete zweimal tief durch, ehe sie das Gespräch annahm. Ihre Hände zitterten. Tom war Gift für ihre Nerven.

Erst recht, wenn er sauer auf sie war.


In den folgenden Tagen versuchte sie, eine Lösung für die Zukunft der Bibliothek zu finden. Es war alles andere als leicht. Schon die Zeit zum Nachdenken war knapp, denn ständig flatterten neue Dienstanweisungen herein, und Emma wusste meist nicht, wo ihr der Kopf stand.

Egal, wie sehr sie sich anstrengte, ihr schicker neuer Schreibtisch schien niemals leer zu werden. Es war unmöglich abzuarbeiten, was täglich darauf landete. Stattdessen wuchs der Stapel immer höher, was sie zusätzlich unter Druck setzte. Toms Ungeduld, wenn sie etwas vergaß oder suchen musste, half auch nicht gerade.

Sie vermisste ihr gemütliches Fundbüro im Keller.

Die Palme und den schönen Apothekenschrank.

Den warmen Schein der Mosaiklampe.

Vielleicht sehnte sie sich auch nur nach Ruhe.

Heimlich stahl sie sich in der Mittagspause davon und sortierte weitere Fundstücke aus, die sie mit nach Hause nehmen wollte. Es gab noch so viele Gegenstände, die es wert waren, für ihr Blogarchiv gerettet zu werden. Zum Beispiel dieser niedliche bemalte Holzelefant, den sie da gerade aus einer Schublade zog. Er war nur ein paar Zentimeter groß.

Moment mal ... Emma stutzte.

Seit sie als Assistentin von Tom durch sämtliche Abteilungen gescheucht wurde, kannte sie sich im Rathaus bestens aus. Frau Müller, die reserviert wirkende Kollegin, die immer so strenge Blusen und Blazer trug und sich um die städtischen Finanzen kümmerte, hatte eine ganze Parade Holzelefanten auf ihrem Schreibtisch stehen. Vielleicht würde sie sich über das Kerlchen freuen?

»Was meinst du?«, fragte Emma.

Der kleine Elefant schien nichts dagegen zu haben, statt in ihrem Blogarchiv bei möglichen Verwandten zu landen.

Emma versteckte ihn in der Hand, als sie das Fundbüro im Keller verließ. Die Rathaushalle lag verlassen da. Nur die beiden Statuen vor dem Aufgang zum Turm standen auf ihren Marmorsockeln und blickten sinnierend zur Kassettendecke hinauf. Die Räume der Finanzbuchhaltung zweigten links in einen Gang ab. Ein rostroter Teppich dämpfte Emmas Schritte. Sie fühlte sich fast wie eine Königin, die gerade aus dem Ballsaal kam.

»Ja?«, rief es, als sie klopfte. »Herein!«

Vorsichtig öffnete Emma die Tür. Nicht einmal Tom wagte es, Frau Müller zu duzen. Sie war die einzige Kollegin im Haus, die sich solche Vertraulichkeiten strikt verbat.

Frau Müller wirkte zunächst recht ungnädig über die Störung ihrer Pause. Doch kaum entdeckte sie den Holzelefanten in Emmas Hand, veränderte sich ihr Gesichtsausdruck. Plötzlich sah sie ganz weich und verletzlich aus.

»Du liebe Zeit, wo haben Sie denn den her?«

»Aus dem Schrank im Fundbüro«, erklärte Emma.

»War er die ganze Zeit dort?« Frau Müller räusperte sich, weil ihr die Stimme versagte. »Ich kann es nicht glauben. Sehen Sie, das ist genau der Elefant, der mir fehlt. Der allerkleinste!«

Verblüfft schaute Emma zu, wie Frau Müller den Elefanten ans Ende der Reihe auf ihrem Schreibtisch stellte. Sein winziger Rüssel hakte sich beim etwas größeren Vordermann ein. Jetzt war die Elefantenfamilie vollständig.

Emma fragte sich, wie das sein konnte.

Frau Müller kramte ein Taschentuch hervor. Dann erzählte sie Emma mit erstickter Stimme, dass ihr Vater jahrzehntelang als Archivar im Rathaus gearbeitet hatte. »Sie kennen ihn nicht, das war lange vor Ihrer Zeit.« Ausnahmsweise hatte er sie als kleines Mädchen einmal mit zur Arbeit genommen, weil ihre Mutter im Krankenhaus war. »Es gab Komplikationen bei der Geburt meines Bruders. Ich war erst fünf und konnte noch nicht allein zu Hause bleiben.« Er hatte ihr eingeschärft, im Archiv bloß nichts anzufassen. »Aber ich habe mich natürlich bald schrecklich gelangweilt und gebettelt, mir das Rathaus ansehen zu dürfen. Damals kam es mir wie ein Märchenschloss vor! Ich habe meinen Vater, weil er hier arbeiten durfte, glühend beneidet. Mit großen Augen bin ich herumgegeistert, bis Rosemarie mich bemerkt hat. Sie hat sich den restlichen Tag um mich gekümmert, sehr zur Erleichterung meines Vaters. Sie hat mir auch erlaubt, mit den Holzelefanten zu spielen, die damals bei ihr in der Telefonzentrale standen.«

Emma lächelte. Ja, das passte zu Rosemarie.

»Als später der kleinste Elefant fehlte, war mein Vater sehr wütend«, fuhr Frau Müller fort. »Ich muss ihn an jenem Tag irgendwo verloren haben. Mein Vater bestand darauf, dass ich den Schaden ersetzte, mit sämtlichen Groschen aus meiner Sparbüchse. Rosemarie tat das Ganze so leid, dass sie mir alle ihre Elefanten geschenkt hat. Das habe ich ihr nie vergessen. Als ich dann selbst hier angefangen habe zu arbeiten, hat sie sich sofort an mich erinnert. Obwohl sie zwanzig Jahre älter ist als ich, sind wir gute Freundinnen geworden. Können Sie sich das vorstellen?«

»O ja.« Emma fand die Geschichte bezaubernd. Sie freute sich ebenso wie Frau Müller, dass der kleinste Elefant den Platz wiedergefunden hatte, an den er gehörte.

»Ich muss Rosemarie anrufen. Sie wird es nicht glauben, wenn ich ihr das erzähle.« Frau Müller drückte Emmas Hand. »Haben Sie vielen Dank für diese wunderbare Überraschung! Und wenn ich irgendwann etwas für Sie tun kann, lassen Sie es mich wissen.«

Emma schüttelte den Kopf. Die pure Freude, die sie ausgelöst hatte, war der schönste Dank. Mehr brauchte es nicht.


Am Nachmittag wollte sie eigentlich einen Rettungsplan für die Bibliothek austüfteln, aber das Telefon stand keine Sekunde still. Zudem saß Tom ihr fortwährend mit weiteren Aufträgen im Nacken.

Also nahm sie die Unterlagen mit nach Hause und setzte sich abends daran. Finanziell sah die Lage gar nicht so schlecht aus, wie Tom behauptet hatte. Lediglich für die Anschaffung neuer Bücher und Medien stand kein Geld zur Verfügung, aber da hatte Emma schon eine Idee. Vielleicht konnte sie einen Bücherbasar veranstalten? Mit dem Erlös für aussortierte oder gespendete Exemplare könnte sie anschließend aktuelle Bücher erwerben.

Sie besprach ihren Vorschlag am nächsten Tag mit Betty, die auch eine schöne Idee hatte, um die derzeit eingeschränkten

Öffnungszeiten abzumildern. »Warum richten wir nicht im Vorraum der Bibliothek eine Verschenkbücherecke oder ein Tauschbücherregal ein?«

Emma fand das toll. Allerdings musste sie erst noch Tom überzeugen. Er befürchtete bestimmt Vandalismus, wenn der Vorraum ohne Aufsicht jederzeit zugänglich blieb.

Emma überlegte mit Betty, ob sich die Idee vielleicht anders umsetzen ließ. Mit einer Telefonzelle draußen neben dem Eingang, als Bücherhäuschen? Davon hatte Emma schon gehört. In anderen Orten gab es so was. Sie musste nur herausfinden, wo sie für solche Zwecke eine ausrangierte Telefonzelle herbekam. In Bickstädt waren sie längst aus dem Stadtbild verschwunden.

Was den Lesekreis betraf, so hatte Emma den Termin letzte Woche kurzfristig abgesagt, um Betty und sich selbst zu entlasten. Aber dauerhaft wollte sie die Tradition nicht sterben lassen. Dafür lag ihr zu viel daran.

Sie suchte Agnes' Nummer heraus, und als sie zwischen zwei von Toms Terminen endlich ein paar Minuten Luft hatte, rief sie die Bibliothekarin an. Verständlicherweise wollte Agnes sich aber nicht weiter engagieren.

»Ich habe mich auf eine Stelle in der Kreisstadt beworben«, sagte sie. »Ich bringe meine Kenntnisse und Erfahrung in Zukunft lieber dort ein, das verstehst du doch sicher.«

»Natürlich.« Emma seufzte.

Sandra kam nicht infrage, der fehlte schlicht die Zeit, um die Dienstagstreffen zu organisieren und vorzubereiten. Und Hanno hatte sich bereit erklärt, ein paar Freiwillige unter seinen Schülern zu rekrutieren, um die Vorlesenachmittage für die Kinder abzudecken. Emma war froh, dass somit die Veranstaltungen für die Kleinsten weiterhin stattfinden konnten. Noch mehr wollte sie dem viel beschäftigten Lehrer nicht aufhalsen. Hanno organisierte ja außerdem noch den Schreibwettbewerb, bei dem Agnes als Unterstützung jetzt auch ausfiel. Trotzdem rief Emma ihn an.

»Wollen wir den Lesekreis für nächsten Dienstag absagen? Überhaupt für die nächste Zeit, bis mir eine Lösung dafür eingefallen ist?«

»Warum übernimmst du nicht die Leitung?«, fragte Hanno. »Das wär doch die einfachste Lösung. Du bist doch gerade sowieso ständig vor Ort.«

Das stimmte. Emma sah regelmäßig nach dem Rechten, und wenn sie nur in der Mittagspause kurz zur Bücherei radelte. Sie fand, das war sie Betty und Rosemarie schuldig, die sich mit vereinten Kräften bemühten, den Laden am Laufen zu halten.

Zuerst fühlte sie sich von Hannos Vorschlag überfordert.

Andererseits gewöhnte sie sich allmählich an das Gefühl. Es befiel sie mehrmals täglich, seit sie für Tom arbeitete, und sie überlebte es jedes Mal. Warum sollte sie nicht imstande sein, den Lesekreis zu leiten? Einen Versuch war es allemal wert. Mit Büchern kannte sie sich wenigstens aus – im Gegensatz zu vielen anderen Dingen, mit denen sie gerade täglich konfrontiert wurde.

»In Ordnung«, sagte sie.

»Prima.« Hanno wirkte aufrichtig erfreut. »Kann ich auch auf dich zählen, was den Schreibwettbewerb angeht?«

Emma sagte ihm ihre Mithilfe zu.

Doch nachdem sie anschließend eine kurze Bestätigung an alle Teilnehmerinnen verschickt hatte, dass das Dienstagstreffen stattfand, geriet sie in Panik. Welche Romane sollte sie für die nächsten Runden vorschlagen? Was, wenn niemand sich für die Bücher interessierte, die sie auswählte? Wenn es Kritik gab? Oder, noch schlimmer, wenn die anderen absprangen, weil Agnes nicht mehr die Leitung innehatte?

Rosemarie schüttelte den Kopf, als Emma am nächsten Tag in der Mittagspause zwischen den Regalen in der Bibliothek umhertigerte und sich für kein Buch entscheiden konnte.

»Du machst mich ganz verrückt«, sagte sie und stemmte die Hände in die Hüften. »Setz dich hin und iss was! Ich höre deinen Magen bis hierher knurren.«

»Unmöglich.« Emma war sicher, dass sie übertrieb.

»Warum fragst du die Leute in deinem komischen Lesezirkel nicht einfach, was sie lesen wollen? Vielleicht freuen sie sich, wenn sie in Zukunft mitbestimmen dürfen.«

»Ja!« Emma stoppte ihre Regalrunde abrupt. »Das ist eine gute Idee.«

Hatte sie sich zu Agnes' Zeiten nicht Ähnliches gewünscht? Vielleicht sollte sie eine Umfrage unter den Teilnehmern starten. Darin konnte jeder konkrete Interessen äußern. Womöglich überschnitten sich die Wünsche sogar; das würde vieles für sie einfacher machen.

»Es muss ja nicht jede Veränderung gleich was Schlechtes bedeuten.« Rosemarie schnaubte. »Solange du darauf achtest, dass der Schnösel sich nicht einmischt. Denn dann kommt garantiert nichts Gutes dabei heraus!«

Die Gefahr bestand nicht. Was Emma privat machte, interessierte Tom zum Glück wenig.

Tags darauf, an einem trüben, verregneten Abend, saß Emma in ihrem ältesten Pulli und einer Kuschelhose zu Hause auf dem Teppich, als es an der Tür klingelte.

Sie überlegte kurz, ob sie aufmachen sollte, und kletterte dann über einen Stapel Romane. Noch immer haderte sie mit der Auswahl für den Lesekreis, und für ihr Archiv der verlorenen Träume wollte sie auch unbedingt noch einen Beitrag verfassen. Endlich war ihr eine passende Geschichte für das geheimnisvolle Zedernholzkästchen eingefallen, das

sie so sehr liebte. Auf Besuch war sie überhaupt nicht eingestellt.

»Alles in Ordnung?« Dominik musterte sie besorgt.

»O Gott, ist heute Freitag?«

»Nein, Mittwoch. Ich hab dich angerufen ...«

»Wirklich?« Emma raufte sich die Locken. »Tut mir leid,
ich glaube, mein Handy liegt noch im Büro. Oder vielleicht
habe ich es auch in der Bücherei vergessen. Komm rein!« Sie
ging ihm voraus ins Wohnzimmer. »Tu bitte so, als würdest du
das Chaos nicht sehen, ja?«

»Kein Problem.« Er folgte ihr, die Hände in den Jeans-
taschen vergraben. Regentropfen glitzerten auf seiner Lederjacke.

Emma begann wahllos, Bücher vom Boden aufzuklauben.

»Lass es«, sagte Dominik. »Ich finde, du arbeitest eindeutig
zu viel. Wie wär's, wenn wir zur Abwechslung ins Kino gehen?
Ich hab gehört, es ist Musikfilmwoche.«

»Heute? Was läuft denn?« Sie zuckte zusammen, als winzige Hagelkörnchen gegen das Dachfenster prasselten.

»*Singin' In The Rain* wär wohl passend.« Er grinste. »Keine
Ahnung, ich weiß es nicht. Ich dachte nur, Musikfilme klingt
gut. Ich war schon seit Ewigkeiten nicht mehr im Kino.«

»Ich auch nicht«, gab Emma zu.

»Dann los!«

Während er wartete, schlüpfte sie in ausgehtaugliche Klamotten und bändigte ihre Locken mit einem Zopfgummi. Ein
bisschen Make-up konnte auch nicht schaden. Ihre Augenringe sahen zum Fürchten aus! Bevor Tom in ihr Leben geplatzt
war, hatte sie damit nie Probleme gehabt.

Zweifelnd betrachtete sie ihr Spiegelbild. Dann fiel ihr
Blick auf das Glas mit den Wunschsteinen. Der Regenbogen-
Obsidian schimmerte daraus hervor, als wollte er sie auf sich
aufmerksam machen. Emma hatte Lunas Meditationsstein da-

mals zwischen ihre gesammelten Kiesel gelegt, weil sie keinen besseren Ort für ihn gewusst hatte.

Vielleicht sollte sie ihn einstecken?

Als Glücksbringer?

Spontan nahm Emma den Stein heraus und schob ihn in die Tasche. Einen Versuch war es wert.

Als sie aus dem Badezimmer kam, pfiff Dominik durch die Zähne. »Hey, wer sind Sie? Wissen Sie, wo Emma steckt? Ich hab sie vor einer Ewigkeit hier reingehen sehen ...«

»Idiot!« Sie stieß ihn in die Rippen.

Aber es tat gut, mit ihm zu lachen. Mit Dominik zusammen zu sein hatte etwas Befreiendes. Sie war ihm dankbar, dass er nicht bis zum Freitagskochen gewartet hatte, sondern einfach hereingeschneit war, um sie abzuholen. Und ob es an Dominiks Kompliment oder an dem Wunschstein in ihrer Tasche lag, Emma fühlte sich plötzlich viel besser.

Spätestens als sie neben Dominik in den plüschig weichen, roten Kinosessel sank, fiel jeglicher Stress von ihr ab.

Der große Saal war nur spärlich gefüllt. Leise hallte das Publikumsgemurmel durch den hohen, holzgetäfelten Raum mit der stuckverzierten Decke. Das Programmkino war früher ein Theater gewesen, der schwere alte Samtvorhang vor der Bühne verdeckte noch heute die Leinwand.

»Popcorn?« Dominik hielt ihr die gestreifte Tüte hin.

Emma nahm sich eine Handvoll heraus. Das Popcorn war lauwarm, knusprig und süß – genau, wie sie es mochte.

Obwohl sie lieber *A Star Is Born* mit Bradley Cooper und Lady Gaga gesehen hätte, waren *Die fabelhaften Baker Boys* für einen Kinoabend ziemlich perfekt – nostalgisch, aber gemütlich.

Es war schön, neben Dominik zu sitzen. So nah, dass sie in den stillen Szenen seinen Atem hören konnte und die Wärme spüren, die er ausstrahlte. Er rückte auch nicht von ihr ab, als sie die Wange an seine Schulter lehnte.

Vielleicht sollte sie den Tag im Kalender anstreichen.

Ihre Lippen klebten von der zuckrigen Süße des Popcorns, und besser wäre nur noch ein Kuss gewesen. Aber Küsse gab es an diesem Abend lediglich auf der Leinwand.

## Aus dem Archiv der verlorenen Träume: Das Zedernholzkästchen

*(von Emma Walther)*

Die alte Frau saß am Fenster, das geöffnete Kästchen auf dem Schoß. Es war aus Zedernholz geschnitzt und mit wundervollen Verzierungen versehen. Wie eine Schatztruhe sah es aus! Und genau das barg das Kästchen auch: einen einzigartigen Schatz an Erinnerungen.

Die alte Frau lächelte, als der Wind die zartgelben Vorhänge bauschte. Ein Schmetterling tanzte im Abendlicht vorbei. Wie schön der Sommertag war, der sich nun dem Ende zuneigte, und wie intensiv die Rosen dufteten, die unter ihrem Fenster die Hauswand emporrankten.

Es war fast wie damals.

An jenem anderen Sommertag, als sie noch jung gewesen war und die Fotografie in das Medaillon geklebt hatte. Ihre Familie war darauf abgebildet; der Mann, den sie liebte, und das kleine, blondlockige Mädchen, das seinen dritten Geburtstag feierte. Damals hatte sie geglaubt, dass ihr Glück ewig währte, und sie wollte es über dem Herzen tragen.

Mit Wehmut betrachtete sie die vergilbte Fotografie.

Längst hatte sie die Lektionen des Lebens gelernt. Darunter auch die, dass sich das Glück nicht bannen ließ und niemals festhalten. Flüchtig war es und untreu.

Wie die Menschen, die fortgingen oder starben.

Aber ihre Erinnerungen waren geblieben. All die Jahre hatte das Zedernholzkästchen ihr geholfen, die Erinnerungen an jenen strahlenden Sommer voller Liebe zu bewahren.

Sie schloss das Medaillon, legte es in das Kästchen zurück und klappte den Deckel zu. Zärtlich strich die alte Frau über die Schnitzereien. Jede Einkerbung, jede Kante war ihr vertraut. Unzählige Male hatte sie das Kästchen berührt. Ihre Tränen waren auf das Holz getropft, ihre Trauer darin versickert.

Bald würde sie mit denen, die sie einst geliebt hatte, wieder vereint sein. Nicht auf einem alten Schwarz-Weiß-Foto, sondern für immer.

Wer würde das Zedernholzkästchen dann an sich nehmen?

Die alte Frau lächelte.

Vielleicht würde ihr Schatzkästchen wieder auf einem Trödelmarkt landen, ähnlich dem, auf dem sie es vor vielen Jahren erstanden hatte.

Ihr geheimer Nachlass, ihre Erinnerungen.

Kostbarer als alles Geld der Welt.

Würde jemand ihr Vermächtnis zu schätzen wissen?

# 10

Der Mai kam und mit ihm weitere turbulente und anstrengende Tage. Emma telefonierte und organisierte von früh bis spät, sie tippte, archivierte und prüfte, rannte im Auftrag von Tom durch sämtliche Abteilungen des Rathauses, weil er die Ansicht vertrat, dass das ihre Aufgabe als seine Assistentin war, und zwischendurch sortierte sie im Fundbüro in jeder freien Minute weiter aus.

Heimlich transportierte Emma in einem Stoffbeutel kleinere Fundstücke auf dem Fahrradgepäckträger nach Hause. Einmal holte Dominik sie vor dem Freitagskochen mit dem Taxi von der Arbeit ab, sodass sie weitere Kartons mit Schätzen vor Tom retten konnte.

Auch wenn Emma abends oft heillos erschöpft war, zwang sie sich, wenigstens ein paar neue Fundstücke abzufotografieren oder an einer Bloggeschichte zu schreiben. Das Archiv der verlorenen Träume wuchs so langsam, aber stetig. Ebenso wie Emmas Followerzahl. Sandra alias CosmicSandy postete öfter nette Kommentare und teilte Emma mit, was ihre Kundinnen zu einem Beitrag gesagt hatten.

Dominik kommentierte nicht im Blog, aber dass er regelmäßig verfolgte, was sie machte, wusste Emma. Heute Abend wollte sie ihn endlich fragen, was Nik17 zu bedeuten hatte. War die 17 seine geheime Glückszahl?

Sie war froh, dass Freitag war. Noch eine halbe Stunde, dann würde sie Schluss machen. Sie hatte angeboten, den Einkauf für das abendliche Kochen zu übernehmen, und Dominik hatte ihr eine Liste geschickt, was sie besorgen sollte.

*Das Fleisch bringe ich mit. Überraschung!* – hatte er darunter geschrieben.

Emma dehnte die Schultern. Es knackte.

Vor dem Rathausfenster zwitscherten Vögel, draußen war es schon fast sommerlich warm. Sie freute sich aufs Wochenende. Ausschlafen, Kraft tanken. Das war der Plan. Die restliche Zeit wollte sie ihrem Blog widmen.

Das Telefon klingelte. Emma nahm ab.

»Herr Brunner?«, grollte eine Männerstimme, noch ehe sie etwas sagen konnte.

»Bedaure, Herr Brunner ist nicht mehr im Haus.«

»Was? Sagen Sie, dass das ein Witz ist!«

»Nein. Sie können ihn ab Montag wieder erreichen.«

»Das ist zu spät. Wo steckt der Kerl?«

Emma schluckte. Die geballte Aggression, die ihr aus dem Hörer entgegenschlug, schüchterte sie ein. Trotzdem bemühte sie sich um einen sachlichen Ton. »Worum geht es denn? Vielleicht kann ich Ihnen helfen?«

»Wer sind Sie, die Sekretärin?«

»Seine Assistentin«, sagte Emma. »Und wer sind Sie, bitte?«

»Lutz Plischke«, knurrte er. »Vom Tierheim.«

Dunkel erinnerte sich Emma, dass Tom in den letzten Tagen über den penetranten Leiter des Tierheims geschimpft hatte, der ihn ständig anrief und mit Beschwerden nervte. Leider hatte sie nicht genau mitbekommen, worum es ging. Tom plante, das Tierheim aus Kostengründen in eine Außenstelle umzuwandeln. Näheres wusste sie nicht.

»Bewegen Sie Ihren Hintern hierher, dann erkläre ich es Ihnen gern«, sagte der Anrufer grob. »Sie kennen den Weg?«

»Ja, aber ich …«

»Hören Sie, ich kann auch ins Rathaus kommen. Dann setze ich Lolek und Bolek auf Brunners Schreibtisch, und wir schauen mal, wie es ihnen dort gefällt.«

Ehe Emma erneut protestieren konnte, hatte er aufgelegt. Sie starrte das tutende Telefon an.

Was sollte sie tun? Tom eine Anrufnotiz hinlegen, nach Hause gehen und das Ganze abhaken? Welche Scherereien er auch immer mit dem Tierheimleiter hatte, warum sollte sie es ausbaden? Nur weil sie zufällig noch im Büro gewesen war …

Aber natürlich knickte sie ein. Lutz Plischke hatte sich nicht bloß wütend, sondern verzweifelt angehört. Vielleicht brauchte er tatsächlich Hilfe.

Weil das Tierheim außerhalb von Bickstädt lag und sie keine Zeit verlieren wollte, beschloss Emma, den Dienstwagen zu nehmen. Der elektronische Schlüssel hing am Brett, und sie hatte sich von Tom neulich die Automatikschaltung erklären lassen. Ob sie sich das Wesentliche gemerkt hatte? Hoffentlich.

Mit klopfendem Herzen stieg sie ein.

O Gott. Die Pedale waren ziemlich weit weg von ihren Füßen. Tom war größer als sie und hatte den Sitz natürlich auf seine Bedürfnisse eingestellt.

»Egal«, murmelte Emma. »Wird schon gehen.« Sie rutschte mit dem Po nach vorne. Seit ihrer Führerscheinprüfung war sie nicht mehr Auto gefahren. Was jetzt? Die Schaltstellung stand auf P, das war richtig. Vorsorglich trat sie trotzdem auf die Bremse und drückte den Powerknopf neben dem Lenkrad. READY erschien auf der Anzeige vor ihr. Kein Motorbrummen, nur ein leises Signal. Okay. Das Auto war an.

Unsicher bugsierte sie den Wagen aus der Parklücke.

Es piepte. Grell und durchdringend.

»Schon gut, ich hab die Ladesäule gesehen.«

Der Alarmton hielt an.

»Den Mülleimer auch!« Puh, ein Auto mit Warnsensoren war ja noch schlimmer als ein nörgelnder Fahrlehrer.

Zum Glück schaffte sie die kurze Strecke durch die Stadt ohne weitere Schwierigkeiten, und die Landstraße war kein Problem. Zwischen Feldern und Wiesen begegnete ihr niemand. Kein Grund für nervende Signale.

Das Tierheim lag nahe an einem Wäldchen. Auf dem Parkplatz davor stand ein Jeep mit dreckbespritzten Rädern. Futtersäcke stapelten sich unter der hochgeschlagenen Plane.

Emma hätte erwartet, Hundegebell zu hören, aber auf dem großen Freilauf hinter dem Zaun tummelten sich zu ihrem Erstaunen keine Tiere. Auch sonst war kein Laut zu hören.

»Hallo?«, rief sie und ging auf die Tür zu. Daneben war eine rostige Glocke angebracht. Doch ehe sie danach greifen konnte, wurde die Tür von innen aufgerissen.

»Sieh an, Sie trauen sich was«, sagte der Mann mit dem grauen Pferdeschwanz und dem stoppeligen Bart. »Hätte nicht gedacht, dass Sie sich wirklich blicken lassen. Kommen Sie rein!«

Er reichte ihr nicht zur Begrüßung die Hand, und angesichts des schmutzigen Overalls, den er trug, verzichtete Emma gern darauf. Lutz Plischke erinnerte sie mit seiner ruppigen Art auf fatale Weise an Fred, den Hausmeister.

»Ich bin gerade noch am Aufräumen«, verkündete er.

»Ja, das sehe ich.«

Emma stolperte hinter ihm her durch einen vollgestellten Flur. Auf der linken Seite war durch eine breite Glasfront ein typisches Katzenzimmer ersichtlich, mit großem Kratzbaum und mehreren Kuschelhöhlen. Die Tür stand offen. Eine Katze war nirgends zu sehen. Der nächste Raum war komplett leer.

»Wo sind denn die Tiere?«, fragte Emma.

Lutz Plischke fuhr herum. »Wo sollen die Tiere schon sein? Zwangsevakuiert, ins Tierheim der Kreisstadt. Bis auf die, die ich so schnell nicht unterbringen konnte. Weil Herr Brunner ja so darauf gedrängt hat, den Umzug unverzüglich abzuwickeln.«

Der wütenden Tirade, die folgte, konnte Emma entnehmen, dass Toms genialer Plan darin bestand, das städtische Tierheim als eigenständiges Unternehmen aufzulösen und es zukünftig dem Tierheim der Kreisstadt als »Außenstelle« anzudienen. »Damit spart er die Miete und die Personalkosten.«

»Wieso Miete?«, fragte Emma verwirrt. Sie war sicher, dass Tom erwähnt hatte, dass das Grundstück, auf dem sich das Tierheim befand, der Gemeinde gehörte. Ebenso wie die Bibliothek. »Das Tierheim bezahlt doch keine Miete an die Stadt.«

»Bisher nicht. Demnächst schon.« Plischke rieb sich zornig das bärtige Kinn. »Ab Montag wird hier renoviert, und wenn Brunners sogenannte Außenstelle dann irgendwann genutzt werden soll, muss die Kreisstadt dafür Miete blechen. Raffinierter Plan, den ihr verdammten Buchhalter im Rathaus da ausgeheckt habt.«

Er stieß einen wüsten Fluch aus, und Emma zog den Kopf ein. Dabei traf sie gar keine Schuld. Sie hatte von Toms Vorhaben nicht einmal etwas gewusst. Vermutlich fiel das unter seinen Punkt »Umschichtungen« im Haushalt.

Eine einäugige, getigerte Katze spähte um die Ecke.

»Da ist ja doch noch ein Tier«, rief sie.

»Wo?« Plischke fuhr herum. »Ach, das ist Luzie. Sie hat schon ein paar Jährchen auf dem Buckel, und im Tierheim hatte sie immer eine Sonderstellung inne.« Er warf Emma einen lauernden Blick zu. »Sie ist sehr verträglich mit Menschen, aber leider nicht mit anderen Katzen. Deshalb konnte ich sie an keine unserer üblichen Pflegestellen vermitteln.«

»Und was wird jetzt aus ihr?«

»Fragen Sie Brunner, ob der sie nimmt!« In den Augen des Tierheimleiters loderte es. »Aber vermutlich hat er eine Katzenallergie, die er vorschieben kann, was? Da bleibt es wohl an Ihnen hängen, Frau Assistentin.«

Emma verschlug es die Sprache. Sie hatte keine Ahnung, ob Tom allergisch auf Katzen reagierte, aber er war definitiv nicht der Typ Mann, der sich liebevoll um ein Haustier kümmerte. »Sie haart bestimmt ...«

»Natürlich haart sie! Es ist eine Katze.«

Inzwischen hatte Luzie sich näher herangewagt und strich Emma schnurrend um die Beine. Immer wieder drückte sie ihr Köpfchen gegen Emmas Wade.

»Wunderbar, sie mag Sie.« Plischke lachte. Es klang eher wie ein bellender Husten. »Ich leihe Ihnen einen Katzenkorb für den Transport. Dann zerkratzt sie Ihnen nicht das Auto.«

»Aber ich kann sie nicht mitnehmen«, protestierte Emma. »Mit Katzen kenne ich mich absolut nicht aus! Außerdem wohne ich unterm Dach, und in meinem Mietvertrag steht eine Klausel, dass Haustiere nur nach Absprache erlaubt sind.« Frau Krause würde niemals zustimmen, dass sie Luzie aufnahm, wenn diese sich nicht mit dem dicken Kater vertrug.

»Dann rufen Sie Brunner an, dass er sie abholen muss«, sagte Plischke ungerührt. »Sie können sie auch als Maskottchen im Rathaus unterbringen, das stört sie sicher nicht. Luzie fühlt sich überall wohl, wo für Wasser, Futter und Freilauf gesorgt ist. Ihre Schlaf- und Kuschelplätze sucht sie sich sowieso selbst aus, da lässt sie sich von niemandem was vorschreiben.«

Wie zur Bestätigung maunzte Luzie laut.

Emma biss sich auf die Lippen. »Hatten Sie am Telefon nicht noch andere Namen erwähnt ...?«

»Richtig, Lolek und Bolek. Die sind draußen im Freigehege.«

Lolek und Bolek stellten sich als zwei wuschelige Meerschweinchen heraus, für die Plischke auf die Schnelle ebenfalls keinen Pflegeplatz gefunden hatte. Sie lagen dösend im Heu und blinzelten, als Emma aus der Hintertür trat.

»Ich habe einen Käfig bereitgestellt. Darin können Sie die beiden transportieren und notfalls auch ein paar Tage in der Wohnung halten. Dauerhaft brauchen sie natürlich mehr Platz oder regelmäßig Auslauf im Garten.«

»Können sie nicht hierbleiben?«, fragte Emma. »Wenigstens für ein paar Tage, bis sich ein Platz für sie gefunden hat?«

Es konnte doch nicht allzu schwer sein, zwei Meerschweinchen zu vermitteln, oder?

»Brunner hat gesagt, bis Ende der Woche müssen alle Tiere raus sein. Also heute.«

»Und Sie ...?«

»Ich kann sie nicht mitnehmen. Mein Dobermann würde sie zum Abendessen verspeisen.«

Hilflos sah Emma ihm zu, wie er die beiden Meerschweinchen schnappte und in den Käfig umsetzte. Aufgeregt wuselten sie umher und quiekten.

»Halt die Fresse«, kreischte es aus dem Tierheim, gefolgt von infernalischem Gelächter.

Emma fuhr herum. Seitlich neben ihr war ein Fenster gekippt, dahinter lag das Büro des Tierheimleiters.

»Das ist Rocky. Unser Graupapagei. Er hatte wohl Angst, wir könnten ihn vergessen.«

»Sie haben einen Papagei, der spricht?«

»Wenn Sie es so nennen wollen ...« Plischke grinste. »Aber ja, fluchen kann Rocky ganz gut.«

Der Vogel hockte im Büro des Tierheimleiters auf einer Stange und guckte verdrießlich. Auf dem Bauch hatte er mehrere kahle Stellen, wo er sich die Federn ausgerupft hatte. Ein paar Beweise lagen um ihn herum verstreut.

»Stress tut ihm gar nicht gut. Stimmt's, Rocky?« Plischke kraulte ihn sanft am Hals. »Wir hatten das eigentlich im Griff, aber das Umzugschaos in der letzten Woche war zu viel.«

Er nahm den Vogel auf die Hand und redete beruhigend auf

ihn ein, während er ihn zu einem hohen Käfig trug. »Sie sollten ihn vorerst in der Wohnung nicht frei fliegen lassen, bis er sich eingewöhnt hat.«

»Ich kann unmöglich alle Ihre Tiere mitne...«

»Hören Sie, ich meine es ernst.« Plischke klappte das Türchen des Vogelkäfigs zu. »Entweder Sie nehmen die Tiere mit, oder ich schaffe sie höchstpersönlich ins Rathaus. Bin gespannt, was von Brunners Büromöbeln dann am Montag noch übrig ist ...«

Der Riesenkäfig mit den beiden Meerschweinchen passte gerade so auf die Rückbank des Hybrids, dass Emma die Seitentüren noch schließen konnte. Sie hatte keine Ahnung, wie sie das Monsterteil allein wieder aus dem Auto hieven sollte.

»Nicht mein Problem«, meinte Plischke achselzuckend. »Rufen Sie doch Ihren Chef an, der ist für diese überstürzte Aktion verantwortlich, nicht ich.« Er schob den Beifahrersitz so weit wie möglich nach hinten, ließ ihn einrasten und wuchtete dann den Papageienkäfig in den Fußraum.

Der Vogel krächzte unwillig. Vermutlich passte ihm nicht, dass der Käfig eine leichte Schieflage aufwies. Umkippen konnte er jedoch nicht, dazu klemmte er zu fest vor dem Sitz.

»Komm, Luzie, du bist die Letzte.« Nur mit Mühe gelang es dem Leiter des Tierheims, die einäugige Katze in einen Flechtkorb mit Gittertürchen zu stecken. Wie ein wilder Tiger wehrte sie sich dagegen.

Emma schwante Böses.

»Schau, du darfst sogar vorne bei der Frau Assistentin mitfahren.«

Als er den Katzenkorb auf dem Sitz abstellte, zwängte Luzie die Krallen durch das Gitter und fauchte laut.

Rocky schlug mit den Flügeln. »Halt die Fresse!«

Katzenfutterdosen, Schachteln mit Körnern, Säcke mit

Streu und Heu wurden in Emmas Kofferraum geladen, und zuletzt drückte Plischke ihr mehrere ausgedruckte Seiten in die Hand. »Unser Service für neue Tierhalter. Da steht alles Wissenswerte für den Anfang, und es sind jede Menge Links aufgeführt, wo Sie zusätzliche Informationen herbekommen. Die Notfallnummer vom Tierheim in der Kreisstadt steht oben. Meine Privatnummer hab ich Ihnen an den Rand geschrieben.«

Emma sah sich nicht in der Lage, etwas zu erwidern. Sie war vollkommen bedient.

Plischke musterte sie nachdenklich. »Tja, dann …«

Fast hatte sie den Eindruck, als hätte er ihretwegen doch ein schlechtes Gewissen. Aber nur kurz.

Er war Fred wirklich sehr ähnlich.

»Vielleicht rufen Sie bei einem Notfall doch besser Herrn Brunner an«, sagte er barsch. »Seine Nummer dürften Sie ja parat haben.«

»Halt die Fresse«, kreischte Rocky.

»Ganz recht«, murmelte Emma, stieg ein und ließ den Motor an.


Dominik wartete bereits vor ihrer Haustür, als Emma eine halbe Stunde später vorfuhr. Er lehnte am Kofferraum des Passats und rauchte. Emma parkte hinter seinem Taxi am Straßenrand und stieg aus.

Als er sie erkannte, warf er die Zigarette weg.

»Ich bin sofort hergekommen, als du angerufen hast«, sagte er. »Was ist los?«

Stumm wies sie durch die Frontscheibe. Beim Anblick des Mini-Zoos in ihrem Dienstwagen begann er zu lachen.

»Das ist nicht witzig«, fauchte sie.

»Oh, doch.« Er warf einen Blick auf ihr Gesicht und zog sie in die Arme. Drückte sie fest an sich.

Sie vergrub ihre Nase in seinem Kapuzenpullover und

wünschte sich zum ersten Mal an diesem Tag nicht, dass das alles nur ein böser Traum war.

»Emma! Was auch immer du dir da eingebrockt hast, es ist kein Drama. Wem gehören die Tiere denn?«

»Mir«, murmelte sie mit erstickter Stimme.

»Dir?«

»Oder niemandem. Ich weiß nicht, was schlimmer ist ...« Irgendwann musste sie leider das Gesicht von seiner Brust heben, um atmen zu können. Viel lieber hätte sie sich weiter dort verkrochen.

Dominik packte mit an, und zehn Minuten später hatten sie Emmas neue Mitbewohner ins Dachgeschoss verfrachtet.

Auf wundersame Weise gelang es ihnen sogar, ungesehen an Emmas Vermietern vorbeizukommen. Dabei besaß Frau Krause zusätzlich zu ihrer angeborenen Neugier einen sechsten Sinn. Aber weder sie noch ihr Gatte oder der dicke Kater tauchten während der Aktion im Treppenhaus auf. Vielleicht waren sie nicht zu Hause.

»Ich hab die Sachen von deiner Liste nicht eingekauft«, fiel Emma plötzlich ein. »Was kochen wir dann?«

»Kein Problem, irgendwas findet sich schon, damit wir das Fleisch nicht ohne Beilagen essen müssen.« Dominik war nicht aus der Ruhe zu bringen.

Ein Fels in ihrer Brandung.

Er verzog sich in Emmas Küche, während sie den dezent nach Meerschweinchenurin müffelnden Dienstwagen zum Rathaus zurückfuhr. Heuhalme klebten auf der Rückbank, und Rocky hatte etliche seiner Federn im Fußraum verteilt, aber sie verzichtete darauf, jetzt noch das Auto zu säubern. Das konnte gefälligst bis nach dem Wochenende warten.

Als sie zurückkehrte, duftete es in der Wohnung würzig nach Steaks und Ofenkartoffeln. Luzie strich Dominik bettelnd um die Beine und beschnurrte ihn hingebungsvoll.

Er lachte. »Sieht aus, als hätte das kleine Biest sich in mich verliebt.«

»Arme Luzie.« Emma streichelte ihr übers Fell. »Hat der Kerl dir noch nichts von der Freunde-Regel erzählt?«

»Unnötig.« Dominik holte zwei flache Teller aus dem Schrank. Inzwischen kannte er sich in ihrer Küche so gut aus wie sie selbst. »Ich wette, sobald ich Madame Einauge mein Steak anbiete, vergisst sie mich auf der Stelle und haut mit dem Fleisch ab. Du errätst übrigens nie, was wir heute essen.«

»Was hast du mit Lolek und Bolek gemacht?« Suchend blickte Emma sich nach dem Käfig mit den beiden Meerschweinchen um. Er war verschwunden.

»Befürchtest du, sie könnten in der Pfanne gelandet sein?«, fragte Dominik. »Keine Angst, sie sind auf deinem Balkon. Warm genug ist es draußen, und dort stört der Käfiggeruch nicht so sehr, dachte ich.«

Er hatte auch ein Tuch über Rockys Käfig gebreitet, damit der Papagei Ruhe fand. Emma spähte vorsichtig darunter. Mucksmäuschenstill hockte der Vogel auf seiner Stange.

»Hat er alles, was er braucht?«, flüsterte sie.

»Hat er.« Dominik zog sie zurück zum Küchentisch. »Jetzt sind wir dran. Komm, das Essen ist fertig, und ich habe einen Bärenhunger.«


Weil Luzie das Sofa für sich beanspruchte, blieben sie bis spät in die Nacht in der Küche sitzen, redeten und hörten Musik, die Dominik auf sein Handy geladen hatte. Metal mit Didgeridoo, passend zu den Känguru-Steaks. Laut ihm war die Band allerdings aus Neuseeland.

Zwischendurch rauchte er am offenen Fenster. Hinter seiner Silhouette sah Emma den Mond am Himmel stehen. Wie immer, wenn sie Dominik im Zwielicht betrachtete, schien er von einer seltsamen Aura umgeben.

In diesem Moment wirkte er wie eine der Statuen in der Rathaushalle. Die vertrauten Züge seines Gesichts wie aus Stein gemeißelt. Ein Antlitz aus Marmor, geschaffen für die Ewigkeit.

Wunderschön – aber unerreichbar fern.

Wieder wurde sie von dem Gefühl erfasst, dass das Universum in Bewegung war. Dass der Boden schwankte und ihr Leben aus den Fugen geriet. Jeden Tag ein Stückchen mehr.

Emma hatte keine Ahnung, wo diese Strömung sie hintreiben würde. Oder was sie dagegen tun konnte.

Also erzählte sie ihm von dem strudelnden Sog.

»Dominik?«

»Hm?«

»Was machst du, wenn es dir so geht?«

Er wandte sich um. Ein dunkler Engel, der sich die Narbe an der Schläfe rieb. »Ich verlasse mich darauf, dass ich schwimmen kann.«

Sein Lächeln wirkte nicht ganz echt.

## Aus dem Archiv der verlorenen Träume:
## Der Skizzenblock – Porträts eines Unbekannten
*(von Emma Walther)*

Mit Schwung warf Tessa den Kopf nach hinten. Sie wollte ihr langes Haar nicht abschneiden, aber irgendeine boshafte Strähne stahl sich immer aus dem nachlässig gebundenen Knoten und fiel ihr ins Gesicht. Das lenkte sie ab. Und sie hasste es, wenn sie beim Zeichnen gestört wurde.

Sorgfältig besserte sie die Konturen aus.

Mit dem Kinn war sie nicht zufrieden. Dafür hatte sie den nachdenklichen Ausdruck in Roberts Augen exakt getroffen. Mit den Augen fing sie immer an, die fielen ihr leicht.

Es war, als müsste sie sich beim Zeichnen nur in seine Gedanken hineinversetzen – das, was er fühlte und worüber er nie sprach. Sie wusste, dass er sie liebte. Aber sie wusste auch, dass er das niemals zugeben würde. Weil es nicht sein durfte. Robert war nur wenige Jahre älter als sie, aber sie war trotzdem seine Schülerin.

Ihr Vater hatte nur widerwillig zugestimmt, dass sie Stunden an der Akademie nahm. Er war ein begeisterter Kunstfreund und sammelte Kunstwerke, aber er hasste die Vorstellung, dass seine Tochter Künstlerin werden wollte. Dass sie ein Künstlerleben anstrebte, ständig am Abgrund balancierend und dem Hungertod nah.

Architektin sollte sie werden. Tote Häuser zeichnen statt atmender Menschen.

Dabei konnte sie Letzteres viel besser.

Warum sah er nicht, mit welchem Talent sie gesegnet war?

Tessa schraffierte die Halspartie.

Manchmal sprach sie mit ihren Skizzen, während sie zeichnete. Als könne sie Roberts Geist so aufs Papier beschwören. Seine Nähe, nach der sie sich sehnte.

Er lächelte so selten, und daher schaffte sie es nie, ihn lächelnd zu zeichnen. Auch heute fing sie nur seine typische Melancholie ein.

Nicht das, was sie dahinter erahnte. Die Kraft und Leidenschaft, die Fesseln sprengen konnte.

Grenzen überschreiten. Welten überwinden.

Mit ihm an ihrer Seite würde sie alles wagen.

Doch Robert zog seine Ketten der Freiheit vor. Seine Anstellung an der Akademie, der hoch dotierte Sommerkurs, die Galeristen, die auf pünktliche Lieferungen pochten. Er würde seinen tadellosen Ruf nicht wegen Tessa gefährden.

Hätte sie ihn gefragt, hätte er ihr niemals die Erlaubnis erteilt, ihn zu porträtieren.

Tessa lächelte.

Deshalb hatte sie ihn nicht gefragt.

Robert wusste nicht, dass sie Teile seiner Seele einfing. Momente, die ihr das schenkten, was er ihr nicht gab.

Zuneigung. Wärme. Innige Vertrautheit.

Sie würde den Skizzenblock niemandem zeigen. Diese Zeichnungen waren ihr Geheimnis. Genau wie der Mann, der ihr niemals einen tieferen Blick schenkte – und von dem sie dennoch wusste, dass er sie liebte.

Sie konnte es in seinen Augen sehen.

Das war der Grund, warum sie ihn malte.

Ihre Bilder verrieten die Wahrheit mehr als jeder Spiegel.

# 11

Es gelang Emma nur eine Nacht, ihre neue Wohngemeinschaft vor dem Vermieterehepaar geheim zu halten. Luzie nutzte gleich die erste Gelegenheit am Samstagmorgen, um ihr zu entwischen. Emma war so unvorsichtig, die Wohnungstür zu öffnen, um nach der Post im Briefkasten zu sehen, und schon flitzte Luzie an ihr vorbei. »Hiergeblieben!«

Doch Luzie sauste bereits die Treppe hinunter – und jagte dem dicken Kater, der dösend auf der Fußmatte im Erdgeschoss saß, einen Höllenschrecken ein.

Als Emma dazukam, hatte Frau Krause bereits die Tür aufgerissen und hielt den jammernden Kater im Arm, während Luzie laut fauchend ihre Pantoffeln umkreiste. Angesichts des Tumults im Flur begann Rocky oben zu krakeelen, was die Empörung der Vermieterin nur noch steigerte.

Emmas nervös dahingestammelte Erklärung überzeugte Frau Krause nicht davon, dass sie hier eine Ausnahme machen sollte. »Im Vertrag steht: keine Haustiere«, sagte sie giftig. »Sonst müssen Sie ausziehen.«

Ein Umzug, das fehlte Emma gerade noch!

Sie scheuchte die sich heftig sträubende Katze zurück ins Dachgeschoss, wo Luzie aus Protest auf den Teppich pinkelte.

»Du hast ein Katzenklo im Bad«, schimpfte Emma.

Luzie musterte sie mit schmalen Augen. Mir doch egal, schien ihr Blick zu sagen. Während Emma den Teppich schrubbte, putzte sie sich in aller Seelenruhe die Pfoten.

Beim anschließenden Frühstück vertrugen sie sich wieder. Luzie schlang ihre Dosenmahlzeit hinunter und rollte sich dann für ein Vormittagsschläfchen auf dem Sofa zusammen. Rocky bekam ein paar frische Happen von Emmas Obstsalat ab und wirkte ganz zufrieden. Lolek und Bolek teilten sich ein Stück Salatgurke, das Emma ihnen auf den Balkon brachte. Im Laufe des Vormittags kehrte wohltuende Stille ein.

Endlich hatte Emma Zeit, sich um ihr Archiv der verlorenen Träume zu kümmern.

Als sie den Laptop anschaltete, staunte sie über die Zahl an E-Mails in ihrem Posteingang. So viele? Waren das Reaktionen auf ihren Einleitungstext im Blog? Bisher hatte ihr noch niemand direkt geschrieben. Lediglich die Kommentarspalte wurde ab und zu für knappe Bemerkungen genutzt.

Gespannt ging sie die Nachrichten durch. Die Inhaberin von »Monis Blumeneck« fragte nach Details zur Rückseite der Blumenbrosche. Sie bat Emma nachzusehen, ob neben der Anstecknadel ein winziges B eingraviert sei.

*Dann ist es die Brosche meiner Schwester Barbara*, schrieb sie. *Unsere Patentante hat uns beiden in den 70er-Jahren identische Broschen aus dem Italienurlaub mitgebracht. Damals waren wir noch Kinder, und um die Schmuckstücke unterscheiden zu können, haben wir die Anfangsbuchstaben unserer Namen hinten eingeritzt. Meine Brosche besitze ich noch.*

Sie hatte ein unscharfes Foto angehängt, auf dem schwach ein eingeritztes M zu erkennen war.

Emma prüfte sofort die Brosche, die sie an jenem Abend mit Dominik fotografiert hatte, und tatsächlich, da war ein B! Sie schrieb der Frau zurück, die umgehend antwortete und bedauerte, dass die Öffnungszeiten des Rathauses für sie ungünstig waren.

*Um die Brosche bei Ihnen im Fundbüro abholen zu können,*
*müsste ich meinen Laden schließen. Derzeit ist meine Aushilfe*
*leider krank, daher weiß ich nicht, wann ich es einrichten kann*
*vorbeizukommen.*

Emma betrachtete die Brosche, die sich doch gar nicht im Fundbüro befand. War es da nicht sinnvoller, wenn …?

Sie warf einen Blick auf die schlummernde Luzie. Es sollte wohl kein Problem sein, die Tiere eine Weile allein zu lassen. Emma steckte die Brosche ein, schlüpfte in eine Jacke und machte sich auf den Weg zu »Monis Blumeneck«.

Der kleine Blumenladen lag nahe am Markt. Eine gestreifte Markise überspannte den Eingang, zwei Kübel mit blühenden Pfingstrosen rahmten die Ladentür ein. Beim Öffnen erklang ein melodischer Glockenton. Die Frau hinter der Blumentheke hob den Kopf.

»Guten Tag.« Sie wickelte gerade weißes Schleifenband um einen Strauß Ranunkeln und schenkte Emma ein freundliches Lächeln. »Ich bin gleich für Sie da.« Dann bemerkte sie die Brosche, die Emma in der Hand hielt.

»Oh, sind Sie das, die …?« Sichtlich ergriffen nahm sie das Schmuckstück entgegen.

»Ja, ich dachte, ich komme schnell vorbei und bringe Ihnen die Brosche.«

Emma verstummte, als sie die Tränen in den Augen der Frau sah. Hatte sie einen Fehler gemacht? Hätte sie ihren Besuch lieber ankündigen sollen, statt die Ladenbesitzerin einfach so zu überfallen?

»Das ist wirklich lieb von Ihnen.« Moni tupfte sich mit dem Zipfel ihrer Gartenschürze die Augen ab. »Haben Sie vielen Dank! Dass Sie mir den Gefallen getan haben, bedeutet mir viel.« Allmählich fasste sie sich wieder. »Es kam mir wie ein Wink des Schicksals vor, als ich Barbaras Brosche auf dem Foto entdeckt habe. Ich denke schon seit einiger Zeit oft an sie und frage mich, wie es ihr geht.«

»Haben Sie sich länger nicht gesehen?«

»Ich weiß nicht einmal, wo sie wohnt.« Moni blickte auf ihre Hände. »Wir haben uns vor Jahren zerstritten, als es darum ging, wer das Familiengeschäft übernimmt. Ich war überzeugt, dass der Laden nicht genug einbringt für zwei, und da ich die Ältere bin, habe ich mich durchgesetzt. Dabei hatte Barbara einen viel innigeren Bezug zu Blumen.« Sie seufzte tief. »Ich hätte ihr damals den Laden überlassen sollen, aber ich war zu stur. Dabei liegen mir andere Dinge, ich könnte genauso gut Glückwunschkarten oder Aquarellfarben verkaufen, verstehen Sie? Es müssten nicht Blumen sein.«

Emma nickte.

»Darf ich die Brosche behalten, auch wenn es nicht meine eigene ist?«

»Natürlich«, sagte Emma. »Und versuchen Sie unbedingt, Ihre Schwester zu finden. Die Brosche wäre doch ein guter Anlass für ein Wiedersehen, finden Sie nicht?«

»Meinen Sie?«

»Ja, das meine ich.« Emmas Ansicht nach war es nie zu spät, einen Fehler einzugestehen, selbst wenn man nicht alles im Leben wiedergutmachen konnte.

»Die Vergangenheit kann man nicht ändern«, sagte sie. »Aber Hoffnung auf Versöhnung gibt es immer.«

Davon war sie jedenfalls fest überzeugt.

Mit einer strahlend gelben Sonnenblume im Topf und Monis Versprechen, im Blog einen Kommentar zu hinterlassen, wenn sie ihre Schwester gefunden hatte, machte Emma sich später auf den Heimweg.

Es fiel ihr schwer, nicht zu hüpfen, so beseelt war sie von der Freude, dass ihr Blog zum ersten Mal Wirkung gezeigt und einen Treffer erzielt hatte. Was für ein schöner Erfolg!

Das Archiv der verlorenen Träume funktionierte.

Den Rest des Nachmittags vertiefte sie sich in die anderen E-Mails zu ihrem Blog. Es machte ihr Spaß, die Zuschriften zu lesen und zu beantworten. Spannend, wie viel Persönliches die Menschen von sich preisgaben, nur weil sie sich für die Fundstücke interessierten.

*Verkaufen Sie die Sachen auch?* – wurde Emma zum Beispiel gefragt. Derjenige bot ihr sogar eine konkrete Summe an, weil er alte Füller sammelte und das mattschwarze Exemplar, das Emma fotografiert hatte, gern für seine private Sammlung erwerben wollte. Sie geriet ins Grübeln.

Darüber hatte sie noch gar nicht nachgedacht.

War es sinnvoll, wenn sie sich eine Frist setzte? Wenn ein Gegenstand trotz aller Bemühungen nicht zum ursprünglichen Besitzer zurückfand, durfte sie ihn dann weitergeben an jemanden, der ihn liebend gern haben wollte? Statt in einer Kiste zu verstauben und niemandem etwas zu bedeuten, würden die Fundstücke wieder gehegt und geschätzt werden.

Ging es ihr nicht genau darum?

Emma tippte einen kurzen Blogtext, in dem sie ankündigte, über diese Option nachzudenken.

Vielleicht gab es eine Möglichkeit, die Interessenten zu verpflichten, solche Fundsachen wieder herauszugeben, falls sich der ursprüngliche Besitzer später doch noch fand. Das setzte voraus, dass sie im Archiv der verlorenen Träume keine Einträge löschte, sondern jeweils nur einen Vermerk hinzufügte, wenn sie einen Gegenstand abgegeben hatte. Dann würden Fotos und Geschichten erhalten bleiben.

Oder vielleicht würden persönliche Kommentare und Fotos der neuen Besitzer dazukommen, als Zeichen, dass das Archiv sich veränderte? Dass die verlorenen Träume lebten.

Die Vorstellung gefiel Emma sehr.

Als Dominik abends anrief, erzählte sie ihm davon.

»Schöne Idee«, meinte er. »Ich bezweifle nur, dass du das rechtlich absichern kannst. Du müsstest darauf vertrauen, dass die Leute sich freiwillig an deine Regelung halten.«

»Vielleicht tun sie das ja?«

Emma glaubte fest an das Gute im Menschen, und die netten Nachrichten, die sie heute erhalten hatte, bestärkten sie darin. »Es geht mir um die verlorenen Dinge und um die Erinnerungen und Träume, die damit verbunden sind. Nicht ums Geschäft. Die Menschen, die sich bei mir melden, spüren das, denke ich.«

Er lachte. »Ja, dass du eine Träumerin bist, spürt jeder, der näher als zehn Meter an dich herankommt.« Es klang nicht, als würde er ihr daraus einen Vorwurf machen.

Zufrieden legte Emma auf, nachdem sie ihm versichert hatte, ihren Zoo zu Hause unter Kontrolle zu haben. Das war nämlich der eigentliche Grund seines Anrufs gewesen.

»Von dem, was du mit dem Teppich angestellt hast, muss er nichts wissen«, erklärte sie Luzie und kraulte die Katze liebevoll am Ohr. »Aber wehe, du wiederholst das!«

Leider ging das Wochenende viel zu rasch vorüber.

Am Montagmorgen überhörte Emma den Wecker, weil sie bis spät in die Nacht an einer Geschichte geschrieben hatte. Luzie weckte sie zum Glück, indem sie das piepende Ungeheuer mit den Krallen attackierte, bis es vom Nachttisch fiel.

Pure Hektik brach aus, trotzdem schaffte Emma es am Ende nicht pünktlich ins Rathaus.

»Tut mir leid«, keuchte sie Tom entgegen.

»Kein guter Stil für eine Assistentin.« Er runzelte bei ihrem abgehetzten Anblick die Stirn. »Ich hatte mehr Verlässlichkeit von dir erwartet.«

Da konnte der Himmel vor ihrem Bürofenster noch so strahlend blau sein und die Vögel draußen zwitschern, Emmas Tag war bereits gelaufen.

Und er wurde nicht besser.

Tom ereiferte sich darüber, wie der Dienstwagen aussah, und untersagte ihr, den Hybrid zukünftig zu nutzen, ohne vorher seine Genehmigung einzuholen. »Du kannst froh sein, dass ich dir die Reinigungskosten nicht privat in Rechnung stelle.«

Er warf ihr außerdem vor, dass sie sich gegen Lutz Plischke nicht durchgesetzt hatte. »Wieso lässt du dich von dem Kerl so übertölpeln? Bei mir hat er tagelang auf Granit gebissen mit seinen Anrufen und Forderungen. Nimm dir daran ein Beispiel!«

»Ich kann das nicht«, sagte Emma verzweifelt.

»Dann lern es. Schnellstmöglich!«

Auch sonst herrschte im Rathaus nicht die beste Stimmung. Egal, welche Abteilung Emma in Toms Auftrag betrat, viele Kollegen begegneten ihr distanziert oder mit Misstrauen. Die anstehenden Digitalisierungsmaßnahmen, für die sie warb, schreckten die meisten dabei gar nicht, Toms allgemeiner Kosten- und Zeitdruck jedoch schon.

»Wenn ich diese Woche noch einmal das Wort Effizienz höre, kriege ich einen Schreikrampf«, sagte die Sachbearbeiterin, die für Soziales, Bildung und Kultur zuständig war.

Emma nickte. »Ich schreie mit.«

»Ach ja?« Die Sachbearbeiterin lächelte überrascht. »Gut, Sie sind tatsächlich die Letzte, mit der ich im Moment den Platz tauschen möchte ...«

Emma mühte sich nach Kräften, das angespannte Arbeitsklima zu verbessern, und sprang überall ein, wo sie helfen konnte. Als ihr auffiel, dass im Wartebereich des Meldeamts Stifte fehlten, brachte Emma der verdutzten Kollegin einige Dutzend Kugelschreiber aus dem Fundbüro vorbei und organisierte zudem Papier und Buntstifte für die wartenden Kinder.

Kaum saß sie am Schreibtisch, klingelte das Telefon. »Emma, kannst du kurz ins Bauamt kommen?«

Der Azubi bat verzweifelt um Hilfe, weil Tom uralte Akten von ihm haben wollte, die im Erkerzimmer in einem Schrank lagen, zu dem er keinen Schlüssel fand.

Emma rannte los und schleppte sämtliche Schlüssel aus dem Fundbüro zu ihm. Nacheinander probierten sie alle aus, bis tatsächlich einer passte.

»Du hast mir den Tag gerettet, danke!« Der Azubi strahlte sie erleichtert an.

Atemlos kehrte Emma in ihr Büro zurück, wo Tom ihr vorwarf, ihre eigentliche Arbeit zu vernachlässigen.

»Wo steckst du bloß die ganze Zeit?«

Er warf eine dicke Schriftmappe auf den Stapel, der schon bedenklich wackelte.

»Du hast die Briefe falsch datiert, die musst du alle noch einmal ausdrucken. Sofort, wenn's geht.«

Das Telefon klingelte. Emma griff nach dem Hörer.

»Lass es«, bellte Tom. »Das hier ist wichtiger!«

Zu spät … Sie hatte den Hörer schon abgenommen, auch wenn sie sich gleich darauf wünschte, sie hätte es nicht getan, sondern Tom rangehen lassen.

»Emma, bei uns in der Wohngeldstelle ist ein Heizungsrohr undicht! Da läuft Wasser auf den Teppich. Schickst du bitte jemanden, der sich darum kümmert?«

»Ja, mache ich.« Sie stöhnte leise. Jetzt musste sie auch noch dringend einen Handwerker auftreiben. Nur weil Tom so voreilig Freds Hausmeisterstelle gestrichen hatte!

Immerhin konnte Emma am Nachmittag noch der schwangeren Standesbeamtin mit einem Schirm aushelfen. Sie hatte einen Vorsorgetermin beim Arzt und musste trotz des Wolkenbruchs los. »Warte, Laura, du wirst doch patschnass!«

Emma sauste zum dritten Mal an diesem Tag in den Keller

und brachte mehrere Fundschirme mit, die schon länger als ein halbes Jahr dort lagerten. »Such dir einen aus.«

»Den mit Winnie Puuh? Der passt.« Laura lachte und bedankte sich herzlich.

Die übrigen Schirme räumte Emma nicht wieder weg, sondern deponierte sie an der Pforte. Das war doch sinnvoller, als sie zu entsorgen. Dann konnten sich auch Rathausbesucher, die vom Regen überrascht wurden, daran bedienen.

Frau Müller, die zufällig vorbeikam und Emmas Tun bemerkte, nickte ihr wohlwollend zu. Seit Emma ihr den Holzelefanten gebracht hatte, wirkte Frau Müller viel weniger streng als früher. Heute äußerte sie sogar ein Lob. »Sie sind wirklich ein Schatz, Emma! Ein Glück, dass es Sie gibt.«

Wenn ihr Chef das doch nur genauso sehen würde!

Aber Toms Anforderungen schien Emma nie gerecht werden zu können.


Ersehnter Lichtblick in Emmas stressiger Arbeitswoche war das Lesekreistreffen am Dienstag.

Alle, die bisher dabei gewesen waren, nahmen teil und fanden sich pünktlich am Abend in der Bücherei ein; mit Ausnahme von Agnes natürlich. Statt billiges Gebäck im Supermarkt zu kaufen, hatte Betty ein Blech Cupcakes gebacken und glühte vor Stolz, als Emma sie dafür lobte.

»Die schmecken köstlich«, bestätigte Hanno kauend.

Sandra gefielen Bettys originelle Verzierungen so gut, dass sie ein Foto für ihren Instagram-Account schoss. »Wenn du so toll backen kannst, solltest du dich da auch anmelden!«

»Wo?« Betty blinzelte verwirrt. »Meine Kuchen sind doch zum Essen, nicht zum Fotografieren.«

Das Problem mit der Bücherauswahl, das Emma bis zuletzt Sorgen bereitet hatte, verpuffte im Nu.

»Meine Umfrage hat gezeigt, dass wir sehr unterschiedliche

Leseinteressen haben«, begann sie zögernd. »Daher wollte ich euch etwas Neues vorschlagen. Was haltet ihr davon, wenn jeder von uns abwechselnd ein Buch auswählt, das wir dann gemeinsam lesen?«

»Sind alle Genres erlaubt?«, fragte Sandra.

Emma war dafür. »Den persönlichen Horizont zu erweitern, ist doch ein gutes Motto für unseren Lesekreis, oder? Ich würde gern lesen, was euch begeistert, auch wenn ich sonst selten Krimis lese oder keine politischen Thriller mag. Aber sicher gibt es darunter auch Empfehlenswertes.«

»Langweilig sind nur Sachbücher«, warf jemand ein.

»Quatsch«, widersprach Hanno. »Es gibt total spannende Sachbücher. Ich suche zum Beweis gern eines aus, wenn ihr wollt. Überhaupt finde ich den Vorschlag super, Emma!«

Das fanden die anderen auch. Sandra gab offen zu, dass ihr die Auswahl von Agnes manchmal zu kompliziert gewesen war. »Wenn wir jetzt zwischendurch was Leichtes lesen oder was Lustiges, muss ich mich nicht mehr so durchquälen, sondern lese die Bücher eher zu Ende. Das wär toll!«

Emma freute sich über die positive Resonanz. »Dann ist es abgemacht.«

Später am Abend sprach Sandra sie noch auf ihren Blog an. »Sag mal, Em, eine meiner Kundinnen wollte wissen, ob du auch Suchanzeigen veröffentlichst?«

»Bisher nicht, nein. Warum?«

»Sie vermisst einen Ohrring. Ein echt teures Designerstück.«

Einen Ohrring? In Emmas Kopf ratterte es. In einem Schubfach des Apothekerschranks im Fundbüro lagerten etliche Ohrringe, aber ob darunter ein Designerstück war?

»Richte ihr aus, falls sie den zweiten Ohrring noch hat, kann sie mich gern im Rathaus anrufen. Dann schaue ich nach, ob ich ihr helfen kann.«

»Cool.« Sandra tippte bereits begeistert in ihr Handy.

»Habe ich richtig gehört?«, fragte Hanno und musterte Emma neugierig. »Du hast einen Blog? Seit wann?«

Sandra unterbrach ihr Getippe. »Sag bloß, du kennst Emmas Archiv der verlorenen Träume noch nicht?«

»Nein, woher denn?«, rief Hanno. »Mir erzählt ja anscheinend keiner was. Jetzt bin ich aber gespannt!«

Emma berichtete, worum es ging und wie sie auf die Idee für das Archiv gekommen war. Währenddessen reichte Sandra ihr Smartphone herum, um die Fundstücke im Blog zu zeigen.

»Das Blogsymbol mit der Schatztruhe ist soooo süß, oder?«, schwärmte sie.

»Ja, die Seiten sind sehr liebevoll gestaltet«, urteilte Hanno. »Und die Kurzgeschichten sind alle von dir?«

Emma wurde rot. »Ja.«

Die anderen bestürmten sie mit Fragen, und am Ende überzogen sie das Treffen um fast eine Stunde, weil es auch zu Hannos Schreibwettbewerb noch ein paar organisatorische Dinge zu besprechen gab. Das einhellige Fazit der Runde lautete: Das war ein gelungener Abend!

Für den Termin in vierzehn Tagen stimmte der Lesekreis Emmas Vorschlag zu, einen Roman von Zafón zu lesen. Sie fand, das war ein guter Kompromiss – keine Fantasy, aber poetisch und mystisch. Und definitiv moderner als die Lektüre, die Agnes bevorzugt hatte.

Spät, aber glücklich kam Emma zu Hause an.

Luzie sauste ihr entgegen; entzückt, dass die Herrscherin über das Dosenfutter endlich zur Stelle war.

Sogar Rocky blinzelte Emma freundlich an, als sie das Tuch für die Nacht über seinen Käfig hängte. Wenn sie das richtig sah, hatte er sich keine neuen Federn mehr ausgerupft, das war eine positive Entwicklung.

Im Pyjama und mit der Zahnbürste im Mund warf sie noch rasch einen Blick auf den Balkon, wo Lolek und Bolek, vergraben unter Heu, in ihrem Häuschen schlummerten.

»Gute Nacht«, wisperte Emma. Unglaublich, wie schnell sie sich an die Bande gewöhnt hatte. Doch leider waren die Tiere auf Dauer in ihrer Dachwohnung nicht gut aufgehoben. Sie musste dringend eine bessere Lösung für alle finden.

Bestärkt durch das ständig wachsende Interesse an ihrem Archiv nahm Emma sich vor, von nun an jeden Tag eines der restlichen Schrankfächer im Fundbüro auszuräumen. Wenn es sein musste, würde sie eben nach Dienstschluss eine Stunde länger im Rathaus bleiben.

Sie traute Tom nicht über den Weg – womöglich schickte er sonst doch noch die Männer vom Bauhof zur Entsorgung in den Keller, wenn sie nicht schnell genug fertig wurde. Emma wollte nicht riskieren, dass einige der Fundstücke, an denen ihr etwas lag, am Ende auf der Müllkippe landeten, nur weil sie zu langsam war, um sie in Sicherheit zu bringen.

Die Überstunden brachten ihr wieder Pluspunkte ein.

»Siehst du, das nenne ich Einsatz«, sagte Tom, als er merkte, dass sie länger blieb. »Hab ich mich also doch nicht in dir getäuscht.«

Es war angenehmer, mit ihm als Chef zusammenzuarbeiten, wenn er nicht gereizt war. Emma lernte allmählich, wie sie die Vorzeichen richtig deutete, dass etwas nicht in seinem Sinn verlief. Dann war es ihre Aufgabe gegenzusteuern, ehe Tom richtig schlechte Laune bekam.

Es war ein permanentes Auf und Ab der Gefühle, denn es gab immer wieder auch Momente, in denen Tom überaus charmant und reizend zu ihr war. Tage, an denen Blumen auf dem Besprechungstisch standen oder ein »Danke«-Post-it auf ihrem Bildschirm klebte. Einmal lag sogar eine Einladung zu einer Kunstausstellung auf ihrer Tastatur. Sie war völlig verblüfft, als sie den Umschlag öffnete.

»Hättest du Lust, mit mir zu der Vernissage zu gehen?« Tom lehnte lässig mit der Hüfte an ihrem Schreibtisch. »Ich dachte, vielleicht können wir bei der Gelegenheit die Galeristin überreden, uns ein paar moderne Bilder für die Eingangshalle zu überlassen. Leihweise natürlich!«

War das also wieder nur eine verkappte dienstliche Einladung?

Tom schien ihre Zurückhaltung zu bemerken. Sein Lächeln wurde intensiver. »Ich würde sehr gern mal wieder einen netten Abend mit dir verbringen, Emma. Es ist schon viel zu lange her, dass wir essen waren. In der Nähe der Galerie gibt es eine angesagte Rooftop Bar, da könnten wir uns im Anschluss einen Drink genehmigen. Was meinst du?«

»Wann ist die Vernissage? Oh, am Freitag.« Emma betrachtete die Karte und nagte unschlüssig an ihrer Unterlippe.

»Bitte sag nicht, dass ich zu spät komme, um dich für einen Abend aus der Provinz zu entführen.«

War es Zufall oder Absicht, dass entführen bei ihm eher wie *verführen* klang?

»Vielleicht kann ich meine Verabredung verschieben.«

»Vielleicht?«

»Ganz bestimmt«, sagte Emma und hoffte, dass Dominik das genauso sah.

Schließlich war er es, der so großen Wert darauf legte, dass sie lediglich Freunde waren. Unter Freunden sollte man ein harmloses Kochtreffen verschieben können, ohne dass der andere eingeschnappt war. Als sie ihm den Grund ihrer Absage am Telefon erklärte – »Weißt du, Mr Unwiderstehlich hat mich zu einer Vernissage eingeladen, da konnte ich unmöglich Nein sagen, das verstehst du doch?« –, klang Dominik auch nicht sehr gekränkt.

»Warum sollte ich was dagegen haben, dass du mit deinem Chef ausgehst?«

Emma zögerte. »Na ja, ich dachte …«

»Du bist alt genug, um zu wissen, was du tust oder mit wem du dich einlässt. Viel Spaß dann am Freitag mit …? Wem, sagtest du, sieht der Typ ähnlich?«

»Niemandem«, zischte Emma. »Vergiss, dass ich das je erwähnt habe!«

Lachend legte er auf.

Toms Einladung blieb nicht die einzige Überraschung des Tages. Abends fand Emma am Laptop eine unerwartete Nachricht in ihrem Posteingang vor. Der Betreff lautete schlicht »Zedernholzkästchen«, und die E-Mail stammte von einem Mann namens David Löwenthal.

Sehr geehrte Frau Walther,

ich bin Kurator eines Museums und heute bei einer Recherche zufällig auf Ihre Seite gestoßen. Ich schreibe Ihnen jedoch nicht aus beruflichen Gründen, sondern privat.

Das Kästchen auf Ihrem Foto kenne ich. Zumindest glaube ich, es zu kennen. Denn genau solch ein Kästchen habe ich vor vielen Jahren selbst angefertigt. Es sollte damals ein Geschenk für eine Frau sein, die mir unsagbar viel bedeutet hat.

Ich komme im Juni für ein Wochenende nach Bickstädt. Wäre es möglich, dass wir uns dann persönlich treffen? Sie bringen das Kästchen mit, und falls es meines ist, wovon ich ausgehe, erzähle ich Ihnen die ganze Geschichte.

In der Hoffnung auf Ihre baldige Antwort verbleibe ich mit besten Grüßen

D. Löwenthal

Emma schrieb ihm sofort zurück und sagte zu. Wie aufregend! Sie konnte es kaum erwarten, den Mann zu treffen.

So lange hatte sie gerätselt, was sich in dem wunderschönen Kästchen verbarg.

Würde sie das Geheimnis im Juni endlich erfahren?

# 12

Allmählich begann Emma sich zu fragen, wo ihr altes Leben geblieben war. Nichts in ihrem Alltag erinnerte mehr daran. Statt Lesestunden während der Arbeitszeit, entspannter Spaziergänge und gemütlicher Abende zu Hause dominierten jetzt Hektik, Stress und Chaos.

Der Ärger mit ihren Vermietern häufte sich, weil Luzies Freiheitsdrang schwer zu kontrollieren war und das kleine Biest sich permanent mit dem dicken Kater anlegte. Lolek und Bolek verteilten beim Herumjagen auf dem Balkon das Streu bis hinunter in Frau Krauses Vorgarten, und Rockys Schimpfkanonaden waren bei offenem Fenster weithin in der Nachbarschaft zu hören. Da half alles Reden und Bitten um Verständnis nichts, Emma musste sich wohl wirklich bald nach einer anderen Wohnung umsehen.

Die Räume wurden außerdem zu klein. Für die aussortierten Fundsachen, die Emma aus dem Rathaus mitbrachte, um sie in ihr Blogarchiv aufzunehmen, fand sich kaum noch eine freie Ecke. Ihr gemütliches Zuhause verwandelte sich allmählich in einen Trödelladen. Emma war nicht sicher, ob ihr das gefiel. Gewiss, sie liebte es, auf Flohmärkten und in Trödelläden zu stöbern, aber wenn sie in ihren eigenen vier Wänden die Übersicht verlor …

Das Problem war auch, dass vor den Tieren nichts sicher

war. Rocky nutzte Freiflüge mit Vorliebe dafür, seinen Schnabel an Emmas Büchern zu wetzen oder deren Schutzumschläge in Fetzen zu rupfen. Gegen Luzies Krallen war sowieso keine Kiste und kein Möbelstück gefeit. Besser wäre es, das freche Biest könnte jederzeit ins Freie und seiner Abenteuerlust draußen frönen. Für den Papier hassenden Papagei wäre ein bücherfreies Zimmer sinnvoll und für die Meerschweinchen ein größeres Gehege.

Beides war in Emmas Wohnung undenkbar.

Was ihren Job betraf, war die Situation keinen Deut besser.

Die Männer vom Bauhof, die Tom ihr wegen des Fundbüros nun doch auf den Hals gehetzt hatte, hatte Emma am Montag gerade noch abwimmeln können, indem sie ihnen erklärte, dass sie ihr wesentlich mehr helfen würden, wenn sie neue Wegweiser im Rathaus aufstellten.

»Weil die Pforte nicht mehr besetzt ist und die Besucher dort nicht mehr fragen können.«

Dass das wichtiger war, leuchtete dem Trupp im Blaumann ein. Aber sobald die Männer mit der Beschilderung fertig waren, musste Emma sich etwas Neues einfallen lassen.

Überhaupt lagen Spaßfaktor und Erholungswert ihrer Arbeit im Rathaus nahe null, seit sie Toms Assistentin geworden war, daran änderte auch sein unbestreitbarer Charme nichts.

Im Lauf der Woche hasste Emma es täglich mehr, zur Arbeit zu kommen, weil sie mit all den Aufgaben, die Tom ihr ständig aufhalste, nie hinterherkam. Montags sah ihr Schreibtisch noch einigermaßen überschaubar aus, doch dann sammelten sich von Tag zu Tag mehr Notizen an, was zu erledigen war. Allein von Tom kamen Dutzende Nachrichten, mit roten Ausrufezeichen und der Dringlichkeit »Hoch« gekennzeichnet. Emmas tägliches Pensum war einfach nicht zu schaffen.

Heute war bereits wieder Freitag und kein Ende in Sicht.

Emma hatte es satt!

Verbissen hackte sie Korrekturvorschläge für Toms neueste Pressemitteilung in die Tastatur. Wie hatte er gesagt? »Du kannst das doch viel netter formulieren als ich, Emma.«

Also versuchte sie, seine drastischen Einsparungen irgendwie zu verkaufen, denn darum ging es: den Bürgern von Bickstädt weiszumachen, dass das alles in ihrem Sinne war.

Was nach Emmas Ansicht leider nicht zutraf.

Kein Wunder, dass die Sätze sich sträubten und ihr nichts Originelles einfiel.

»Bist du fertig? Ich muss gleich los.«

»Nein, ich …«

»Dann schick's mir, ich schau es mir unterwegs an.« Tom hievte tatsächlich noch einen weiteren Stapel Post auf ihre Ablage und winkte. »Danke, du bist die Beste!«

Noch bevor Emma Luft holen konnte, um zu protestieren, war er aus der Tür. Irgendein Honoratioren-Treffen wegen des maroden städtischen Sportplatzes stand in seinem Kalender. Häppchen und Drinks – solche Termine legte er sich mit Vorliebe auf Freitag. Zur Einstimmung ins Wochenende, an dem er dann seinem aktiven Privatleben frönte.

Ein zorniges Teufelchen tobte in Emma.

Tom zu der Vernissage zu begleiten, war ein Fehler gewesen. Jeder und jede in der Galerie hatte ihn gekannt. Etliche Frauen hatten ihm begehrliche Blicke zugeworfen, mit allen hatte er geplaudert und gescherzt. Und obwohl er Emma oft vorgestellt hatte, war sie sich an seiner Seite wie eine Motte neben einem Schmetterling vorgekommen.

Vollkommen unscheinbar und unbedeutend.

Selten hatte sie sich so fehl am Platz gefühlt wie in der überteuerten, chromblitzenden Rooftop Bar, in die Tom sie anschließend mitgenommen hatte. Es war kein bisschen nett oder gar romantisch gewesen. Von dem unbequemen Barhocker aus hatte Emma auf ein fremdes nächtliches Häusermeer geblickt und sich gefragt, warum sie sich das Ganze eigentlich angetan hatte. Hatte Tom das gemerkt?

Seitdem hatte er sie jedenfalls nicht wieder gefragt, ob sie ihn irgendwohin begleiten wollte.

Und Dominik hatte sich überhaupt nicht mehr gemeldet, seit sie ihm abgesagt hatte. Er hatte ihr keine Nachricht oder eine Einkaufsliste geschickt, was wohl bedeutete, dass sie heute Abend nicht zusammen kochen würden. Ein einsamer Start ins Wochenende stand ihr bevor, da konnte sie auch im Büro bleiben und den verdammten Text überarbeiten.

Emma starrte auf den Bildschirm. Ihr Gehirn weigerte sich weiterhin, »nette« Formulierungen auszuspucken. Vielleicht, weil sie im Lügen nicht sonderlich begabt war. Oder weil Toms Aftershave noch im Raum hing und ihre Konzentration störte.

Der neu installierte Summer ertönte. Jemand stand draußen vor dem Rathausportal und wollte Einlass.

Stöhnend vergrub Emma das Gesicht in den Händen.

»Wir haben geschlossen ...«

Sie versuchte, das Geräusch zu ignorieren.

Es war halb fünf, sie hatte längst Feierabend. Außer ihr waren keine Mitarbeiter mehr im Haus, sogar Tom hatte sich verkrümelt. Sie könnte sich einfach totstellen, und niemand würde es merken.

Stattdessen begann ihr Handy zu klingeln. Gleichzeitig summte es wieder. Wer immer da vor der Tür stand, war entweder sehr hartnäckig oder hatte ein echtes Problem.

Hin- und hergerissen zwischen Ärger und Besorgnis drückte sie auf den Knopf an der Sprechanlage. »Ja?«

»Emma? Wusste ich's doch, dass du noch da bist.«

»Dominik?«

»Ich brauche deine Hilfe.« Seine Stimme klang leicht verzerrt, war ansonsten aber gut verständlich.

»Bin schon unterwegs.«

Sie rannte durch die Eingangshalle, um ihn hereinzulassen. Zu ihrer Verblüffung hatte er einen kleinen Jungen mit buntem Kinderrucksack dabei.

»Das ist Lennart«, sagte er. »Den habe ich auf der Straße gefunden.«

In Emmas Kopf setzte plötzlich etwas aus. Als hätte es nur den einen berühmten Tropfen gebraucht, der das Fass zum Überlaufen brachte.

Auf einmal konnte sie nicht mehr.

Sie war seit Wochen überfordert mit all dem, was Tom ihr zumutete, mit der Umstrukturierung im Rathaus und ihrer Rettung der Fundsachen, mit Rosemarie und Betty und der Sorge um die Bibliothek, mit den Tieren, für die sie seit Kurzem die Verantwortung trug, und jetzt schleppte Dominik allen Ernstes auch noch ein Kind an?

Sie brach in Tränen aus.

»Nein.« Dass sie sich um verlorene Kinder kümmerte, konnte niemand von ihr erwarten. »Tut mir leid.« Das war zu viel. Dafür waren andere Stellen zuständig, das Jugendamt oder die Polizei. »Sicher gibt es einen Notdienst für solche Fälle«, schluchzte sie.

Der Junge schaute sie bestürzt an. Dann versteckte er sich rasch hinter Dominiks Rücken.

»Ich glaube, das ist ein Missverständnis«, sagte Dominik irritiert. »Alles in Ordnung mit dir? Wir sind nur wegen einer Auskunft hier. Ich dachte, du könntest uns vielleicht weiterhelfen.«

Eine Auskunft? Herrje. Kein Grund, so auszuflippen.

Emma stürzte in ihr Büro, zerrte ein Kleenex aus der Box in der Schublade und schnäuzte hinein.

»Geht's wieder?« Dominik war ihr gefolgt. »Was war los?«

»Nichts.« Sie schämte sich für ihren Ausbruch. »Ihr habt mich bloß im falschen Moment erwischt.«

»Heißt im Klartext?«

»Zu viel Stress. Sonst nichts.«

»Sorry, wir wollten dir keinen zusätzlichen Stress machen. Es geht nur um die neue Adresse von Lennys Oma. Du hast hier doch Zugang zum Melderegister, oder?«

Dominik sah sie hoffnungsvoll an. Auch Lennart wagte sich wieder aus der Deckung, nun, da sie sich beruhigt hatte.

»Ich hab nicht daran gedacht, dass meine Oma nicht mehr zu Hause wohnt«, teilte er mit.

Emma bat die beiden, sich auf die Besucherstühle zu setzen, und bot Lenny ein Glas Saft an. Allmählich sickerte die ganze Geschichte in ihr überlastetes Gehirn.

Dominik hatte Lennart zufällig auf der Straße entdeckt. Zuerst hatte er angenommen, der Junge habe sich verlaufen, weil er ratlos vor dem leer stehenden Haus am Rand der Parksiedlung stand. Es war Dominik seltsam vorgekommen, dass er in seinem Alter allein unterwegs war.

»Wie alt bist du denn?«, fragte Emma.

Lenny streckte die Finger aus. »Sechs. Im Herbst komme ich in die Schule.«

»Und deine Oma ist umgezogen?«

Er nickte. »Ich weiß aber nicht, wohin.«

»Ich kenne Frau Siewert«, ergänzte Dominik. Sie wurde von dem mobilen Essenservice beliefert, bei dem er gelegentlich aushalf. Wenn ein Fahrer krank wurde, sprang er ein und fuhr die Mahlzeiten für Senioren mit dem Taxi aus. Manche Kunden kannte er auch von Krankentransporten oder Arztbesuchen.

»Im Frühjahr habe ich Frau Siewert noch beliefert. Sie war nett, nur ein bisschen vergesslich. Einmal irrte sie im Morgenmantel bei Minusgraden durch die Gegend, da habe ich sie nach Hause gebracht. Sie war völlig durchgefroren.«

Lenny nickte. »Sie sucht oft ihren Hund. Der ist gestorben.

Weil er alt war. Opa auch. Aber Oma vergisst das manchmal und sucht dann überall nach ihm.«

»Tja, dann sehe ich mal, was ich für euch tun kann.«

Kurz entschlossen loggte Emma sich mit Toms Passwort ins System ein. Im Gegensatz zu ihr hatte er auf sämtliche im Rathaus gespeicherten Daten Zugriff, und eine Abfrage über seinen Account würde hoffentlich niemandem auffallen.

»Wie heißt deine Oma mit Vornamen?«

Lenny zog die Nase kraus. »Hm ...« Es fiel ihm nicht ein.

Auch Dominik erinnerte sich nicht daran. »Sie stand auf der Lieferliste, aber ich weiß es nicht mehr. Ihr Haus ist das letzte, ganz am Ende der Parkstraße. Steht noch nicht lange leer. Hilft dir das weiter?«

Da Frau Siewert unter der bisherigen Adresse allein gelebt hatte und die offizielle Ummeldung erfolgt war, ließ sich ihr neuer Wohnsitz dann doch problemlos ermitteln.

»Seniorenresidenz Haus Sonnenschein«, verkündete Emma.

»Haus Sonnenschein?« Lenny strahlte. »Dort gefällt es ihr bestimmt. Meine Oma ist gern draußen, wenn die Sonne scheint.«

»Prima, dann hätten wir das ja geklärt.« Dominik erhob sich. »Na los, Sportsfreund, ich bringe dich hin. Aber das wird ein kurzer Besuch, klar? Anschließend fahre ich dich nach Hause, bevor deine Eltern dich als vermisst melden.«

»Sollten wir seine Eltern nicht lieber gleich anrufen?«, warf Emma ein. »Damit sie Bescheid wissen, wo er steckt? Womöglich suchen sie ihn schon.«

»Ich wohne bei meiner Mama«, sagte Lenny. »Sie arbeitet heute bis abends im Laden.« Unsicher blickte er Dominik an. »Sie hat gesagt, ich darf allein bis zum Spielplatz gehen. Ist das Haus Sonnenschein in der Nähe vom Spielplatz?«

»Ich fürchte, nein.« Als Taxifahrer hatte Dominik natürlich sämtliche Straßen und Plätze im Kopf. Emma wollte die beiden schon verabschieden, da sah er sie auffordernd an.

»Wie wär's, wenn du mitkommst?«

»Ich? Aber ...« Sie musste nichts weiter sagen. Ihr überladener Schreibtisch mit den vielen Post-its sprach für sich.

Der Ausdruck in Dominiks Augen sprach ebenfalls Bände.

Warum tust du das alles?, schien er zu fragen. Und für wen? Für dich jedenfalls nicht.

Emma schluckte.

»Mach Schluss für heute«, sagte er leise. »Der verdammte Bürokram läuft dir nicht weg.«

Sie erinnerte sich an den Tilt-Moment, den sie vorhin erlebt hatte. Sollte der nicht Mahnung genug sein? Dass sie so dringend wie nie eine Pause brauchte?

»Du hast recht.«

Mit einem Klick schloss sie das offene Datenfenster auf dem Bildschirm und schaltete den Computer aus. Ihr war klar, dass sie sich damit Toms Anweisungen widersetzte. Aber sein alberner Pressetext konnte genauso gut bis Montag warten, den druckte am Wochenende niemand. Und wenn seine Post so wichtig war, hätte Tom sie auch selbst durchsehen können, statt Emma damit sitzen zu lassen und Häppchen und Drinks vorzuziehen.

»Gute Entscheidung.« Dominik lächelte sie an, während er Lenny im Taxi festschnallte. Der Junge thronte zufrieden auf der Rückbank, eine Sitzerhöhung unter dem Hintern.

Emma stieg vorne ein und lächelte zurück.

Ja, selten hatte sich etwas richtiger angefühlt.


Die Seniorenresidenz lag idyllisch auf einer Anhöhe. Dominik stellte das Taxi auf dem Besucherparkplatz ab.

Mehrere kleinere Häuser umgaben einen verglasten Flachbau, in dem sich der Speisesaal und die Cafeteria befanden. Hinter der überdachten Terrasse führten breite Wege durch einen parkähnlichen Garten, sodass auch Rollstuhlfahrer die

Natur genießen konnten. Aus einem Springbrunnen sprudelten Fontänen, durch ein offen stehendes Fenster erklang leise Klaviermusik.

»Da ist Oma.« Jubelnd stürmte Lenny auf eine grazile alte Dame mit weißem Dutt zu, die allein an einem Tisch saß und vor Überraschung fast ihren Kaffee verschüttete.

»Lennart! Wo kommst du denn her?«

Der Junge überließ es Dominik, die Geschichte zu erklären.

Frau Siewert lachte herzlich. Offenbar hatte sie heute einen klaren Tag. »Ich kenne Sie«, sagte sie. »Sie waren einer der netten jungen Männer, die mir das Essen gebracht haben. Weil meine Tochter mir verboten hat, den Herd anzuschalten.«

Sie wandte sich an Emma. »Können Sie sich das vorstellen?« Ihre Augen funkelten empört, doch aufgrund der Lachfältchen wirkte ihr Gesicht eher verschmitzt.

Emma fand sie reizend.

»Soll ich Ihnen was verraten?« Dominik grinste. »Emmas Herd funktioniert ausgezeichnet, aber sie hätte nichts dagegen, wenn ihr jemand verbietet, ihn zu benutzen, und stattdessen fertiges Essen vorbeibringt.«

Lenny kicherte. »Kochen ist ja auch doof.«

Frau Siewert trank ihren Kaffee aus, während sie ihrem Enkel den Rest des Erdbeerkuchens hinschob.

Im Nu hatte Lenny ihn verputzt.

»Ist es schön im Haus Sonnenschein?«, fragte er. »Zeigst du mir, wo du wohnst?«

Sie blinzelte unsicher. »Haus Sonnenschein?«

Eine freundliche Pflegerin im weißen Kittel gab Auskunft, in welchem der umliegenden Gebäude Frau Siewerts Apartment zu finden war. Die alte Dame nahm Lennart für ein paar Minuten mit hinein, während Emma und Dominik draußen warteten.

Der Flieder neben dem Hauseingang duftete betäubend süß. Emma wurde schwindelig davon. Oder lag es daran, dass sie seit dem Frühstück nichts mehr gegessen hatte?

»Was ist?«, fragte Dominik, dem nie etwas entging.

»Ach, ich habe nur Hunger.« Sie lächelte schwach. »Kochen wir nachher zusammen? Ich meine, weil Freitag ist ...«

»Gern.« Er musterte sie nachdenklich. »Heute also kein Date mit Mr Unwiderstehlich?«

»Nein.«

Er fragte nicht, wie es gelaufen war. Weil er sie nicht in Verlegenheit bringen wollte oder weil es ihn schlicht nicht interessierte?

Dominiks Verhalten war und blieb für Emma ein Rätsel. Sie durchschaute ihn einfach nicht. Er war zuverlässig für sie da, wann immer sie ihn brauchte – aber kam sie ihm zu nah, reagierte er empfindlicher als eine Mimose.

»Wir müssen vorher noch einkaufen. In meinem Kühlschrank befindet sich nichts Genießbares mehr und ...« Sie verstummte. Der Gedanke an ihre spärlichen Vorräte und die unaufgeräumte Wohnung entlockte ihr ein tiefes Seufzen. »Ich fürchte, sehr gemütlich ist es bei mir nicht. Tut mir leid.«

»Dann kochen wir eben bei mir.«

Emma starrte ihn an. Der Satz klang so selbstverständlich, dabei hatte Dominik sie nie zuvor zu sich eingeladen. Sie wusste nicht einmal, wo er wohnte.

»Nein?«, fragte er.

»Doch, natürlich!«

»Okay.« Er lächelte sie auf eine Weise an, die ihren Nacken kribbeln ließ. »Abgemacht.«


Wenig später brachten sie Lenny nach Hause, der vor Freude über den gelungenen Überraschungsbesuch unentwegt auf der Rückbank plapperte. Bevor der Junge ausstieg, riss Dominik ein Blatt vom Quittungsblock im Handschuhfach, kritzelte seine Nummer darauf und gab es ihm.

»Hier, damit du keinen Ärger mit deiner Mutter bekommst. Falls sie wissen möchte, wer dich mitgenommen hat, kann sie mich anrufen.«

»Danke.« Lenny steckte den Zettel ein. »Darf ich dich auch anrufen?«

»Wenn du ein Taxi brauchst?« Dominik lachte. »Klar.«

Sie klatschten sich ab, dann stiefelte Lennart zum Eingang des Mehrfamilienhauses. Er zog ein Schlüsselband aus dem Rucksack, winkte ihnen noch mal und verschwand hinter der Tür.

»Wir hätten ihn fragen sollen, wann seine Mutter nach Hause kommt«, meinte Emma.

»Gegen sieben, schätze ich.« Dominik legte den ersten Gang ein und fuhr wieder an. »Er hat erzählt, dass sie im Antiquitätengeschäft arbeitet, das hat abends nicht so lange geöffnet. Außerdem ist der Kleine pfiffig, der kommt schon klar.«

»Sagt der Experte für Schlüsselkinder.«

»Zweifelst du an mir? Ich war selbst eins, da wird man früh selbstständig.« Er zuckte die Achseln. »Ist so.«

Thema beendet, sagte seine Miene.

Kurz darauf hielt er bei Emmas Wohnung, damit sie noch den Zoo versorgen und ihre Bürokleidung gegen etwas Bequemeres tauschen konnte. Währenddessen fuhr er rasch einkaufen.

Dominik wohnte am südlichen Ortsrand von Bickstädt, zwischen Feldern und Streuobstwiesen. Staunend stieg Emma aus dem Auto und sah sich um. Sie hätte nicht erwartet, dass er auf einer Art Bauernhof lebte. Das eigentliche Wohnhaus war kaum größer als eine Garage, besaß jedoch eine hübsche hölzerne Veranda. Rechts davon erhob sich eine Scheune, und links, neben einer rostigen Wassertränke für Tiere, erstreckte sich ein kleiner verwilderter Garten.

»Du wirst es nicht glauben, aber ursprünglich befand sich hier das Vereinsheim des Ruderclubs.«

»Was?« Emma riss die Augen auf.

Dominik lachte. »Ja, vor ungefähr hundert Jahren. Bevor der Fluss begradigt wurde und die Parkauen angelegt wurden. Jetzt verläuft der Fluss dort hinten.« Er wies zum Horizont, wo eine Baumreihe das Flussufer säumte. »Anschließend hat alles einem Schäfer gehört, der das Land und die Tiere aus Altersgründen irgendwann aufgegeben hat. Die ehemaligen Weideflächen bewirtschaftet jetzt ein Bauer.«

Er lud die Einkäufe aus dem Kofferraum. »Mit dem Schäferhaus konnte er nichts anfangen, und bevor er es abriss, habe ich es gekauft.«

»Das Haus gehört dir?« Emma konnte ihre Neugier kaum bezähmen. »Wie lange wohnst du schon hier?«

»Seit zweieinhalb Jahren.« Mit der Papiertüte im Arm knallte er die Heckklappe zu.

Während sie ihm zum Haus folgte, erzählte er, dass seine Großeltern ihm damals eine größere Summe hinterlassen hatten.

»Das Geld hat nicht nur für das Grundstück gereicht, sondern auch für den Passat. Es war wichtig für mich, dass ich damals den Taxischein machen konnte. Mein Leben hatte einen Neustart dringend nötig.«

Das klang nach einem radikalen Schnitt. Emma wagte nicht, ihn zu fragen, was er vorher gemacht hatte.

»Hat dein Neuanfang geklappt?«

»Sieht so aus. Seitdem habe ich nicht mal einen Strafzettel wegen Falschparkens kassiert.« Er schloss auf und schob die Tür mit der Hüfte auf. »Könnten wir das Verhör an dieser Stelle abbrechen, bitte?«

»Ja!« Sie boxte ihn gegen den Arm. »Darf ich eintreten, oder willst du mir vorher die Augen verbinden?«

Seine Mundwinkel zuckten. »Verlauf dich nicht.«

Das alte Häuschen war winzig, die Einrichtung entsprechend schlicht. Dennoch war Emma entzückt, wie gemütlich es wirkte. Holzbalken stützten die Decke, und der Fußboden bestand aus ausgetretenen Dielen, auf denen ein blauer Flickenteppich lag. Das Bett befand sich in einem Alkoven, durch einen dunkelblauen Vorhang vom restlichen Raum abgetrennt.

»Lass mich raten, deine Lieblingsfarbe ist Blau?«

Dominik lachte nur.

Das Modernste waren zweifellos die großen Lautsprecherboxen und der Flachbildfernseher an der Wand. Eine separate Küche war nicht vorhanden, sondern nur eine Kochzeile mit Herd und Spülbecken. Neben dem hohen Kühlschrank stand ein schmaler Tisch mit zwei Stühlen, auf dem Dominik die Tüte abstellte. »Ich weiß, die Hütte ist klein, aber für mich reicht's.«

Er musste nicht erwähnen, dass er selten Besuch einlud. So gut kannte Emma ihn bereits.

Ihr Herz klopfte, während er die Einkäufe auspackte und sie sich unauffällig weiter umsah. Ein alter Schrank, auf dem ein schwarzer Motorradhelm lag. Eine Weinkiste voller CDs neben der Musikanlage. Ein paar Bücher, hauptsächlich von Stephen King. Ein Sessel, aus Paletten gebaut.

»Freddy hat mir mit guten Ratschlägen geholfen, aber vieles habe ich selbst gemacht. Es gibt geniale Youtube-Videos für Heimwerker, und Zeit hatte ich ja genug.«

Sie füllten den Blätterteig, den er gekauft hatte, mit angebratenem Hackfleisch, gewürfeltem Gemüse und Schafskäse, dann schob Dominik die Teigtaschen in den Ofen.

»Setzen wir uns raus?« Er deutete zur Verandatür, durch die laue Abendluft hereinstrich, und warf ihr ein Kissen zu.

Gleich darauf saß Emma in einem Korbstuhl, während er einen Wasserkrug und Gläser auf den Hocker neben sie stellte. Er lehnte sich gegen die hölzerne Brüstung und zündete sich eine Zigarette an. Wie immer achtete er darauf, den Rauch nicht in ihre Richtung zu blasen.

Emma streifte die Ballerinas ab, zog die Beine auf den Stuhl und legte den Kopf auf die Knie. Spürte, wie der Wind sacht um ihre nackten Zehen strich.

Über den Feldern senkte sich die Sonne und tauchte die Szenerie in warmes Abendlicht.

»So sieht dein Garten beinahe unwirklich aus.« Sie blickte verträumt über die Wiese. »Als könnten Feen dort tanzen.«

»Hm, sie würden eher stolpern.« Er grinste. »Aber ungemäht gefällt mir die Wiese am besten.«

»Für Lolek und Bolek wäre es das Paradies. Und Luzie würde es bestimmt auch gefallen, hier umherzustreifen.«

Er wandte sich um. »Tu das nicht«, sagte er ruhig.

»Was meinst du?«

»Versuch gar nicht erst, mich zu überreden.«

»Oh, ich hatte nicht vor ...«

»Dass ich keine Tiere habe, ist kein Zufall. Verantwortung liegt mir nicht.«

Sie bezweifelte, dass er mit dieser Einschätzung richtiglag. Seit sie Dominik kannte, erlebte sie ihn auffallend fürsorglich. Erst heute hatte er das wieder unter Beweis gestellt. Er hatte sich, ohne zu zögern, um Lenny gekümmert, nachdem er den Jungen allein auf der Straße entdeckt hatte – und er war ausgesprochen nett mit ihm umgegangen!

»Glaub mir, ich bin nicht so, wie du denkst.« Seine Stimme klang eine Spur härter. »Nicht mal annähernd.«

Angriffslust blitzte in Emma auf. »Woher willst du wissen, was ich denke? Kannst du Gedanken lesen?«

»Deine schon. Manchmal.«

Es war schwer, mit ihm zu streiten, wenn er sie auf diese Weise anlächelte – amüsiert und melancholisch zugleich.

Außerdem lag Emma gar nichts an einer Auseinandersetzung mit Dominik. Sie war froh, hier zu sein. Es bedeutete ihr viel, dass er ihr so weit vertraute, einen Einblick in sein Leben zu gewähren. Das zu gefährden, wäre dumm.

Würziger Duft verriet, dass das Abendessen fertig war. Sie aßen die knusprig heißen Teigtaschen ohne Besteck, die Teller auf dem Schoß und die Beine gegen die Balustrade der Veranda gelehnt. Es schmeckte köstlich, und Emma aß, bis sie pappsatt war. Anschließend leckte sie sich die Finger ab.

»Was hältst du von Kirschen zum Nachtisch?« Dominik wischte sich die Hände an der Jeans sauber. »Die ersten sind bestimmt schon reif, nur pflücken müssen wir sie noch.«

Emma folgte ihm barfuß in den Garten.

Es war ungewohnt, den Boden unter den Sohlen zu fühlen. Rau und krümelig war die Erde, trocken von der Wärme des Tages. Das hohe Gras kitzelte ihre Waden.

»Warte.« Mit einem beherzten Griff schwang sich Dominik in den Kirschbaum. Sein weißes Shirt verrutschte. Darunter zeichneten sich seine Bauchmuskeln ab. Sehr ansehnliche, klar definierte Bauchmuskeln. Wie viel Zeit verbrachte er eigentlich mit Freddy im Fitnessstudio?

Emmas Mund wurde trocken.

Zum Glück drehte er ihr gleich darauf den Rücken zu.

Leider war der Anblick nicht minder verführerisch. Auf seiner linken Schulter schimmerte ein Tattoo durch den Stoff. Das war ihr bisher nie aufgefallen.

Ein Engel mit schwarzen Flügeln?

Sie wünschte sich, es sehen zu können. Seine Haut unter dem Stoff berühren zu dürfen.

»Hier, probier mal!« Er warf ihr ein Kirschenpärchen zu.

In letzter Sekunde gelang es ihr, es aufzufangen.

»Danke.« Emma schob sich eine Kirsche in den Mund. Das Obst war erfrischend saftig und – unglaublich sauer. Sie spuckte den Bissen auf der Stelle wieder aus. »Wie fies! Hättest du mich nicht warnen können?«

»Ja, hätte ich.« Mit einer Handvoll Kirschen sprang Dominik aus dem Baum und landete dicht vor ihr im Gras. »Aber so war es lustiger.«

Was dann geschah, war nicht geplant.

Sein Gesicht war plötzlich ganz nah. Genau wie sein Körper vor ihrem. Dieses Lächeln, das sich wie eine Umarmung anfühlte. Seine wunderschönen dunklen Augen, brennend vor Verlangen. Oder vielleicht war es auch nur ihre eigene Sehnsucht, die sich darin spiegelte.

Emma dachte nicht länger nach. Sie legte die Arme um seinen Hals und küsste ihn. Spürte, wie seine Lippen sich öffneten, als er die Kirschen fallen ließ und sie an sich zog.

Der Kuss schmeckte nach ... Liebe.

Begehren.

Definitiv nach mehr als Freundschaft.

Sie vergrub ihre Finger in seinem Haar. Er umfasste ihre Taille fester. Warme Hände auf ihrer Haut, die Kaskaden von Lust in ihr auslösten. Ein Kuss, der nicht enden wollte – und doch bereits nach Abschied schmeckte.

»Emma, wir ... sollten nicht ...«

Oh, süßer Schmerz. Sie hatte es geahnt. Trotzdem hätte sie auf diesen Kuss niemals verzichten mögen.

Selbst wenn es für alle Zeiten der einzige blieb.

## Aus dem Archiv der verlorenen Träume:
## Der Ring mit dem Schmetterlingsstein

*(von Emma Walther)*

Lange hatte der alte Juwelier überlegt, was er seiner jüngsten Enkelin zum fünften Geburtstag schenken konnte. Das Mädchen hatte schon alles, ein Puppenhaus und Barbiepuppen, ein Fahrrad und rosa Ballettschuhe. Aber er wollte ihr gern etwas Besonderes schenken, weil er fühlte, dass es das letzte Mal sein würde. Sein Herz machte ihm immer mehr zu schaffen.

Zur Taufe hatte er ihr damals einen Glücksbringer geschenkt, einen winzigen Schmetterlingsanhänger, den sie an einer Kette um den Hals tragen konnte. Vielleicht sollte er ihr dazu einen passenden Ring anfertigen?

Nachdenklich öffnete er die kostbare Schatulle mit den Schmucksteinen. Seine Frau hatte sie viele Jahre gesammelt. Manchmal hatte sie welche herausgenommen und in den Händen gewärmt. Immer hatte sie die heilende Wirkung der Steine betont.

Er griff nach einem Rosenquarz. Der Stein war klein, oval und glatt geschliffen wie ein Bonbon. Er schimmerte in einem wunderschönen hellrosa Farbton. Genau das Richtige für ein fünfjähriges Mädchen.

Voller Hingabe begann der alte Juwelier, eine Fassung für den Stein zu basteln. Ein Schmetterlingsring sollte es werden. Mit dem Rosenquarz als Körper und zarten Flügeln aus Silber.

Er achtete nicht darauf, dass seine Augen bald müde wurden und seine gichtgeplagten Finger schmerzten. Alles, was zählte, war der Ring aus seiner Fantasie, der nun Gestalt annahm.

Das letzte Schmuckstück, das er anfertigen würde.

Dies hier war sein Abschiedsgeschenk.

Er stellte sich die Freude seiner Enkelin über den hübschen Ring vor. Wie der Schmetterlingsstein im Sonnenlicht funkeln würde, wenn sie ihn an ihrem Geburtstag auspackte. Vielleicht würde sie ihn im nächsten Jahr zum Schulanfang tragen. Vielleicht würde sie ihn später sogar an ihre eigene Tochter vererben.

Er hoffte jedenfalls, der Ring würde ihr Glück bringen.

Er hoffte, sie würde allezeit im Leben glücklich sein.

Der Juwelier holte eine Schmuckschachtel und bettete den Ring auf ein weiches Polster aus blauschwarzem Samt.

»Flieg, kleiner Schmetterling! Zeig ihr den Himmel. Nimm sie dorthin mit, wo das Glück wohnt ...«

# 13

Der Mann, der am Sonntagmorgen vor dem Friedhofstor auf Emma wartete, war schlank und gut gekleidet. Sie schätzte ihn auf etwa sechzig. Die Augen hinter der randlosen Brille musterten sie mit unaufdringlicher Klarheit. Er machte einen wachen, klugen Eindruck auf sie.

»Herr Löwenthal?«

»Ja, der bin ich. Guten Tag«, begrüßte er sie. »Vielen Dank, dass Sie sich auf diesen ungewöhnlichen Ort für unser Treffen eingelassen haben.«

»Ich danke Ihnen, dass Sie sich bei mir gemeldet haben.«

»Haben Sie das Kästchen dabei?«

»Natürlich.« Lächelnd holte Emma das Zedernholzkästchen aus ihrer Umhängetasche. »Seit Sie mir geschrieben haben, kann ich es kaum erwarten, die wahre Geschichte zu hören.«

Sie drückte ihm das Kästchen in die Hand. Als seine Finger die Schnitzereien berührten, durchlief ihn ein Schauer.

»Ich habe es auf dem Foto sofort erkannt«, sagte er. »Aber es jetzt wieder in Händen zu halten, nach so langer Zeit, das ist einfach unglaublich.«

»Wo haben Sie es denn verloren?«, fragte sie.

»Eigentlich habe ich es gar nicht verloren.« Sinnierend drehte er es hin und her. »Wollen wir vielleicht einen Kaffee trinken? Das Café hat ab zehn Uhr geöffnet.«

Emma war zwar schon mehrmals auf dem Friedhof gewesen, schließlich lag ihre Oma hier begraben, aber dem kleinen Café in der Nähe des Eingangs hatte sie nie Beachtung geschenkt. Ein Fehler, wie sie jetzt feststellte. Es war nämlich reizend dort. Sonnenflecken sprenkelten die Terrasse, die von üppig blühendem Phlox umrandet wurde. Die Umgebung mit den alten Bäumen und Friedhofswegen strahlte tiefe Ruhe aus.

»Ich sitze immer hier.« Herr Löwenthal deutete auf ein rundes Tischchen. Es war fast zu klein für zwei Personen, aber Emma gefiel der Platz. Daher quetschte sie sich auf den linken Stuhl, und Herr Löwenthal bestellte zwei Café au Lait bei der Besitzerin, die eine altmodische weiße Schürze mit Spitzenrand trug.

»Ich sehe Ihnen an, was Sie denken.« Er schmunzelte. »Hier ist es ein bisschen so, als sei die Zeit stehen geblieben.«

»Ertappt«, gestand sie.

»Vielleicht komme ich gerade deshalb noch her. Jedes Jahr zu Annas Geburtstag ...« Seine Stimme wurde leiser.

Versonnen musterte er das Zedernholzkästchen, das jetzt vor ihm auf dem Tisch stand. Er schwieg, bis der Kaffee serviert wurde, und Emma ließ ihn seinen Gedanken nachhängen. Es wäre ihr unfein vorgekommen, ihn zu drängen.

Dann, während sie mit klimperndem Löffel ein Tütchen Zucker in ihrer Tasse verrührte, ergriff er endlich wieder das Wort.

»Ich habe das Holzkästchen selbst angefertigt. Es sollte ein ganz besonderes Geschenk für Anna werden. Sie war damals sehr krank, aber sie liebte Rätsel und Knobeleien. Ich war sicher, dass es ihr Spaß machen würde, den Mechanismus herauszufinden. Wenn sie ihr Geschenk sah, würde sie vor lauter Glück auf der Stelle gesund werden, so dachte ich ...«

Emma hatte seiner Schilderung überrascht gelauscht. »Sie meinen, der Deckel klemmt gar nicht?«

Er schüttelte den Kopf. »Nein, das Scharnier im Innern lässt sich nur mit einem Trick öffnen.«

»Darauf wäre ich nie gekommen.« Staunend betrachtete sie das Kästchen, das ein verborgenes Scharnier besaß, von dem sie nicht das Geringste geahnt hatte.

»Wollen Sie es noch einmal versuchen, da Sie sein Geheimnis jetzt kennen?«

»Wenn ich darf?« Sie griff danach und tastete es behutsam von allen Seiten ab. Aber sie fand keinen Kniff, keinen Dreh, um es zu öffnen.

»Sie brauchen eine Hutnadel«, erklärte er. »Oder etwas ähnlich Spitzes, das Sie dort hineinstechen können. Sehen Sie?«

Emma erkannte das winzige Loch an der Seitenverzierung. »Dann öffnet sich das Kästchen?«

Er nickte. »Anna ist leider gestorben, bevor ich es ihr geben konnte. Zwei Tage vor ihrem fünfundzwanzigsten Geburtstag.« Unermessliche Trauer lag in seinem Blick. »Ich hätte nicht warten dürfen. Ich hätte ihr mein Geschenk gleich geben sollen. Aber ich habe bis zum Ende auf ein Wunder gehofft – weil es sonst keine Hoffnung gab.«

»Das tut mir sehr leid.«

»Wir wollten heiraten. Ihre Eltern waren dagegen, sie fanden, ich sei nicht gut genug für sie. Aber Anna war es egal, was ihre Familie von mir hielt. Wäre sie nicht krank geworden, hätte sie mich geheiratet. Alles ging damals so schnell ...« Er stockte. »Dass ein Glioblastom der Grund für ihre Kopfschmerzen war, konnte ja niemand ahnen. Als es endlich entdeckt wurde, war es schon zu spät. In der Klinik konnte man ihr nicht mehr helfen.«

Emma versuchte, die Bruchstücke seiner Geschichte zusammenzusetzen. »Befindet sich ein Ring in dem Kästchen? Wollten Sie ihr zum Geburtstag einen Antrag machen?«

»Nein, dass wir heiraten, hatten wir beide damals längst beschlossen.« Er lächelte und trank einen Schluck von seinem

Milchkaffee. »In dem Kästchen ist ein Vorhängeschloss. Für unsere Hochzeitsreise nach Paris.«

Emma sah ihn ratlos an. Was meinte er?

»Anna wünschte sich immer so sehr, nach Paris zu fahren. Weil das für sie die Stadt der Liebe war. Sie hatte gehört, dass es dort eine Brücke gab, an der Paare kleine Schlösser mit ihren Initialen befestigten. Als Symbol für ewige Treue.« Er winkte ab. »Ich weiß, heutzutage macht das jeder, und es ist nichts Besonderes mehr. Aber für uns damals war die Idee etwas ganz Besonderes. Etwas, das uns für alle Zeiten verbinden sollte. Stattdessen habe ich zu lange gewartet und Anna viel zu früh und für immer verloren.«

Nein, das haben Sie nicht, hätte Emma am liebsten gerufen.

Doch er hatte ja recht. Eine Erinnerung war nicht dasselbe wie ein Mensch aus Fleisch und Blut. Jemand, der lachte und atmete und an dessen Schulter man sich anlehnen konnte, wenn einem danach war.

Es sei denn, man war so dumm und überrumpelte diesen Jemand mit einem Kuss im falschen Moment.

»Ich war damals nicht bei Annas Beerdigung«, sagte David Löwenthal. »Ich konnte es einfach nicht. Ihre Familie wollte mich auch gar nicht dabeihaben, sie waren bestimmt froh, dass ich nicht kam.« Er deutete auf ein Grab mit trauerndem Marmorengel. »Dort liegt Anna.«

Emma fand die Figur stilvoll und tröstlich. »Ein schönes Grabmal.« Ein Strauß weißer Rosen lag davor, vielleicht hatte er den gekauft und dort abgelegt.

»Ja, der steinerne Engel hätte Anna gefallen. Sie mochte Kunst und Skulpturen. Vielleicht mochte sie deshalb auch mich – weil ich Kunsthistoriker bin.«

Emma lächelte ihn an. »Ich bin sicher, sie hatte noch mehr Gründe, Sie zu mögen.«

»Ich hoffe, sie hat mir verziehen, dass ich ihr Grab erst zu unserem Jahrestag aufgesucht habe. Mittsommer, das war noch so ein Brauch, den Anna romantisch fand. Da hat sie mich zum ersten Mal geküsst.« Gedankenverloren rührte er in seiner Tasse. »Deshalb wollten wir unbedingt im Juni heiraten. Aber so lange hat sie dann nicht mehr gelebt.«

»Was haben Sie mit dem Kästchen gemacht?«

»Ich habe es Anna aufs Grab gestellt und mich entschuldigt, dass sie es nicht mehr bekommen hat. Dann bin ich gegangen.«

Er hatte es vor Jahrzehnten auf dem Friedhof gelassen? Wie war es bloß ins Rathaus gelangt?

Emma grübelte. »Ob es damals jemand mitgenommen und im Fundbüro abgegeben hat, weil er dachte, es sei vergessen worden? Ein Gärtner vielleicht?«

Oder war es zwischenzeitlich ganz woanders gewesen und auf Umwegen im Fundbüro gelandet?

»Diese Fragen kann ich Ihnen nicht beantworten. Jahrelang bin ich davon ausgegangen, dass Annas Familie mein Geschenk entdeckt und vernichtet hat. Dass das Kästchen noch existiert, war eine große Überraschung für mich.«

»Hoffentlich eine schöne …?«

»Ja, ich denke schon.« Er trank seinen Kaffee aus. »Obwohl ich seit Jahren verheiratet bin und eine Familie habe, komme ich jedes Jahr im Juni zurück, um Anna Blumen ans Grab zu bringen. Ich habe sie nie vergessen. Das hätte sie auch nicht verdient. Zum Glück ist meine Ehefrau verständnisvoll genug, sich an meinen Erinnerungen nicht zu stören.«

»Warum sollte sie?«

»Nun, es ist ein sehr schmaler Grat, die Toten nicht zu vergessen, sie aber dennoch nicht über unser weiteres Leben bestimmen zu lassen. Verstehen Sie, was ich meine?«

Emma nickte nachdenklich.

»Ich weiß nicht, ob mir das immer gelungen ist.« Seine Finger strichen über das Kästchen. »In den letzten Jahren allerdings besser. Es ist etwas dran an dem Satz, dass die Zeit Wunden zu heilen vermag. Wir müssen es nur zulassen.«

»Was werden Sie jetzt mit dem Kästchen tun? Nehmen Sie es mit ins Museum?«

»Nein, das wäre vermessen.« Amüsiert schüttelte er den Kopf. »Dort gehört es nicht hin. Und es ein weiteres Mal auf Annas Grab zu stellen scheint mir auch nicht das Richtige zu sein. Ich habe eine bessere Idee.«

Er zog seine Brieftasche hervor, in der zwischen den Scheinen ein Papieretui mit einer langen Nähnadel steckte. Blitzschnell öffnete er vor Emmas staunenden Augen damit das Kästchen.

»Haben Sie das leise Klicken gehört? Das war der Mechanismus im Innern.«

Er nahm das kleine Vorhängeschloss heraus. Es war nicht vergoldet, sondern nur ein ganz schlichtes Modell, mit zwei eingravierten verschnörkelten Buchstaben: A ♥ D.

»Wenn ich irgendwann einmal nach Paris fahre, nehme ich unser Schloss mit und lasse es dort. So, wie Anna es sich gewünscht hat.«

Er steckte das Schloss in die Jackentasche, klappte dann den Deckel des leeren Kästchens wieder zu und schob es über den Tisch zu Emma. »Behalten Sie es, wenn es Ihnen gefällt. Ich schenke es Ihnen.«

»Mir?« Emma war sprachlos.

»Die Geschichte, die Sie sich dafür ausgedacht haben, hat mir gefallen. Vielleicht haben Sie Verwendung dafür. Oder es fällt Ihnen ein neuer Inhalt für das Kästchen ein.« Er zwinkerte ihr zu. »Sie wissen ja jetzt, wie man es öffnet.«

Überwältigt vor Freude schaute sie das Zedernholzkästchen an. Hatte Herr Löwenthal gespürt, wie viel es ihr bedeutete? Sie dankte ihm von Herzen für das unerwartete Geschenk.

Er reichte ihr seine Karte und lud sie ein, bei Gelegenheit

das Museum an der holländischen Küste zu besuchen, in dem er arbeitete.

»Es ist kein berühmtes Haus und der Ort, zu dem es gehört, kaum größer als Bickstädt. Aber falls Sie doch einmal in der Nähe sind, um dort Urlaub zu machen, würde ich mich freuen, Sie wiederzusehen.«

»Ansonsten schreibe ich Ihnen, was aus dem Kästchen geworden ist«, versprach Emma.

Wenig später verabschiedeten sie sich voneinander.

Es gab nichts mehr zu erzählen. Alles war gesagt.

Mit langsamen Schritten ging Emma über den Friedhof. Das Grab ihrer Oma lag im Halbschatten unter Bäumen, dicht mit Immergrün bepflanzt.

Emma holte am alten Gießbrunnen mit dem Schwengel eine Kanne Wasser und setzte sich dann auf eine freie Bank in der Nähe. Das wunderschöne Kästchen, das jetzt ihr gehörte und kein Geheimnis mehr barg, hielt sie auf dem Schoß.

Die Gedanken eine Weile abzuschalten tat ihr gut. Viel zu lange war sie nicht mehr zur Ruhe gekommen. Ihr Alltag war so voller Pflichten und Termine, dass sie kaum eine Minute den Kopf freibekam. Kein Wunder, dass sie öfter überstürzt handelte und ihr Leben chaotisch verlief.

Nun dachte sie schon wieder an den Kuss.

Sie lehnte sich zurück. Betrachtete den blauen Junihimmel mit den weißen Schäfchenwolken.

»Am besten, wir vergessen es«, hatte Dominik an jenem Freitagabend unter dem Kirschbaum gesagt. Schwer atmend, was jedes seiner Worte Lügen strafte, mit denen er vorgab, es sei ein Fehler gewesen. »Um unserer Freundschaft willen, lass uns das Ganze vergessen.«

Emma hatte zugestimmt. Seitdem taten sie so, als sei dieser verräterische Kuss nie passiert.

Überraschenderweise gelang ihnen das recht gut. Ein weiterer Beweis dafür, wie wichtig ihnen mittlerweile ihre Freundschaft war.

Emma seufzte leise, als sie aufstand, um das schöne Kästchen von David Löwenthal mit nach Hause zu nehmen.

Sie hatte überhaupt nichts vergessen.

Aber das musste Dominik ja nicht erfahren.

Die Wahrheit erzählte sie nur der Grünlilie, die daheim auf ihrem Fensterbrett fleißig austrieb, oder flüsterte es beim abendlichen Kraulen Luzie ins Ohr.

Die beiden behielten ihre Geständnisse für sich.

Emma blieb stehen. Im kräftigen Grün des Friedhofsgrases vor ihren Füßen reflektierte ein heller kleiner Kieselstein das Sonnenlicht. Sie hob ihn auf und betrachtete ihn genauer.

Der Kiesel besaß eine hübsche Form. Ein Wunschstein?

Sollte sie ihn mitnehmen?

Stattdessen legte sie ihn auf dem Grabstein ihrer Oma ab. Das war eine Tradition, die sie mochte.

Überhaupt sollte sie das Glas mit Wunschsteinen zu Hause vielleicht endlich wegräumen. Wenn Dominik davon erfuhr, würde er sie für verrückt halten.

Und der Zauber funktionierte ja ohnehin nicht.


Am Montag darauf stand das Treffen mit einem Volontär des *Bickstädter Tagblatts* an. Tom hatte darauf gedrängt. Ihm missfiel, dass die Zeitung zuletzt deutlich mehr kritische Stimmen zu Wort kommen ließ, die auf mögliche Konsequenzen seiner Einsparungen aufmerksam machten oder den Sparkurs der Rathausverwaltung direkt anprangerten.

»Ich habe mich mit der Redaktion abgestimmt«, teilte er mit, und Emma fragte sich, was er damit sagen wollte. »Was es zu klären gab, ist bereits geklärt. Jetzt geht es vor allem darum, ein Gegengewicht zu schaffen, was die Darstellung betrifft.

Natürlich ohne uns angreifbar zu machen, wir hätten die Presse manipuliert.«

»Aha.« Sie kniff die Augen zusammen. »Und deshalb soll ich den Termin allein übernehmen?«

Tom strahlte sie an. »Genau.«

Er gab ihr noch einige genaue Instruktionen, welche Bereiche sie dem Volontär zeigen durfte – ihr Fundbüro, das derzeit einer Rumpelkammer glich, selbstverständlich nicht! – und wie sie auf die positiven Neuerungen hinweisen konnte.

»Den Rest überlasse ich deiner wunderbar sympathischen Ausstrahlung. Darin bist du unübertroffen, Emma.«

Alles klar. Flirtmodus, auf höchster Stufe. Der Pressetermin schien ihm wirklich wichtig zu sein.

Es klopfte. »Herr Brunner?«

Jemand wollte ihn sprechen, und Tom wechselte aus ihrem Büro in seines hinüber. Schon fiel die Verbindungstür hinter ihm zu.

Emma biss sich auf die Lippen.

War es nicht zum Verzweifeln? Der attraktivste Mann, der ihr seit Langem begegnet war, fand sie »wunderbar sympathisch«, aber derjenige, der ihr viel wichtiger war, küsste sie und distanzierte sich sofort wieder.

Was stimmte nicht mit ihr?

Irgendwas musste sie doch falsch machen?

Voller Selbstzweifel widmete sie sich dem Berg auf ihrem Schreibtisch, der trotz intensivster Bemühungen nur wenig schrumpfte, bis es nachmittags Zeit wurde, den Volontär des *Tagblatts* zu empfangen.

Er stellte sich als Kolja vor, was anscheinend nicht nur sein Zeitungskürzel, sondern eine Mischung aus Vor- und Nachnamen war. »Ist einfacher«, sagte er. »Mein voller Name ist für die meisten unaussprechlich, und merken kann ihn sich auch keiner. Kolja klappt dagegen immer.«

Emma lächelte ihn an. Er war ähnlich jung wie sie damals, als sie bei der Zeitung beschäftigt gewesen war, und wirkte mit seinem verstrubbelten Haarschopf ebenso unsicher.

»Ich kann gern versuchen, mir den richtigen Namen zu merken«, bot sie an.

»Nee, Kolja passt schon.«

Sie führte ihn herum, wie Tom es ihr aufgetragen hatte, und plauderte nebenbei über die Veränderungen, die das Rathaus moderner und effizienter machen sollten.

Kolja nickte. »Ja, das weiß ich alles schon. Mein Chef hat mir einiges aufgeschrieben. Aber ich fürchte, wenn ich das bloß wiederkäue, wird das ein total langweiliger Artikel.« Er zog eine Kamera aus der Tasche. »Darf ich vielleicht ein paar Fotos machen?«

»Vom Rathaus?«

»Vom Rathaus und von Ihnen? Dann könnte ich Sie als meine Interviewpartnerin vorstellen und den Artikel ein bisschen persönlicher gestalten.«

Seine Bitte überraschte Emma, aber sie sah keinen Grund, ihm den Wunsch abzuschlagen. Zumal er ein Auge für schöne Motive hatte. Er fotografierte den dekorativen Mosaikboden und die Marmorstatuen in der Halle, die Freitreppe, das Trauzimmer mit den Bogenfenstern und den idyllischen Innenhof mit der hölzernen Pergola.

»Dort verbringe ich gern meine Mittagspause.« Emma wies auf die Bank unter den grünen Weinranken. »Im Schatten lässt es sich wunderbar lesen.«

Sobald sie es aussprach, wurde ihr die Schwindelei bewusst. Zuletzt hatte sie vor Monaten hier gesessen, mit Rosemarie. Fast genauso lange war es her, dass sie die Angewohnheit aufgegeben hatte, ein Buch mit zur Arbeit zu bringen.

Und Mittagspause? Mittagspause war zum Fremdwort geworden, seit sie für Tom arbeitete.

»Von Ihrem Einsatz für die Bücherei habe ich schon gehört.« Kolja hatte mit Betty zusammen die Grundschule besucht, ihre Eltern waren befreundet. »Deswegen bekomme ich immer mit, was sie so macht, und sie ist total glücklich, weil sie dank Ihnen den Job nicht verloren hat.«

»Ohne Betty kann ich mir die Bücherei gar nicht vorstellen«, sagte Emma. »Sie nimmt sich Zeit für die Kinder, die kommen, oder hilft, wenn jemand ein Buch im Regal sucht. Für unseren Lesekreis neulich hat sie wunderbare Cupcakes gebacken! Das sind Dinge, die wichtig sind; die Bibliothek ist ein Ort der Begegnung und des Austauschs. Alle Menschen sollen sich dort willkommen fühlen.«

»Schön gesagt. Darf ich das zitieren?«

Sie nickte. »Natürlich.« Dagegen konnte Tom kaum Einwände haben – zumindest hoffte sie das.

Auch ihre Idee mit dem Bücherschrank war Kolja bekannt. »Wäre toll, wenn sich das umsetzen ließe.« Er notierte sich den Termin für ihren in Kürze geplanten Bücherbasar und kündigte an, rechtzeitig bei den Veranstaltungstipps darauf hinzuweisen. Emma versprach außerdem, ihn auf dem Laufenden zu halten, was Hannos Schreibwettbewerb betraf.

»Und was passiert mit dem Fundbüro, das Sie bisher geleitet haben?«, fragte er. »Ich meine, da Sie jetzt für so viele andere Aufgaben zuständig sind, übernimmt jemand Ihre Stelle, oder wird das Fundbüro geschlossen?«

»Weder noch«, versicherte sie und erklärte ihm die Vorteile, die eine Digitalisierung der Abläufe bot. »Die Software, die wir verwenden, ist für jeden leicht nutzbar.«

»Verstehe.« Er kritzelte in sein Notizbuch. »Aber ich wette, das Ergebnis ist nicht annähernd so originell wie Ihr Archiv der verlorenen Träume.«

»Sie kennen meinen Blog?« Emma zupfte erschrocken an einer Locke. »Ach, sicher hat Betty Ihnen davon erzählt, stimmt's? Ich freue mich, dass Ihnen mein Archiv gefällt, aber bitte erwähnen Sie es bloß nicht in Ihrem Artikel.«

Sie war sicher, dass Tom wenig begeistert sein würde, wenn er erfuhr, dass sie die Gegenstände behalten hatte, die sie auf sein Geheiß entsorgen sollte. Schlimmstenfalls würde er jede weitere Rettungsaktion unterbinden.

»Nein?«, fragte Kolja überrascht. »Ich dachte, es ist Ihr Herzensprojekt?«

»Ist es auch, aber ...« Bei ihrem Erklärungsversuch geriet Emma ins Schlingern.

Sie wollte keinesfalls den Eindruck erwecken, dass sie vor Tom Brunner etwas verheimlichte. Alles, was ein schlechtes Licht auf ihn oder die Arbeitssituation im Rathaus warf, galt es schließlich zu vermeiden.

Am Ende gelang es ihr, Kolja davon zu überzeugen, dass sie im Moment von der Resonanz auf ihren Blog so überwältigt war, dass sie weitere Werbung unnötig fand. »Sonst schaffe ich es vielleicht nicht mehr, die vielen Anfragen in meiner Freizeit zu beantworten, und das wäre schade.«

»Hm, gut, das verstehe ich.« Er klappte das Notizbuch zu, klemmte den Stift daran und schob beides in die Tasche. »Falls Sie Ihre Meinung irgendwann ändern, rufen Sie mich an, ja? Ich würde gern einen Artikel darüber schreiben und dazu beitragen, den Bekanntheitsgrad des Archivs zu steigern. Denn eigentlich lebt Ihre Idee doch davon, dass die Leute von den verlorenen Dingen erfahren.« Er warf einen Blick auf die Uhr. »Tut mir leid, jetzt haben wir die vorgesehene Zeit überzogen. Verraten Sie mir trotzdem noch, wie Sie auf den Namen für das Archiv gekommen sind?«

Emma beschloss, Feierabend zu machen. »Wenn Sie mich auf ein Eis in den Park begleiten? Dann ist es ein privates Gespräch und kein Pressetermin.« Sie zwinkerte ihm zu. »Ich will kein Wort davon in der Zeitung wiederfinden.«

»Kapiert.« Er lachte.

Während sie durch die Nachmittagssonne zu Stefanos Eismobil schlenderten, unterhielten sie sich über die Bedeutung von Lebensträumen und den symbolischen Charakter von besonderen Gegenständen, die mit diesen Träumen verbunden waren. Es machte Emma Spaß, sich mit Kolja zu unterhalten. Er war auf dieselbe Art neugierig wie sie. Menschen und Geschichten faszinierten ihn, darum wollte er auch unbedingt Journalist werden. Wenn er es schaffte, sich trotz aller Vorgaben und dem Veröffentlichungsdruck sein angenehm unaufdringliches Wesen zu bewahren, würde er ein toller Vertreter seiner Zunft werden.

Nur dass er Pistazieneis aß, entlockte Emma ein ungläubiges Stirnrunzeln. »Das schmeckt?«

»Warum sollte es nicht schmecken?«

»Es ist … grün.«

Kolja lachte. »Ja, wie Äpfel und Salatgurken. Und ungefähr hundert andere Lebensmittel.«

Emma musste zugeben, dass sie sich da argumentativ wohl etwas verrannt hatte. Von ihrer Meinung ließ sie sich trotzdem nicht abbringen.

Wer wollte schon Gurkeneis essen, wenn er Stracciatella mit Schokostückchen haben konnte?

# 14

Am Mittwochnachmittag saß Emma in einer Besprechung mit den Gründern der Bürgerinitiative, die sich für den Fortbestand des Tierheims starkmachten, als ihr Handy klingelte.

Lutz Plischke, der neben ihr am Tisch saß, warf ihr einen drohenden Blick zu. »Versuchen Sie nicht, unser Gespräch mit einer Ausrede abzuwürgen!«

»Hatte ich nicht vor«, sagte sie und schaltete es stumm, ohne genauer hinzusehen. Es war sicher eh nur Tom, der ihr weitere Arbeit aufhalsen wollte, und darauf konnte sie gut verzichten. Die Gruppe, die gerade hier saß, war ohnehin schlecht auf ihn zu sprechen.

»Wir haben uns ewig um einen Termin bemüht, und dann lässt Herr Brunner ihn platzen«, sagte eine Frau mit knallroten Haaren empört. »Eine Unverschämtheit ist das!«

Emma bemühte sich, die Wogen zu glätten.

Was ihr vor allem deshalb gelang, weil sie Lutz Plischke auf ihre Seite ziehen konnte. Dass sie Luzie, Rocky und die Meerschweinchen quasi adoptiert hatte und auf Dauer behalten wollte, nahm ihn für sie ein.

»Ich denke, wir sollten Frau Walther vertrauen«, meinte er. »Wenn sie sagt, dass sie sich für unser Anliegen einsetzen will, glaube ich ihr.«

»Es tut mir leid, dass ich Ihnen heute nur zuhören, aber

nichts versprechen kann«, bedauerte sie. »Ich bin nicht befugt, Entscheidungen zu treffen, was die Zukunft des Tierheims betrifft.«

Die Gruppe wollte eine Kooperation bilden. »Wir haben nichts gegen eine Trägerschaft durch das Tierheim der Kreisstadt, aber wir möchten die Außenstelle weitgehend autonom führen und verwalten dürfen.«

Dieser Vorschlag scheiterte bislang laut Tom jedoch an der fehlenden Finanzierung.

Die Rothaarige kochte vor Wut. »Wenn es nach Herrn Brunner geht, sollen wir dafür private Mittel einsetzen. Der spinnt doch! Wir fordern einen Zuschuss, der die Grundkosten deckt, oder wenigstens Mietfreiheit, wie es bisher der Fall war.«

Im Grunde war es ähnlich wie bei der Bücherei: Neue Ideen und Engagement waren gefragt. Die Runde in Emmas Büro bewies, dass von beidem genug vorhanden war.

»Wir treffen uns in vier Wochen wieder«, schlug sie vor. »Bis dahin sind die Renovierungsarbeiten weitgehend abgeschlossen und einige andere Hürden hoffentlich geklärt.«

Lutz Plischke nickte. »Unser Ziel wäre, das Tierheim nach den Sommerferien im September wieder eröffnen zu können.«

Ein optimistischer Plan, aber kein unrealistischer. Sofern Tom bereit war, sich auf Kompromisse einzulassen.

»Ich werde sehen, was ich tun kann«, versprach Emma.

Bevor die Gruppe schließlich aufbrach, lächelte Plischke ihr zu. »Grüßen Sie Rocky und Luzie von mir!«

Emma stürzte sich auf die liegen gebliebene Arbeit, und erst kurz vor Feierabend fiel ihr ein, dass ihr Handy noch immer stumm geschaltet war.

Sie zerrte es aus der Tasche und merkte erstaunt, dass der verpasste Anruf von Dominik gekommen war. Er hatte ihr anschließend sogar eine Nachricht geschickt:

*Ich habe gerade mit Lenny seine Oma besucht. Sie hat uns Fotos von früher gezeigt. Eines davon solltest du dir unbedingt bald ansehen.*

Sie fragte sich, was die rätselhafte Aufforderung bedeuten sollte. Dass er mit Lenny Kontakt hielt und sich offenbar weiterhin um den Jungen kümmerte, wunderte sie nicht, aber Dominik war kein großer Freund von Textnachrichten – wenn er eine schrieb, musste etwas Wichtiges dahinterstecken.

*Warum?*, tippte sie.

Die Antwort kam prompt und lautete:

*Ich verrate nichts! Fahr hin, wenn du mehr wissen willst.*

Sie starrte noch auf das Display, als eine weitere Nachricht folgte.

*Tipp: Nimm das grüne Schaltuch aus deinem Archiv mit! Und frag sie nach dem Tanzwettbewerb, den sie mal gewonnen hat.*

Emmas Neugier war sofort geweckt.

Sie zögerte keine Sekunde, schnappte ihre Sachen und verließ das Rathaus. Tom war sowieso nicht im Büro, und falls er doch mitbekam, dass sie heute ausnahmsweise zehn Minuten früher gegangen war, würde ihr schon eine Ausrede einfallen.

Sie fuhr mit dem Rad nach Hause, sah kurz nach dem Rechten und steckte das grüne Schaltuch ein. Zwanzig Minuten später keuchte sie die Anhöhe zur Seniorenresidenz hinauf.

Im Haus Sonnenschein öffnete niemand auf ihr Klingeln, und in der Cafeteria saßen weniger Gäste als am Wochenende.

Lennys Oma war nicht darunter.

Durch die Glasfront des Speisesaals sah Emma, dass bereits das Abendessen vorbereitet wurde. »Können Sie mir sagen, wo ich Frau Siewert finde?«

»Versuchen Sie es im Garten«, riet ihr die Mitarbeiterin.

Emma hielt Ausschau auf den Spazierwegen, konnte Lennys

Oma aber auf Anhieb nirgends entdecken. Stattdessen fiel ihr Fred auf, der in Hausmeistermontur eines der Blumenbeete harkte. Neben ihm stand eine Schubkarre voll ausgerissenem Unkraut. Emma eilte verblüfft auf ihn zu.

»Was machst du denn hier?«

»Wonach sieht's aus, Prinzessin?« Er schob seine Kappe aus der Stirn. »Arbeiten natürlich.«

»Als Hausmeister?«

»Mann für alle Fälle trifft es eher.« Jetzt grinste er. »Ich bin für den Garten verantwortlich, verteile die Post, mache kleinere Reparaturen, übernehme den Fahrdienst und alles, was eben gerade so anfällt.«

Emma freute sich aufrichtig für ihn. »Das ist toll!«

»Ja, hat mich auch gefreut, dass es sofort geklappt hat mit der Anstellung. Hier wird meine Arbeit geschätzt und nicht bloß als lästiger Kostenfaktor angesehen.«

Ein boshafter Teil von Emma überlegte, es Tom zu berichten. Erst vor ein paar Tagen hatte er sich über die Wucherpreise für Handwerker beschwert und dass niemand in der Lage war, zeitnah undichte Heizungsrohre oder tropfende Wasserhähne in den Besuchertoiletten auszutauschen. Fred hätte sich längst darum gekümmert, wenn er noch da wäre, aber Tom leugnete strikt, dass seine Entlassung ein Fehler gewesen war. Dabei gab es in einem älteren Gebäude wie dem Bickstädter Rathaus ständig etwas zu reparieren oder auszubessern.

»Und was machst du hier?«, fragte Fred.

»Ich wollte Frau Siewert besuchen. Die Dame, bei der Dominik heute Mittag mit ihrem Enkel war.«

»Die drei saßen hinten unter dem Sonnenschirm. Vielleicht sitzt sie noch dort.« Er wies auf ein mit Büschen umwachsenes Rondell in der Nähe des Springbrunnens.

»Danke«, sagte Emma.

Leises Plätschern war zu vernehmen, als sie näher kam.

Frau Siewert saß auf der mit Sitzkissen gepolsterten Bank und hatte die Augen geschlossen. Auf ihrem Schoß lag ein Fotoalbum. Als Emma vorsichtig neben ihr Platz nahm, blickte sie auf.

»Hallo«, sagte sie freundlich. »Ist das nicht ein herrlicher Tag? Ach, ich liebe den Sommer!«

»Ja, ich auch«, sagte Emma. »Erinnern Sie sich an mich? Wir haben Lennart neulich mit dem Taxi hergefahren, als er Sie besuchen wollte.«

»Lennart ...« Sie blinzelte in die Sonne. »Ich glaube, der war eben noch hier. Er kommt jeden Mittwoch. Zusammen mit diesem gut aussehenden, dunkelhaarigen Mann. Ist das der, den Sie meinen?«

»Sein Name ist Dominik. Er hat mir erzählt, dass Sie heute gemeinsam Fotos von früher betrachtet haben.«

»Haben wir das?« Sie machte eine unsichere Bewegung, und das Fotoalbum rutschte von ihrem Schoß.

Emma packte blitzartig zu und fing es auf, ehe es zu Boden fiel und Schaden nahm.

»Verzeihung, manchmal bin ich so ungeschickt«, entschuldigte sich Frau Siewert.

»Nichts passiert.« Emma legte ihr beruhigend die Hand auf den Arm. »Sehen Sie, das Album ist sauber. Dürfte ich das Foto vielleicht sehen?«

»Welches Foto?«

»Dominik sagte, es war von einem Tanzwettbewerb. Sie haben gewonnen ...«

»Ein einziges Mal, ja!« Sie lachte, und ihre Augen leuchteten vor Stolz. »Es war ein wunderbarer Abend! Wir haben immer sehr gern getanzt, mein Kurt und ich, aber nie wieder waren wir so erfolgreich.« Sie schlug das Fotoalbum auf und blätterte bis zu einer Seite vor, deren Ecke angeknickt war. Offensichtlich schaute sie das Foto darauf häufiger an. Es zeigte ein schick gekleidetes Paar mit einem großen Pokal in den Händen – »Sieger 1969«.

Doch Emma interessierte sich nicht für den Pokal. Sie hatte nur Augen für das zartgrüne Kleid der Frau. Es harmonierte perfekt mit dem Schaltuch, das sich luftig leicht über ihr Dekolleté legte.

»Ist das aus demselben Stoff?«

»Ja, das Kleid und das Tuch gehörten zusammen.« Frau Siewert nickte. »Nur dass das Kleid noch mit dunkelgrünem Unterstoff gefüttert war. Sonst hätte ich es zum Tanzen nicht anziehen dürfen.« Sie kicherte. »Blickdicht musste es schon sein.«

»Sie sehen wunderschön darin aus«, sagte Emma.

»Meine Tante hat es genäht. Sie war Modeschneiderin. Im Laden wäre das Kleid viel zu teuer für mich gewesen.«

Sie erzählte im Plauderton von den Tanzabenden, die sie mit ihrem frisch angetrauten Mann damals besucht hatte, und erinnerte sich an so viele Details, als wäre es gestern gewesen. Dabei hatten diese Veranstaltungen vor über fünfzig Jahren stattgefunden.

»Wir waren gerade in unsere erste eigene Wohnung gezogen, zwei winzige Kammern unterm Dach. Der Pokal kam in eine Glasvitrine, jeder sollte ihn sehen. Kurt war so stolz darauf.«

»Und das Tuch?«

»Es war so schade darum.« Frau Siewert tippte betrübt mit der Zeigefingerspitze auf das Foto. »Ich habe es verloren. Auf dem Weg vom Tanzlokal nach Hause war es sehr windig. Kurt und ich waren so beschwipst und glücklich, wir haben herumgealbert, er hat mich geneckt und am Mantel gezogen, ich habe ihm den Hut vom Kopf geschubst, dass er ihm nachlaufen und ihn einfangen musste … Später ist mir dann erst aufgefallen, dass mein Tuch verschwunden war. Wir sind den ganzen Weg nochmals abgegangen, aber es war nicht zu finden. Ich habe anschließend sehr bedauert, dass ich nicht besser darauf aufgepasst habe. Kurt sagte immer, das muss unser Glücksbringer gewesen sein. Denn das Kleid habe ich danach noch oft beim Tanzen getragen, aber wir haben nie wieder etwas gewonnen. Irgendwann habe ich meine Tante gebeten, ob sie mir einen neuen Schal nähen kann, aber der Stoff war nicht mehr zu bekommen.«

Sie betrachtete ein letztes Mal das Foto, dann klappte sie das Album zu. »Meine Geschichten langweilen Sie bestimmt.«

»Nein, gar nicht! Im Gegenteil.« Emma hoffte, dass sie die alte Frau nicht erschreckte, wenn sie ihr den Fund aus dem Rathaus zeigte. »Ich interessiere mich für Ihre Geschichte, weil ich vielleicht Ihr Schaltuch habe.«

»Du meine Güte, wo haben Sie das her?« Staunend und beinahe ehrfürchtig berührten ihre Finger den feinen Stoff. »Ja, das sieht wirklich aus wie meines.«

Emma erzählte ihr, dass sie es in einer Archivschublade des Fundbüros entdeckt hatte.

»Es ist abgegeben worden, bevor ich anfing, im Rathaus zu arbeiten. Wann genau, weiß ich nicht, und ich kann Ihnen leider auch nicht sagen, woher es stammt.«

»Es ist ja ganz egal.« Frau Siewerts Augen wurden vor Rührung feucht. »Ich tanze doch schon lange nicht mehr – und mein Kurt ist auch nicht mehr da ...«

»Ja, ich weiß. Es tut mir leid.« Sie hatte die alte Dame nicht traurig machen wollen. »Haben Sie den Pokal noch?«

Sie nickte. »Der steht in meinem Zimmer. Viel konnte ich nicht mitnehmen bei meinem Umzug, aber auf die Glasvitrine und Kurts Sessel habe ich bestanden. So ist mein Mann immer noch ein bisschen bei mir, verstehen Sie?«

»Das verstehe ich sehr gut.« Emma lächelte. »Und jetzt haben Sie auch Ihr verlorenes Schaltuch wieder.«

»Wissen Sie, ich habe mir manchmal vorgestellt, dass es gar

nicht für mich allein bestimmt war. Dass es anderen Frauen auch Glück bringen sollte. Vielleicht einer Schauspielerin, die damit ihre erste große Rolle ergattert hat, oder einer Sängerin, die damit ihren Durchbruch feierte. Ein schöner Trost, nachdem ich es verloren hatte.« Sie strich das zarte Blütenmuster nach. »Welche Reise es wohl hinter sich hat?«

Das hätte Emma auch gern gewusst. Aber vor allem freute sie sich darüber, dass das Tuch auf geheimnisvolle Weise wieder zu der Frau zurückgelangt war, die es als Erste getragen hatte. Als sei es am Ende heimgekehrt.

In der Ferne ertönte ein Gong, der zum Abendessen rief.

Ein wenig steif erhob sich Frau Siewert von der Bank.

Emma half ihr, das Schaltuch umzulegen, und trug dann das Sitzkissen und das Album bis zum Hauseingang.

»Besuchen Sie mich bei Gelegenheit wieder?«, fragte die alte Dame.

Emma nickte. »Das mache ich gern.«


Als sie auf ihr Fahrrad stieg, das sie gleich neben dem Fliederbusch abgestellt hatte, fiel ihr der pinkfarbene Minivan auf dem Parkplatz auf. »Schönheitsmobil«, prangte in großen Lettern auf den Seiten, darunter standen Sandras und ein zweiter Name sowie die Nummer des Kosmetiksalons.

Sandra selbst lud gerade einen Korb ein. Sie freute sich riesig, Emma zu treffen.

»Hi, Em! Das kann kein Zufall sein. Vor fünf Minuten habe ich mit der Heimleiterin über dich gesprochen!« Sie lachte. »Wir hatten die Idee, ein Büchermobil einzurichten.«

Fröhlich schilderte sie, dass sie regelmäßig Hausbesuche in der Seniorenresidenz machte. »Damit die Bewohnerinnen, denen der Weg in die Stadt zu beschwerlich ist, trotzdem zu einer Maniküre oder einem schicken neuen Haarschnitt kommen. Meine Freundin ist Friseurin, wir wechseln uns ab.«

Wie sie Emma erklärte, wurde der Service rege genutzt und geschätzt. »Daher hat die Heimleiterin überlegt, ob es nicht auch möglich wäre, etwas Ähnliches im Rahmen der Bibliothek anzubieten. Für eine eigene Heimbibliothek ist leider kein Raum vorhanden, aber es gibt viele Bewohner hier, die gern lesen. Wichtig wäre nur, dass die Bücher in Großschrift gedruckt sind. Deshalb sind die von Angehörigen gespendeten Exemplare oft ungeeignet.«

Emma fand die Idee toll, hatte aber keine Ahnung, wie sie das umsetzen sollte. Nie im Leben würde Tom den Dienstwagen rausrücken, um als Büchermobil zu dienen. Und selbst wenn – weder Rosemarie noch Betty konnten Auto fahren.

»Der Fahrdienst ist schon geklärt«, verkündete Sandra zu ihrer Verblüffung. »Der neue Hausmeister und ein Taxifahrer, den er kennt, könnten die Bücher hin- und hertransportieren. Es müsste nur eine Art Bestellsystem geben, und daher müsste jemand mitmachen, der sich damit auskennt. Jemand, der auch mal geeignete Bücher auswählt, die Leute berät oder ihnen Vorschläge macht. Da habe ich an dich gedacht.«

Emma versprach, die Heimleiterin morgen anzurufen. Wenn schon der grummelige Fred und Dominik ihre Unterstützung angeboten hatten, konnte sie schlecht ablehnen. Zumal ihr die Vorstellung eines Büchermobils für Senioren wirklich gut gefiel. Vielleicht konnte sie Tom schmackhaft machen, dass ein solcher Service in der Bevölkerung sicher Anklang finden und ihm Pluspunkte einbringen würde. Die hatte er bei seinem erzwungenen Sparkurs dringend nötig.

Trotz Müdigkeit setzte sie sich am Abend zu Hause hin, um ihren Blog zu aktualisieren und die neu eingegangenen Zuschriften zu sichten.

Jemand namens »mockingbird« hatte etwas zu dem Foto des mit bunten Knöpfen bestickten Stiftmäppchens gepostet, in dem sich der mattschwarze Füller befand. Die Zeilen erinnerten Emma an das, was Frau Siewert am Nachmittag gesagt hatte.

*Nicht zu fassen! Das ist mein Schreibset, mit dem ich damals im zweiten Anlauf mein Examen bestanden habe.*

*Ich war so megahappy!!!*

*Keine Ahnung, wie und wo ich das Set verloren habe, aber ich möchte es nicht zurück.*

*Liebe Emma, falls der Füller noch schreibt, darfst du ihn und seine bunte Hülle gern weitergeben.*

*Vielleicht bringt er auch jemand anderem Glück?*

Darunter hatten sich bereits zwei Interessenten gemeldet, die den Glücksfüller haben wollten. Der erste hatte dem zweiten vor ein paar Minuten im Kommentarfeld geschrieben:

*Ich würde mich mockingbird anschließen und den Glücksstift weitergeben, sobald ich den wichtigsten Brief meines Lebens damit geschrieben habe. Vielleicht könnten das alle machen, die sich hier noch melden?*

Emma strahlte. Was für eine schöne Idee!

*Lieben Dank an dich, mockingbird,* tippte sie. *Ich schicke deinen Füller sehr gern auf Reisen und bin gespannt auf alle weiteren Rückmeldungen dazu. Viel Glück damit!*

Sie hob die maunzende Luzie auf den Schoß. »Ist das nicht unglaublich? Gleich morgen gehe ich zur Post!«

Liebevoll kraulte sie die Katze hinter den Ohren.

Wie sich ihr Archiv der verlorenen Träume und das, was sie damit angestoßen hatte, immer mehr verselbstständigte, fand Emma großartig. Aus ihrer ersten Idee sprossen und wuchsen ständig neue, das Archiv brachte Geschichten ans Licht und Menschen und Dinge zusammen. Wenn sie noch ein Päckchen Ersatztintenpatronen besorgte, ehe sie das Set losschickte, konnte der schwarze Füller um die halbe Welt reisen.

Ein kleiner warmer Glücksrausch durchströmte Emma, und

sie drückte ihr Gesicht in Luzies weiches Fell. »Was für ein Tag! Komm, Tiger, gehen wir schlafen.«

## Aus dem Archiv der verlorenen Träume:
## Der signierte Gedichtband
*(von Emma Walther)*

Beatrice blätterte durch die Seiten. Viele der Gedichte kannte sie auswendig, so oft hatte sie die Zeilen gelesen. Doch das Liebesgedicht auf S. 52 fand sie am schönsten.

Jedes Mal, wenn sie es las, erinnerte sie sich an den stürmischen Herbstabend, als der Dichter im kleinen Theatersaal ihres Heimatortes zu Gast gewesen war. Sie war erst fünfzehn gewesen und hatte gar nichts Besonderes erwartet, sich nur etwas Abwechslung erhofft. Selbst die Lesung eines unbekannten Dichters war vielversprechender als Stricken oder Quartett spielen mit ihrem jüngeren Bruder. Doch dann war der Abend so wundervoll gewesen.

Leander Wagenbach hatte eine sanfte, wohlklingende Stimme, und die Lyrik, die er verfasste, traf sie mitten in ihr naives Mädchenherz. So anders war der Dichter als die jungen Männer, die sie kannte, obwohl er kaum älter schien. Sein Haar war dicht und dunkelbraun, die Augen klug und aufmerksam hinter den Brillengläsern.

Er hatte die neugierigen Fragen des Publikums im Anschluss an die Lesung nicht als lästig betrachtet, sondern allen freundlich Auskunft gegeben. Über sich und sein Leben, über seine Poesie und das, was ihn dazu inspirierte.

»Natürlich besondere Menschen«, hatte er gesagt und zu ihr hingelächelt.

Beatrice hatte sich bis zu diesem Moment nie besonders gefühlt. Doch nun tat sie es, dank Leander Wagenbach.

Sie hatte ihr ganzes Kleingeld zusammengekratzt und ihre Freundin angebettelt, ihr den Rest zu leihen, um sich einen der Gedichtbände kaufen zu können, die auf dem Tischchen im Theaterfoyer auslagen. Leander Wagenbach hatte die Bücher am Ende des Abends für die Käufer signiert.

»Für Beatrice«, hatte sie ihm vorgesagt – und wieder hatte er sie auf diese eindringliche Weise angelächelt, wie niemand vor ihm und niemand nach ihm sonst.

»Herzlichst«, hatte er über seiner Signatur vermerkt und ihr den Band mit den Worten überreicht: »Ich hoffe, mein Gedicht auf S. 52 gefällt Ihnen.«

Wie hätte es ihr nicht gefallen können, wo er es doch offenbar für sie geschrieben hatte – lange bevor sie einander begegnet waren! Aber sie erkannte sich wieder, in jener namenlosen Frau am Fenster, die er da beschrieb und nach der er sich sehnte.

Beatrice hatte sich gewünscht, sie zu sein.

Viele Jahre lang.

Manchmal wünschte sie es sich noch heute. Und dann fragte sie sich, was aus Leander Wagenbach geworden war. Selbst ihre Enkelin, die Literatur studierte, kannte ihn nicht.

Beatrice hatte nie wieder etwas von ihm gehört.

Aber sie besaß immer noch seinen signierten Gedichtband.

Es war der Beweis, dass es Leander Wagenbach und jenen Moment des vollkommenen Glücks gegeben hatte, an den sie sich noch heute erinnerte.

# 15

Emma balancierte einen Aktenstapel durch die Eingangshalle des Rathauses. Trotz ihrer hallenden Absätze und obwohl sie nichts sah, erkannte sie die Jungenstimme sofort.

»Mama, das ist sie!«

Sie wandte sich um und linste über den Papierberg in ihren Armen. »Lenny?«

»Siehst du!« Triumphierend zerrte er eine blonde Frau an den Statuen vorbei. »Hallo, Emma.«

»Sie müssen entschuldigen …«, begann Lennarts Mutter, doch Emma unterbrach sie mit einem Lächeln.

»Ist schon in Ordnung. Wir kennen uns ja.«

»Mamas Ausweis ist abgelaufen«, verkündete der Kleine. »Sie bekommt jetzt einen neuen.«

Eigentlich hatte Emma es eilig, aber so schnell ließ Lenny nicht locker. Dominik hatte ihm von ihren Tieren erzählt, und nun löcherte er sie mit Fragen.

»Reißt der Papagei sich noch die Federn aus? Wie geht es den Meerschweinchen? Was macht die verrückte Luzie, ist sie wieder abgehauen?«

Seine Mutter musterte Emma erstaunt. »Das klingt, als hätten Sie eine ganze Menagerie zu Hause?«

Amüsiert lauschte sie, als Emma schilderte, wie sie zu den tierischen Mitbewohnern gekommen war und diese von einem Tag auf den anderen ihr Leben auf den Kopf gestellt hatten.

Als Emma hinzufügte, dass ihre Vermieter das Ganze weniger lustig fanden und ihr bereits mit Kündigung gedroht hatten, horchte sie auf.

»Suchen Sie eine neue Wohnung?«

»Ich fürchte, das muss ich bald.« Emma verzog das Gesicht. Allmählich wurden die verflixten Akten schwer, doch es gab keine Möglichkeit, sie abzulegen. »Momentan habe ich leider mehr als genug um die Ohren, daher fehlt mir die Zeit für eine Wohnungssuche. Aber ich werde wohl nicht mehr lange darum herumkommen.«

»Warum ziehst du nicht in Omas Haus?«, fragte Lenny.

Sie lachte. »Das geht doch nicht.«

»Warum?«, bohrte er nach.

»Na, weil …« Ihr fiel spontan nur ein Grund ein. »Weil ich mir kein Haus leisten kann. Ein Haus kostet eine Menge Geld, viel mehr, als ich verdiene.«

»Hm.« Lennarts Mutter sah ihren Sohn an. Um ihre Mundwinkel spielte ein nachdenklicher Zug, den Emma schwer deuten konnte. »Wär das Häuschen meiner Schwiegermutter denn etwas für Sie?«, fragte sie dann. Noch ehe Emma begriff, dass die Frage ein ernst gemeintes Angebot war, redete sie bereits weiter. »Es steht nämlich immer noch leer, weil es für eine Familie mit Kindern zu klein ist. Kein Makler, den ich angerufen habe, wollte es zur Vermittlung annehmen. Weil auch einiges renoviert werden müsste und die Siedlung, zu der das Grundstück gehört, keine bevorzugte Wohngegend ist. Da draußen gibt es nichts; keinen Laden, keinen Kindergarten oder Spielplatz. Deshalb bin ich auch mit Lenny nicht hingezogen, er hätte keine Freunde in der Nähe, und der Schulbus hält schon lange nicht mehr dort.« Sie lachte herzlich auf. »Jetzt wollte ich Ihnen das Haus schmackhaft machen und liste alle Argumente auf, die dagegen sprechen. Dafür spricht lediglich, dass wir Ihnen beim Preis vielleicht entgegenkommen können. Wir hätten das Haus natürlich am liebsten verkauft, aber solange sich kein Käufer finden lässt, können wir es Ihnen genauso gut vermieten. Dann bringt es wenigstens ein bisschen Geld ein. Ich bin sicher, meine Schwiegermutter würde sich freuen. Sie ist immer noch so glücklich über das Schaltuch, das Sie ihr gebracht haben.«

Emma fehlten die Worte. Allmählich fand sie diese Fügungen des Schicksals fast ein bisschen unheimlich. Andererseits wäre es verrückt abzulehnen, oder? Sie hatte sich doch fest vorgenommen, Chancen, die sich ihr boten, mit beiden Händen zu ergreifen, statt lange zu zaudern. Einen Einwand hatte sie aber. »Ich kenne Frau Siewerts Haus leider nicht.«

Sie wusste nur, dass die Parksiedlung nicht allzu weit entfernt von Dominiks Grundstück lag. Ein kurzer Spaziergang durch die Felder, und sie wäre bei ihm. In ihren Augen ein Vorteil. Nur ... – ob er das auch so sah?

»Ich zeige Ihnen das Haus gern«, schlug Lennys Mutter vor. »Passt es Ihnen am Samstagvormittag? Da hätte ich frei.«

Emma nickte. »Samstag passt prima.«

»Um zehn? Gut, dann treffen wir uns dort. Ich gebe Ihnen meine Nummer.« Sie kramte in ihrer Handtasche und legte eine Visitenkarte oben auf Emmas schwankenden Stapel. »Rufen Sie mich einfach an, falls Ihnen etwas dazwischenkommt. Und wie gesagt, das Haus steht leer, Sie können jederzeit einziehen. Ich hatte eine Firma beauftragt, die sämtliche Möbel und alles ausgeräumt hat. Um die Renovierung sollte sich mein Ex-Mann kümmern, aber, na ja, bis heute ist nichts passiert. Vermutlich bleibt das auch so.«

Lenny zog ein Jo-Jo aus der Hosentasche und ließ es fröhlich vor Emma auf- und abschnalzen. »Das wär echt cool, wenn du da einziehst. Dann könnte ich Luzie besuchen und dir helfen, die Meerschweinchen zu füttern. Oder dem Papagei das Sprechen beibringen.«

»Was du nicht sagst!« Sie lachte. Eher würde Lenny von dem unverschämten Vogel ein paar neue Schimpfwörter lernen als umgekehrt. Aber das jetzt zu erwähnen hielt sie für unklug. Am Ende zog seine Mutter ihr Angebot noch zurück.

»Dann wollen wir Sie nicht länger aufhalten. Bis Samstag!«

Während Emma mit schmerzenden Oberarmen endlich ihre Akten weiterschleppte, verließen die beiden winkend das Rathaus.

Die Parksiedlung war vor einem halben Jahrhundert erbaut worden. Mehrere Linden säumten die Zufahrtsstraße mit der verwaisten Bushaltestelle. Es war eine Umgebung, die Ruhe ausstrahlte, und in Frau Siewerts altes Häuschen verliebte Emma sich auf Anhieb.

Vor allem in den Wintergarten, der mit seiner verglasten Front fast die Hälfte der Grundfläche im Erdgeschoss einnahm. Er ging in einen Wohnraum über, der mit gediegenem altem Parkettboden ausgestattet war.

»Wie wunderschön!«

»Ja, ungewöhnlich, ich weiß.« Lennys Mutter, von der sie inzwischen wusste, dass sie Kathrin hieß, lachte. »In der Parksiedlung gibt es kein zweites Haus, das über einen Wintergarten verfügt. Mein Schwiegervater war Architekt, er hat ihn selbst entworfen. Wie er sagte, um den Jungen im Auge zu behalten, wenn er draußen spielte. Mein Ex-Mann war schon als Kleinkind kaum zu bändigen.«

Heute war der Garten hinter dem Haus eine hübsche Oase samt schmiedeeisernem Pavillon, über dessen Gitter Wicken rankten. Es gab einen Rasen, der dringend gemäht werden musste, einen Holunderstrauch und einen Baum voller gelber Früchte.

»Sind das Aprikosen?«, fragte Emma.

»Mirabellen«, erklärte Kathrin. »Sie können Marmelade daraus kochen, dann schmecken sie wunderbar.« Sie deutete über den Palisadenzaun zum Nachbargrundstück. »Nebenan wohnt übrigens Herr Horlacher, dem das Kino gehört. Mit Valentin werden Sie keine Schwierigkeiten haben, er ist ein sehr umgänglicher Mann. Und weiter hinten in Nummer 12 wohnt noch jemand, den Sie kennen dürften.«

Wie sich herausstellte, war es Emmas ehemaliger Chef, Herr Friedrich, der kürzlich in Pension gegangen war.

Im Erdgeschoss befand sich außer dem Wintergarten-Wohnzimmer eine kleine Küche mit altmodischem Herd, gemütlicher Essecke und angrenzender Speisekammer. Das Bad und zwei Schlafzimmer waren im ersten Stock.

»Der Heißwasserboiler funktioniert noch, aber es wäre sicher angebracht, das Bad bald zu sanieren.« Kathrin hob bedauernd die Schultern. »Wir hatten es eigentlich vor, aber nachdem meine Schwiegermutter dann auszog ...«

»Eine Weile werde ich schon damit klarkommen«, sagte Emma.

Das Häuschen verfügte zu ihrer Freude außerdem über einen Dachboden mit genügend Staufläche für die Gegenstände ihres Archivs. Somit würde sie in Zukunft nicht mehr ständig über Kisten und Kartons mit Fundsachen stolpern.

Herrliche Aussichten!

Schon während sie durch die Räume schritt, ertappte sie sich dabei, in Gedanken alles einzurichten. Links würde sie schlafen und in dem rechten Zimmer ihre Bücher und den Schaukelstuhl unterbringen. Eine eigene papageiensichere Bibliothek, was für ein Traum!

Rocky würde sie im Wintergarten einquartieren, dort gefiel es ihm bestimmt prächtig. Auch ihren Schreibtisch würde sie unten aufstellen, mit Blick nach draußen.

»Und Sie wollen mir das Haus wirklich vermieten?«

»Natürlich. Ehe es weiterhin leer steht …«

Emma wickelte eine Locke um den Finger, bis ihre Kopfhaut ziepte. Sie wagte kaum, die alles entscheidende Frage zu stellen. »Wie viel Miete wollen Sie denn dafür?«

»Ich habe mich dazu mit meiner Schwiegermutter abgestimmt, schließlich ist es ihr Haus.« Kathrin lächelte. »Sie meinte, ich soll fragen, was Sie für Ihre bisherige Wohnung bezahlt haben. Zu dem Preis können Sie es haben.«

Bereits am ersten Juli zog Emma um.

Mit dem Vermieterehepaar hatte sie sich darauf geeinigt, noch einen vollen Monat Miete zu bezahlen, und damit waren alle Seiten zufrieden. Krauses, weil der dicke Kater nun vor Luzie sicher war, und Emma, weil sie die Beschwerden und das Genörgel von Frau Krause nicht mehr ertragen musste.

Trotzdem war es eine hektische Hauruck-Aktion.

Ohne Dominik, der bereits im Vorfeld mehrere Male das Taxi mit Umzugskisten belud, die er in die Parksiedlung fuhr, hätte sie es nicht geschafft. Er half ihr auch, die Yucca-Palme aus dem Rathaus zu holen und in den Wintergarten zu schieben. So musste die Ärmste ihr Dasein nicht länger im verwaisten Fundbüro fristen. Emma nutzte die Chance auch gleich, um die Mosaiklampe vom Tresen mitzunehmen. Die konnte zukünftig ihren Schreibtisch verschönern.

In ihrem neuen Büro war die Lampe nach Toms Ansicht eine Zumutung, er hatte darauf bestanden, dass »das hässliche Flohmarktteil« draußen blieb.

Statt am Freitag wie sonst zu kochen, baute Dominik mit Emma Möbel ab. Gemeinsam schleppten sie sperrige Schrankteile und Dutzende Regalbretter durchs Treppenhaus und wuchteten sie in den Transporter, den er von einem Taxikollegen geliehen hatte. Rocky, dem das ganze Umzugsspektakel nicht geheuer war, verursachte währenddessen ein Höllengekreisch.

Um elf war der Transporter randvoll, und Emma schlief in der letzten Nacht auf der Matratze am Boden, weil ihr Bett schon verstaut war. Als Dominik frühmorgens klingelte, hatte sie das Gefühl, keine Minute geschlafen zu haben.

»Frühstück?« Er hielt ihr eine duftende Brötchentüte unter die Nase. Sogar Kaffee hatte er in einer Thermoskanne mitgebracht.

»Du bist ein Engel.«

»Mit deiner Menschenkenntnis ist es echt nicht weit her.«

»Spotte nicht, dafür bin ich zu müde.« Stöhnend reckte sie sich. Sie hatte jetzt schon Muskelkater, und dabei stand der größte Teil ihres Umzugs noch bevor …

Bis zum Nachmittag war es vollbracht.

Die alte Wohnung war leer und besenrein, zum Streichen würde in der nächsten Woche ein Kumpel von Fred kommen. Mit der letzten Fuhre zogen schließlich Lolek und Bolek, Luzie und Rocky mit in die Parksiedlung um.

Dort durften die Meerschweinchen ihr neues Gehege im Garten beziehen, und Emma kraulte dem völlig erschöpften Papagei das zerraufte Gefieder. »Na, gefällt dir dein neues Zuhause?«

»Halt die Fresse«, krächzte er heiser.

Dominik entließ die fauchende Luzie aus ihrem Korb. Ohne ihn eines Blickes zu würdigen, stolzierte sie davon. Leider nicht nach draußen, sondern in den Flur und dann die Treppe hinauf ins Schlafzimmer.

»Ich hoffe, sie pinkelt in keine Ecke.« Emma sah ihr besorgt hinterher. Gleich darauf erspähte sie das Katzenklo zwischen ein paar Kisten und deponierte es vorsorglich im Bad.

»Ob sie das findet …?«

Dominik lachte. »Falls sie irgendwo eine Pfütze hinterlässt, wissen wir jedenfalls, wer die Schuldige war.«

Seine gute Laune wirkte ansteckend, auch wenn es Emma angesichts des herrschenden Chaos um sie herum schwerfiel, nicht in Verzweiflung auszubrechen. Es würde vermutlich Wochen dauern, bis es hier ordentlich aussah.

»Ich schätze, mit Kochen wird es heute wieder nichts«, bedauerte sie.

Sie hatte keine Ahnung, in welcher der vielen Kisten sich das Geschirr oder die Töpfe befanden. Die Essecke in der Küche war ohnehin so zugestellt, dass sie nicht benutzbar war.

»Kein Problem, wir bestellen einfach Pizza. Das heißt, du bestellst – und vergiss das Dessert nicht. Tiramisu, zur Feier des Tages?«

Sie nickte. Ja, das hatte er sich redlich verdient.

Trotzdem beschlich sie plötzlich die leise Ahnung, dass noch etwas anderes hinter seinem Wunsch stecken könnte. Warum sonst grinste er so verdächtig?

Denk an Nik17, flüsterte eine Stimme in ihrem Kopf, und vage erinnerte sie sich, dass sie ihn nie danach gefragt hatte. Was, wenn es nicht 17, sondern 1.7. bedeutete?

»Dominik?«

»Ja?«

»Sag jetzt bitte nicht, dass du heute Geburtstag hast.«

»Doch, hab ich.« Er suchte in der Hosentasche nach seinen Zigaretten. »Wie hast du's erraten?«

Sie hätte sich ohrfeigen können für ihre Nachlässigkeit. Jetzt hatte sie nicht einmal ein Geschenk für ihn! Dabei war er es, der es zweifellos mehr als jeder andere wert war, dass sie an ihn dachte. »Du hättest es mir sagen müssen!«

»Warum?« Achtlos zuckte er die Schultern. »So wichtig ist mir mein Geburtstag nicht. Kein Grund, deinen Umzug zu verschieben.«

»Ja, aber …«

»Ich suche mir die größte Pizza mit Meeresfrüchten aus, das reicht als Entschädigung.«

Ihr Lachen geriet ein bisschen kläglich. »Von mir aus Trüffel, wenn du willst.«

»Da dürftest du in Bickstädt Pech haben.«

»Wie alt bist du geworden, siebenundzwanzig?«

»Yep.« Seine Augen blitzten. »Ich habe das beste Rockstar-Alter für einen denkwürdigen Abgang erreicht.«

»Gut, dass du kein Rockstar bist«, konterte sie trocken.

Und noch besser, dass er keinen Alkohol trank. So machte es gar nichts aus, dass sie später mit Orangensaft anstoßen mussten, weil nichts anderes im Haus war.


Sie bauten mit vereinten Kräften Emmas Möbel wieder auf, zuerst das Bett, dann den Kleiderschrank und einige der Bücherregale. Viel wohnlicher sah es anschließend nicht aus. Das Schlimmste stand Emma in den nächsten Tagen noch bevor – die unzähligen Dinge aus den Kartons wieder auszupacken und einzuräumen. Dabei konnte Dominik ihr leider nicht helfen, das musste sie schon selbst tun.

Er stöpselte den Akkuschrauber aus. »Allmählich könnte ich etwas zu essen vertragen.«

»Ich rufe den Lieferservice an.« Emma schaute sich suchend nach ihrer Umhängetasche um. Sie hing über dem Kratzbaum, den sie kürzlich für Luzie besorgt hatte, die das Teil aber stur verschmähte.

Emma kramte ihr Telefon heraus und rief in der Trattoria von Paolo an. Sie bestellte zwei Pizzen im Partyformat – einmal Meeresfrüchte, einmal vegetarisch – sowie ein Tiramisu. Kaum hatte sie das Gespräch beendet, klingelte es an der Tür.

Dominik stolperte vor Lachen über den Werkzeugkasten. »Hey, verrat mir, wie du das gemacht hast! Das muss der schnellste Bestellservice des Universums sein.« Er kriegte sich gar nicht wieder ein.

»Spinner …« Emma ließ ihn stehen.

Draußen vor der Tür erwartete sie ein modisch gekleideter, blonder Mann mit Brille, der ihr ein Körbchen mit Brot und Salz entgegenstreckte. Er war etwa in den Vierzigern. Sein Lächeln wirkte ein bisschen nervös.

»Frau Walther? Ich habe erfahren, dass wir ab sofort Nachbarn sind, und wollte Sie gern willkommen heißen.«

»Oh, vielen Dank!« Emma freute sich sehr über die Geste. »Das ist wirklich nett von Ihnen.«

Jetzt, da er ihr das hübsche Geschenkkörbchen überreicht hatte, wusste er mit seinen leeren Händen nichts anzufangen, und man merkte ihm die Verlegenheit noch deutlicher an. »Mein Name ist Valentin Horlacher, ich wohne nebenan.«

Das hatte sie sich schon gedacht.

»Ich muss gestehen, mein Besuch ist nicht ganz uneigennützig«, fuhr er fort. »Seit ich gehört habe, dass Sie hier einziehen, dachte ich …«

»Wissen Sie was?«, unterbrach sie ihn. »Kommen Sie doch herein. Da können wir uns besser unterhalten.«

Dominik hatte sich in der Zwischenzeit zum Glück wieder beruhigt. Emma führte ihren Nachbarn in den chaotischen Wintergarten, stellte die beiden Männer einander vor und begann, in dem Karton, auf den sie ZERBRECHLICH geschrieben hatte, nach drei Gläsern zu suchen.

»Wir wollten gerade anstoßen. Auf meinen Umzug und Dominiks Geburtstag, den ich leider übersehen habe.« Sie räusperte sich. »Es gibt daher nur Orangensaft.«

»Orangensaft ist mir recht.«

Irgendetwas an Valentin Horlacher kam ihr bekannt vor. Seine Züge wirkten auf seltsame Weise vertraut, als hätte sie sein Gesicht schon öfter gesehen. Die Form seines Kinns, die

Art, wie er den Kopf neigte. Die Unsicherheit in seinem Blick. Nur die Brille störte den Gesamteindruck.

Andererseits sagte ihr sein Name nichts, und im Grunde hätte sie geschworen, ihm nie zuvor begegnet zu sein.

Dann fiel ihr auf, dass auch Dominik ihn leicht irritiert anstarrte. »Verzeihung«, sagte er. »Kennen wir uns irgendwoher?«

»Vielleicht von einer Veranstaltung?« Valentin nieste, als Luzie neugierig an seinen Hosenbeinen vorbeistrich. »Mir gehört das Programmkino.«

»Da waren wir neulich.« Emma befreite die Gläser von dem Küchenpapier, in das sie eingewickelt waren. »Während der Musikfilmwoche.«

Dominik holte eine Flasche Saft aus dem Kühlschrank, und sie stießen gemeinsam an. »Cheers!«

Gleich darauf kam Emmas Gast auf den zweiten Grund seines Besuchs zurück. »Ich bin vor Kurzem auf Ihren Blog gestoßen. Oder vielmehr hat mich jemand darauf aufmerksam gemacht, dass sich in Ihrem Archiv der verlorenen Träume etwas befindet, das mich zeigt.«

Dominik durchschaute den Zusammenhang schneller als Emma. »Ach, sind Sie das, der Mann auf dem Skizzenblock?«

Sein Gesicht färbte sich dunkelrot, aber er nickte.

»Natürlich!« Emma klatschte sich gegen die Stirn und hätte beinahe ihren Saft auf dem Parkett ausgekippt. »Warum ist mir das nicht gleich aufgefallen? Der Mann auf den Porträtzeichnungen, Sie sehen ihm total ähnlich.«

»Nun ja, ich bin etliche Jahre älter«, sagte er. »Es ist lange her, seit diese Zeichnungen entstanden sind.«

»Erzählen Sie uns die Geschichte?«

Es erschien ihr nicht ganz fair, ihn darum zu bitten, weil sie ihm den Skizzenblock vorerst nicht aushändigen konnte. Sie wusste absolut nicht, in welchem der Umzugskartons er verstaut war. Sinnlos, danach zu suchen.

»Sie bekommen ihn, sobald ich ihn gefunden habe«, versprach sie. »Er gehört schließlich Ihnen.«

Er drehte sein Glas in den Händen. »Eigentlich nicht.«

»Wie meinen Sie das?«

»Ich habe denjenigen, der diese Skizzen gezeichnet hat, vor langer Zeit sehr verletzt.« Er senkte den Kopf. »Ich habe kein Recht auf diese Bilder, auch wenn sie mich zeigen. Aber ich dachte, vielleicht können Sie mir helfen, den Maler zu finden. Um mich zu entschuldigen …«

Es war also ein Mann gewesen, der die Porträts gezeichnet hatte, keine verliebte Kunststudentin wie in der Geschichte, die Emma sich dazu ausgedacht hatte. Sie lächelte über ihren Irrtum. Vielleicht erklärte das die Melancholie sogar noch besser, die in den Skizzen zum Ausdruck kam.

»Kannten Sie einander gut?«

»In gewisser Weise schon.« Er nickte traurig. »Philippe war ein Austauschstudent aus Frankreich, der vorübergehend als Untermieter bei meiner Familie wohnte. Wir haben uns blendend verstanden, ich bin damals noch zur Schule gegangen und habe davon geträumt, Schauspieler zu werden. Philippe bestärkte mich darin; er schwor, dass ich Talent hätte, und schmeichelte mir, wie gut ich aussah.«

Beinahe wäre Emma herausgerutscht, dass das auch heute noch zutraf. Das etwas kürzer geschnittene Haar, die Brille und die ersten Fältchen um die Augen störten den Gesamteindruck jedenfalls nicht. Valentin Horlacher war ein gut aussehender Mann, keine Frage.

»Ich wollte immer zum Film, schon seit ich ein kleiner Junge war. Damals gehörte meinen Eltern das Kino, und ich bin quasi mit dem Blick auf die Leinwand aufgewachsen. Manche Filme habe ich Dutzende Male gesehen! Ich konnte jeden Dialog auswendig, jede Geste meiner Helden imitieren.« Er lächelte. »Allerdings war es nur ein Traum, den ich zu Hause vor dem

Spiegel geträumt habe. Ich war viel zu schüchtern, um mich für die Theatergruppe an der Schule anzumelden, und erst als Philippe bei uns einzog, begann ich die Schauspielerei ernsthaft in Erwägung zu ziehen. Zum Entsetzen meiner Eltern, die strikt dagegen waren. Ich sollte etwas Anständiges lernen. BWL war ihr Wunsch, damit ich das Kino später übernehmen konnte. Und so ist es dann ja auch gekommen.«

»Bereuen Sie das?«

»Manchmal.« Er wiegte bedächtig den Kopf. »Manchmal auch nicht. Vielleicht wäre nie ein großer Schauspieler aus mir geworden. Philippe mag sich getäuscht haben, was meine Begabung betraf.«

»Weil er auch Ihre Gefühle falsch eingeschätzt hat?«

»Das hat er ja nicht.« Jetzt zeigte sein Gesicht genau jenen melancholischen Ausdruck, den Emma von den Porträts auf dem Skizzenblock kannte.

Unverkennbar war es derselbe Mann.

»Ich war damals nur noch nicht so weit, mir meine Gefühle einzugestehen. Als Philippe mir die Bilder zeigte, die er heimlich von mir angefertigt hatte, bin ich ausgerastet. Ich habe ihn angeschrien und aufs Übelste beschimpft. Es tut mir heute noch leid, wenn ich nur daran denke, was ich ihm alles an den Kopf geworfen habe …«

»Ich bin sicher, er hat Ihnen verziehen.« Emma bemerkte einen ungewohnt weichen Unterton in Dominiks Stimme. Sie wunderte sich, dass ihn die Geschichte so stark berührte.

»Ich wünschte, es wäre so.« Valentin seufzte. »Aber ich weiß es nicht. Unser Zerwürfnis ist über zwanzig Jahre her, und ich habe Philippe seitdem nicht mehr gesehen. Unmittelbar nach meiner schroffen Zurückweisung ist er ausgezogen, er hat sein Austauschjahr abgebrochen. Ich war erleichtert und meine Eltern noch mehr, weil er mir fortan keine weiteren Flausen in den Kopf setzen konnte.«

Emma entfuhr ein leises »Schade ...«

»Ja, nicht?« Er hob die Hände. »Was außer Flausen macht das Leben schon lebenswert?«

»Bücher«, platzte sie heraus.

Sie lachten alle drei. Luzie kam hinter einer Kiste hervor, um nachzuschauen, was los war. Maunzend rieb sie ihr Köpfchen an Emmas Knöchel. »Und Katzen vielleicht?«

»Musik«, warf Dominik ein.

»Stimmt, es gibt wohl ein paar Dinge, die man gelten lassen kann.« Valentin wich einen Schritt vor Luzie zurück und nieste. »Filme würde ich auch dazuzählen. Kunst überhaupt, aber Filme sind eben mein Metier. Das, wovon ich am ehesten was verstehe.«

Es klingelte erneut an der Tür.

Dieses Mal war es wirklich der Pizzabote.

Emma überredete Valentin zum Bleiben, und da die Küche nicht benutzbar war und er anscheinend allergisch auf Luzie reagierte, setzten sie sich in den kleinen Pavillon im Garten und aßen die vorgeschnittenen Pizzastücke direkt aus dem Karton.

»Wie sind Sie darauf gekommen, dass ich Ihnen helfen könnte, Philippe zu finden?«, nahm sie das Thema wieder auf.

Valentin tupfte sich die Lippen ab. »Nun, ich kann mir nicht erklären, wie Philippes Skizzenblock ins Fundbüro gelangt ist. Er hat damals nichts zurückgelassen, als er auszog. Und jenes Datum und der Fundort, den Sie in Ihrem Blogarchiv erwähnen, passen überhaupt nicht zu meiner Geschichte.«

Emma dachte angestrengt nach. »Wann genau ...?«

Dominik scrollte kurz auf seinem Handy. »Du schreibst, der Skizzenblock wurde im Café am Markt gefunden. Vermutlich vor zehn Jahren, weil ein zerknitterter Werbeflyer drinlag – für ein Veranstaltungswochenende des Kinos im Oktober.«

»Eben«, sagte Valentin. »Das kann doch kein Zufall sein mit

dem Kino! Damals hatte ich es gerade übernommen. Den September über war es geschlossen, um den Thekenbereich zu modernisieren, und am ersten Wochenende im Oktober habe ich es als neuer Inhaber wieder eröffnet. Mit einem besonderen Programm: französische Filme, geladene Gäste aus Frankreich, Petit Fours ...«

»Mir fällt dazu nur eine Erklärung ein.« Dominik biss in sein viertes oder fünftes Stück Pizza. »Ihr Freund muss da gewesen sein.«

»Ich kann mich nicht erinnern, ihn gesehen zu haben.«

»Es waren sicher eine Menge Leute anwesend«, wandte Emma ein.

»Ja, schon. Ich hätte ihn trotzdem erkannt, denke ich. Selbst wenn Philippe sich äußerlich verändert hätte.«

»Aber vielleicht wollte er nicht gesehen werden.« Dominik spielte weiter Sherlock Holmes, doch was er vorbrachte, klang in Emmas Ohren recht schlüssig. »Vielleicht befürchtete er, Sie könnten ähnlich reagieren wie zuvor.«

»Das denke ich auch.« Valentin blickte resigniert durch seine Brillengläser. »Ich wünschte nur, er wüsste, wie sehr ich es bedaure ...«


Später, nachdem Valentin gegangen war, blieben sie noch eine Weile im Garten sitzen.

Sie teilten sich das Tiramisu aus der Aluform, und Luzie rollte sich auf dem frei gewordenen Stuhl zusammen. Als es dunkel wurde, zündete Emma die Citronella-Kerze an, die Dominik ihr zum Einzug geschenkt hatte. Dabei war sie es doch, die ihm etwas hätte schenken müssen.

Wie hatte sie nur seinen Geburtstag übersehen können!

Hoffentlich fiel ihr bald etwas ein, um ihr dummes Versäumnis wieder auszubügeln.

»Was hast du letztes Jahr an deinem Geburtstag gemacht?«

»Ich bin Taxi gefahren.«

»Nachts?«

»Ja. Warum nicht?«

Würde sie die Rätsel, die ihn umgaben, jemals ergründen?

Manchmal dachte sie, dass auch Dominik zu den Menschen gehörte, die etwas verloren hatten.

Keinen Gegenstand. Etwas Essenzielleres.

Einen Teil von sich selbst.

Sie hätte ihn gern gefragt, was er sich wünschte oder wovon er träumte. Aber er glaubte ja nicht an Wunschsteine, und für Sternschnuppen und Himmelsküsse war es die falsche Zeit. Oder doch nicht?

Ein winziger Lichtpunkt tanzte über die Hecke vor dem Zaun. Dann noch einer und noch einer.

»Schau, Glühwürmchen.« Sie lächelte. »Happy Birthday!«

Wenigstens auf den Zauber des Universums war Verlass.

# 16

»Wenn du in dem Tempo weitermachst, wird es Jahre dauern, bis du alle deine Fundgegenstände archiviert hast.«

Emma stöhnte. »Sag so was nicht ...«

»Warum, weil es stimmt?« Dominik grinste und rückte, wie befohlen, den hübschen kleinen Parfümflakon ins Licht. Die Kanten funkelten in der Helle des Wintergartens.

Der Tag war sonnig und heiß. Emma hatte ihre Chance genutzt, den Freitag freizunehmen, weil sie mit Tom in der nächsten Woche an zwei Schulungsabenden teilnehmen musste. Offenbar fürchtete er, dass sie ihre Überstunden demnächst ausgezahlt haben wollte – zumindest hatte er sofort zugestimmt, als sie ihn um einen freien Tag bat.

Noch schöner, dass Dominik an diesem Freitag auch früher kommen konnte, um ihr zu helfen.

Die Glastüren zum Garten hin standen weit offen, doch statt abkühlendem Wind strömte nur die Julihitze ungehindert ins Haus. Die Grünlilie auf Emmas Schreibtisch ließ ermattet die Blätter hängen. Luzie fläzte auf dem Sofa, und Rocky döste auf seiner Stange, nachdem er eine Weile headbangend über die Sofalehne marschiert war. Dominik war aufgefallen, wie musikalisch der Papagei war und dass er eine Vorliebe für Rockballaden hatte. Vielleicht hatte sein einstiger Besitzer ihm deshalb den Namen verpasst.

»Sieht man die Form jetzt besser?«

Emma knipste zwei Fotos aus verschiedenen Winkeln, prüfte die Ergebnisse und nickte. »Ja, danke. Nächstes Stück!«

Dominik griff in die Holzbox zu seinen Füßen. Der Name eines Feinkostladens war auf dem Deckel eingraviert – es war eine ehemalige Präsentverpackung. »Weißt du überhaupt noch, was du alles aus dem Rathaus mitgeschleppt hast?«

»Natürlich weiß ich das.« Sie deutete auf die Box. »Da sind zum Beispiel ein paar besondere Schätze drin, deshalb möchte ich deren Inhalt als Nächstes fotografieren.«

Der Ring mit dem Schmetterlingsstein war beispielsweise darin oder die altmodische Taschenuhr mit dem zerkratzten Deckel; Dinge, die in Toms Augen keinen materiellen Wert besaßen, die Emma jedoch etwas bedeuteten. Weil sie den Hauch von Geschichten zu spüren glaubte, wenn sie diese Gegenstände in die Hand nahm.

Nachdem Emma sich in ihrem neuen Zuhause einigermaßen wohnlich eingerichtet hatte, konnte sie sich in ihrer Freizeit wieder intensiver dem Archiv der verlorenen Träume widmen. Darüber war sie froh. Mittlerweile hatte sie aus dem Fundbüro im Rathaus fast alle Fundsachen geborgen, die ihr am Herzen lagen.

Der schäbige Teddy hatte bei ihr ein sicheres Plätzchen gefunden. Er lehnte an Emmas Glas voller Wunschsteine und sah ihr jeden Abend beim Tippen zu. Vielleicht fiel ihr irgendwann noch eine Geschichte zu ihm ein.

Die Resonanz auf ihr Archiv fand Emma überwältigend.

In vielen Zuschriften bekam sie inzwischen Spendenangebote oder Kaufanfragen. Für den Gedichtband von Leander Wagenbach hatte man ihr eine ziemlich hohe Summe geboten. Auch der Stoffrucksack mit den Aufnähern einer längst nicht mehr existierenden Band sorgte bei ehemaligen Fans für großes Interesse, weil er ein Demotape enthielt.

»Ich muss mir allmählich überlegen, wie ich damit umgehe«, sagte sie. »Ob ich ein Extrakonto dafür einrichte.«

Ihr fielen gleich mehrere Zwecke ein, für die sie das Geld sinnvoll verwenden konnte – für die Bickstädter Bücherei oder das Tierheim, das noch immer um seine Finanzierung kämpfte.

»Zumindest würde es dich dann privat kein Porto mehr kosten, wenn du solche Dinge wie den Füller verschickst.«

»Sagt der Taxifahrer, der dauernd umsonst durch die Gegend fährt?« Sie lachte. »Wenn du mir oder Lenny Rechnungen dafür ausstellen würdest, oje … «

»Freunde zählen nicht. Aber was dein Archiv betrifft, würde ich mich beim Finanzamt erkundigen, wie du das am besten regelst. Kennst du nicht zufällig jemanden, der dort arbeitet? Oder einen Steuerberater?«

»Hm, ich glaube, Sandras Ehemann … «

Dominik fischte ein Bettelarmband mit mehreren Anhängern aus dem Sammelsurium in der Box sowie eine kunstvoll verzierte Haarspange.

Emma schnappte sie ihm aus der Hand. »Die fotografieren wir zuerst. Siehst du das?« Seitlich neben dem Schmuckstein wies die Spange eine Kerbe auf, wo der Lack abgerieben war. »Ich kann mir gut vorstellen, dass jemand die Haarspange daran auf einem Foto wiedererkennt. Getragen wurde sie jedenfalls oft und … «

Dominik keuchte auf.

Das Geräusch war so merkwürdig, dass Emma zusammenzuckte.

»Was ist?«, fragte sie überrascht.

Er griff an ihr vorbei in die Holzbox. Zog ein Lederband mit einem Schlüsselanhänger heraus, ein kleines silbernes T.

»Wo hast du das her?« Die Worte tropften ihm zähflüssig wie Honig aus dem Mund, seine Stimme klang vollkommen fremd.

»Äh, ich ... weiß nicht.« Emma überlegte fieberhaft, aber sie konnte es nicht sagen. »Die Sachen in der Kiste sind alle ziemlich alt. Sie stammen aus der Zeit, bevor ich im Fundbüro angefangen habe. Ich habe sie seitdem nur aufbewahrt. Soll ich versuchen, mehr darüber herauszufinden, wenn ich am Montag wieder im Büro bin?«

»Nicht nötig.« Dominik schloss die Faust um das T. Sein Blick war starr. »Ich weiß, wem das gehört hat.«

»Ja?« Emma traute sich kaum, weiterzufragen. Aber sie war nun einmal von Natur aus neugierig auf die Geschichten, die sich hinter den Fundstücken verbargen. »Wem denn?«

Er antwortete nicht.

»Dominik?«, flüsterte sie.

»Wir haben die Anhänger zusammen gekauft. Auf einem Festival. Ich hatte ein D an meinem Motorradschlüssel und ...«

Eine Sekunde lang fürchtete Emma, gleich würde der Name einer Frau folgen, die Dominik über alles geliebt und nie vergessen hatte. Tina vielleicht. Oder Teresa.

Stattdessen sagte er: »... Tobias das T.«

Emma wollte schon aufatmen. Doch sie spürte instinktiv, dass es dafür keinen Grund gab. Wer auch immer Tobias sein mochte oder was in Dominiks Vergangenheit passiert war, so verstört hatte sie ihn nie zuvor erlebt. »Möchtest du darüber reden?«

Sein Gesicht schien wie versteinert. »Es gibt nichts zu reden. Tobias ist tot. Und es war meine Schuld.«

O nein! Emma fühlte sich entsetzlich hilflos. »Das tut mir leid ...«

Hastig ließ sie die Spange, die sie immer noch in der Hand hielt, zurück in die Kiste fallen und schob Dominik hinaus in den Garten. »Setz dich in den Pavillon! Ich hole uns etwas zu trinken, und dann reden wir.«

Wie betäubt trottete er über den Rasen.

Sie wartete ab, bis er Platz genommen und die Zigaretten aus der Jeans geangelt hatte. Dann stürzte sie los, goss in der Küche Eistee auf und füllte eine Platte mit Brotstangen, Käse und Weintrauben. Sie wollte ihm Zeit geben, damit er sich sammeln konnte. Hoffentlich lief er nicht weg!

Doch als sie mit dem Tablett nach draußen kam, saß er reglos im Schatten. Während sie Essen und Getränke abstellte, plapperte sie unentwegt auf ihn ein. Irgendwie musste sie dieses Vakuum durchdringen, das ihn auf einmal umgab.

»Hey …« Emma berührte seine Schulter. »Rede mit mir.«

Er reagierte kaum. Schien gar nicht wahrzunehmen, was sie tat. Noch immer umklammerte er den silbernen Anhänger.

Sie setzte sich dicht neben ihn und nahm sich ein Glas Eistee. Wartete. Eine zartgliedrige Libelle schwirrte vorbei. Dominik bemerkte es nicht. Sein Gesicht war totenbleich.

»Bitte erzähl mir, was los ist.«

»Schätze, das ist keine gute Idee«, murmelte er.

Sie wollte ihn nicht drängen. Trotzdem hatte sie das Gefühl, dass es wichtig war, dass er darüber sprach.

»Ich finde, du …«

»Na gut.« Er atmete tief durch. »Du wirst sowieso nicht lockerlassen, richtig?«

»Nein.« Würde sie nicht. Weil es unübersehbar war, wie sehr es ihn belastete. Dass er litt.

Und es würde nicht besser werden, solange er nicht darüber sprach, was geschehen war. Warum er sich die Schuld an Tobias' Tod gab.

Er öffnete die Faust. Da lag das T, harmlos und fast winzig in seiner kräftigen Männerhand.

»Du hast gesagt, ihr habt es auf einem Festival gekauft?«

»Ja, es gab Dutzende von diesen Buchstaben am Stand. Auf dem Konzert waren zigtausend Jugendliche.« Er runzelte plötzlich die Stirn. »Vielleicht hat das hier gar nicht Tobias gehört.«

»Spielt das eine Rolle?«, fragte sie leise.

Jetzt hob er den Kopf und sah sie offen an. Seine Augen waren dunkel vor Schmerz. »Nein.«

Als er zu reden begann, fühlte Emma sich bald zurückversetzt in ihre eigene Teenagerzeit.

»Wir waren Freunde, Tobi und ich. Beste Freunde. Schon vom Kindergarten an war ich nachmittags lieber bei ihm zu Hause als bei mir. Das blieb auch später so. Manchmal kam er mir vor wie mein Zwillingsbruder. Er lachte, noch bevor ich einen Witz zu Ende erzählt hatte, und beim Fußball hat er immer geahnt, wohin ich schießen wollte. Wir verstanden uns blind. In der Schule saßen wir nebeneinander, wir haben beide in der zehnten Klasse eine Ehrenrunde gedreht und waren überhaupt fast immer einer Meinung. Wir fanden dieselben Motorräder gut, mochten dieselben Bands, dieselben Filme ...«

Eine innige Freundschaft.

»Leider mochten wir auch dieselben Mädchen.«

»Umh ...«

Dominik überging den Laut, der Emma entrutscht war. Vielleicht hatte er ihn auch nicht gehört.

»Ich war daran gewöhnt, dass Tobi der Interessantere von uns beiden war. Er hatte mehr Geld zur Verfügung, weil sein Vater Arzt war, und er hatte mehr Freiheiten. Es scherte keinen, ob und wann er abends nach Hause kam, und was am Wichtigsten war: Er spielte in einer Band. Musik war genau sein Ding. Mit allem, was dazugehört: Leadgitarre spielen, singen, Songs schreiben, auf der Bühne stehen.«

Vor allem Letzteres konnte Emma sich bei Dominik schwer vorstellen. »Und du?«

»Ich hab geholfen, das Equipment zu tragen, wenn die Jungs einen Gig hatten. Mir die neuen Songs angehört, wenn Tobi unsicher war, ob sie was taugten. Meist hat er das Material zuerst mir vorgespielt. Manchmal durfte ich auch am Mischpult stehen, wenn der, der sonst die Regler übernahm, keine Zeit hatte. Das kriegte ich sogar hin. Ich kann kein Instrument spielen, aber hören kann ich gut. Und von Musik verstehe ich was.«

»Ja, ich weiß.« Emma lächelte.

Vorsichtig nippte sie an ihrem Tee. Er war noch kalt, aber die Eiswürfel bereits geschmolzen. Dominiks Glas stand unberührt vor ihm auf dem Tisch.

»Die Mädchen himmelten Tobi scharenweise an; nicht nur, wenn er auf der Bühne stand oder eine Gitarre in der Hand hatte. Im Grunde brauchte er nur zu blinzeln – er hatte einfach so eine Ausstrahlung, die jeden mitriss.«

Emma nahm sich eine Handvoll Weintrauben. Es knackte, als sie auf einen Kern biss.

Dominik verlor sich in seinen Gedanken.

»Was ist dann passiert?«, fragte sie behutsam, nachdem sie lange genug gewartet hatte.

Seine Haltung versteifte sich. Sie ahnte, wenn er jetzt nicht weiterredete, würde er es vielleicht niemals tun. In seinen Augen flackerte es. Er wirkte angespannt und fluchtbereit wie ein wildes Tier. Kurz davor aufzuspringen und davonzurennen.

Sie berührte seinen Arm. Ließ ihre Hand darauf liegen. »Erzähl mir, was passiert ist. Bitte! Ich höre dir zu.«

Ein Teil von ihm sträubte sich, das spürte sie.

Aber da war der silberne Schlüsselanhänger in seiner Faust. Wieder öffneten sich die Finger, gaben den Blick auf das T frei. Die Erinnerungen aus seiner Vergangenheit drängten mit Macht ans Licht.

»Es gab einen Unfall.«

»Wie alt warst du?«

»Achtzehn. Tobi war neunzehn. Wir hatten es irgendwie bis zum Abitur geschafft. Die Prüfungen standen bevor, aber ...« Dominik schüttelte den Kopf. »Wir dachten eigentlich nur an die Zeit danach. Das Abi war uns nicht wichtig. Wir wollten abhauen. Mit den Motorrädern um die Welt fahren. Na ja, nicht wirklich um die Welt. Bis an die Spitze Portugals und dann weitersehen. Mit Tobi konnte man nie langfristig Pläne machen, weil er zu spontan war. Außerdem war da ja noch seine Musik, die war ihm wichtig.« Er lächelte wehmütig. »Nicht wichtiger als ich, das hat er oft betont. Wir haben nächtelang die Route für unseren Roadtrip ausgetüftelt und diskutiert, wo wir unterwegs Stopps einlegen wollten. An Tobis Zimmertür hing ein Riesenplakat mit der Überschrift To-do-Liste, das fand er witzig. Orte, die er unbedingt sehen wollte, trug er in die To-Spalte ein, und ich kritzelte meine Vorschläge unter das Do. Nur beim Ziel waren wir uns sofort einig. Wir wollten in den Süden Portugals, an die Algarve. Die Motorradstiefel an den Strand werfen und die Füße in den Atlantik hängen, das war unser Traum.«

»Wie weit seid ihr gekommen?«

»Wir sind nie losgefahren.«

Emma schwieg überrascht.

»Der Unfall ist nicht unterwegs passiert.« Dominik heftete den Blick fest auf den Anhänger in seiner Hand. »Tobi starb schon vorher. Nach einer Party, bei der wir uns gestritten hatten.«

Die Geschichte, die Emma anschließend zu hören bekam, fand sie unendlich tragisch. Vor allem, weil der Auslöser so banal war und die Folgen umso erschütternder.

»Wir haben beim Grillplatz im Wald gecampt. Der halbe Jahrgang aus der Schule war da, mit Schlafsäcken und jeder Menge Bier. Ich war betrunken und stocksauer auf Tobi. Weil er mir an dem Abend Cassie ausgespannt hat. Er gab sogar zu, dass es Absicht gewesen war. Dabei hätte er jedes andere Mädchen haben können, und sie war die Erste, die mir wichtig war.« Dominik stockte. »Er meinte, er hätte mir damit nur beweisen wollen, dass sie meine Gefühle nicht wert sei, und ich solle ihm lieber dankbar sein. Da ist bei mir eine Sicherung durchgebrannt. Ich bin auf ihn losgegangen und hab ihm eine verpasst. Wir haben uns geprügelt wie zwei Idioten.«

Er rieb mit dem Daumen über die sichelförmige Narbe an seiner Schläfe. »Du wolltest doch immer wissen, woher die stammt. Tobi trug einen Totenkopfring, der verhakte sich bei unserer Keilerei irgendwie an meinem Piercing. Er riss es mir heraus, während wir uns im Dreck wälzten. Ich hab gebrüllt wie ein Stier und uns beide total vollgeblutet, aber trotzdem nicht aufgehört, auf ihn einzuschlagen. In dem Moment hab ich ihn einfach zu sehr gehasst, um aufzuhören.«

Emma befürchtete kurz das Schlimmste. Sah Dominik Jahre im Gefängnis verbringen, weil er versehentlich seinen Freund getötet hatte.

»Hast du Tobi so schwer verletzt, dass …?«

»Was? Nein! Verletzt war nur ich.«

»Aber …?«

»Gestorben ist er, weil er keine Minute länger auf der Party bleiben wollte, nachdem ich so auf ihn losgegangen war. Er stieg auf sein Motorrad. Und ich hab ihm noch nachgebrüllt, unsere Reise könne er vergessen und er soll stattdessen zur Hölle fahren …« Dominiks Stimme brach. »Wie hätte ich ahnen können, dass er auf dem Heimweg verunglückt?«

»Das konntest du nicht!« Niemand hätte das ahnen können.

»Aber ich …« Er hob den Kopf. »Ich war es, der ihn in den Tod geschickt hat.«

»Oh, Dominik.« Er lag so falsch mit dieser Annahme. Trotzdem wusste Emma, dass es vermutlich nichts gab, was sie sagen konnte, um ihn davon abzubringen. Dominik hatte seinen besten Freund nach einem Streit verloren, den er angezettelt hatte. Gab es etwas Schlimmeres, das einem mit achtzehn widerfahren konnte?

Sie lehnte sich an seine Schulter. Umarmte ihn, ganz sacht nur, und spürte das Beben, das durch seinen Körper lief.

»Tobi ist bei der alten Brücke gestorben, die über den Bach führt. Dort, wo die kleine Nebenstraße in den Wald abzweigt. Er muss die Kurve im Dunkeln falsch eingeschätzt haben oder weggerutscht sein, keine Ahnung. Man hat ihn erst am nächsten Morgen gefunden. Zuerst dachten sie, er sei ertrunken, weil er im Wasser lag. Aber er hatte sich bei dem Sturz von der Brücke das Genick gebrochen.«

Wie furchtbar.

»Sein Vater hat mir die Schuld gegeben. Ich wurde sogar von der Polizei verhört, nachdem unser Streit publik wurde. Jemand hatte ein verwackeltes Handyvideo von der Prügelei aufgenommen, und die haben mich deswegen total fertiggemacht. Ob ich Tobi heimlich gefolgt wäre. Ob ich ihn von der Straße abgedrängt hätte. Ob ich …« Er klang gequält. »Die haben mir zugetraut, ich hätte ihn dort sterben lassen. Tobi war mein Freund! Ich hätte alles gegeben, um ihn zu retten. Anfangs hab ich mir oft gewünscht, er würde noch leben und ich wäre tot. Das wäre wohl das Beste gewesen.«

Emma biss sich auf die Lippen. »Nein! Ich bin froh, dass du lebst.« Sie wollte sich nicht vorstellen, wie es wäre, ihn nie gekannt zu haben.

»Später habe ich mich gefragt, ob es vielleicht Absicht war, dass er gegen die Brückenmauer gerast ist. Weil … Tobi war manchmal so drauf. *Closer to the edge*, das war sein Motto. Es hing im Proberaum an der Wand, und er war wirklich so. Alles oder nichts. Ich dachte, vielleicht hat er sich von mir verraten gefühlt. Es gab keine Bremsspur auf der Brücke …«

Er schloss die Faust wieder um das silberne T.

»Egal. Was es auch war, ohne unseren Streit wäre der Unfall nie passiert. Dann wäre Tobi in jener Nacht nicht gestorben.«

Aber vielleicht in einer anderen, dachte Emma – sprach es jedoch nicht aus.

Dominik glaubte nicht an Dinge wie Schicksal oder Bestimmung, und vielleicht war das in diesem Fall auch gar kein Trost.

»Ich hab die Schule damals geschmissen. Bin zu den Prüfungen einfach nicht mehr hingegangen, das Abi kam mir völlig sinnlos vor. Alles andere auch.«

»Die Reise …?«

»Hat nie stattgefunden.« Er holte tief Luft. »Ich war nicht in der Lage, ohne ihn irgendwohin zu fahren.«

Sie ahnte, wie die Geschichte weiterging. »Du hast angefangen zu trinken, stimmt's?«

»Ja. Ich bin komplett abgestürzt. Ziemlich lange und ziemlich tief.« Endlich schaffte er es, sie anzusehen. »Ich bin erst seit zweieinhalb Jahren trocken.«

Er gab zu, dass es ihm schwergefallen war, sich auf die Therapie einzulassen. Kein Wunder, er hasste es, Fragen zu beantworten – zumal jede Frage nach seiner Vergangenheit unverheilte Wunden aufriss.

»Ich war froh, als ich es hinter mir hatte. Endlich raus war aus der Klinik. Zum ersten Mal mit klarem Kopf auf der Straße zu stehen, war nicht leicht. Aber die Aussicht auf den Taxijob hat mir geholfen. Wenn das nicht geklappt hätte …«

Zum Glück hatte es geklappt.

»Tja, hier endet die Story. Den Rest kennst du.«

Emma war überzeugt, dass es noch eine Menge mehr zu wissen gab. Aber vorerst hatte Dominik genug von sich preisgegeben. Sie schob ihm den Eistee hin.

Er kippte das Glas in einem Zug hinunter. Dann zündete er sich eine weitere Zigarette an.

Ob ihm das heute half? Emma bezweifelte es.

»Danke. Für deine Ehrlichkeit.« Sie betrachtete die Narbe an seiner Schläfe. »Und dass du mir von Tobi erzählt hast.«

Er antwortete nicht.

Während sie verzweifelt überlegte, wie sie den gemeinsamen Nachmittag retten konnte, spazierte die wunderbarste Katze der Welt über den Rasen auf Dominik zu und brach mit einäugig verliebtem Blinzeln den Bann. Laut schnurrend strich sie ihm um die Beine und forderte Streicheleinheiten, bis er die Zigarette ausdrückte und sie auf den Schoß hob.

»Na, komm schon her, du kleines Ungeheuer.«

Emma atmete auf, als sie ihn lächeln sah.

Der Preis für das beste Timing aller Zeiten gebührte eindeutig Luzie.


Als Valentin später beim Rasenmähen über den Zaun winkte, hatte Dominik seine Emotionen wieder so weit im Griff, dass er Emmas netten Nachbarn spontan zum Grillabend einlud.

Anschließend half er ihr, noch ein paar weitere Fotos für ihr Blogarchiv zu schießen. Im Hintergrund lief eine CD von Enya; die Musik fand Emma inspirierend, und auf Dominik schien sie einen beruhigenden Einfluss zu haben. Er wirkte nicht mehr so verstört, allenfalls stiller als sonst.

Das silberne T war in seiner Hosentasche verschwunden.

Sie beschloss, das Fundstück nicht mehr zu erwähnen, solange er es nicht tat.

Während sie ihre Kamera und die Holzbox wegräumte, fachte er draußen den Grill an und holte mariniertes Fleisch und Gemüse aus dem Kühlschrank. Emma mischte Salat, schnitt Baguette und deckte den Gartentisch.

Er schmunzelte, als er die weiße Tischdecke sah. »Du hast es nicht vergessen.«

»Wie könnte ich?«

»Gibt's einen Anlass?«

»Ich dachte, wir feiern heute deinen Geburtstag nach.« Sie hatte sogar zwei kleine Päckchen für ihn. Eine Solarlampe in

Form einer Eule, die er im Kirschbaum anbringen konnte, und eine DVD, auf die Valentin sie aufmerksam gemacht hatte.

»*Luzie, der Schrecken der Straße?*«

»Es ist ein alter Kinderfilm«, sagte sie.

Auch zu Lolek und Bolek gab es eine Zeichentrickserie, die DVD wollte sie Lenny zum Schulanfang schenken. Der Junge war schon zweimal mit seiner Mutter zu Besuch gewesen, um die Meerschweinchen zu füttern. Mit Kathrin duzte Emma sich inzwischen, sie las ebenfalls gern und hatte am letzten Lesekreistreffen teilgenommen. Außerdem hatte sie ihr geholfen, Marmelade aus den Mirabellen zu machen.

»Wenn wir nächsten Freitag bei dir kochen, könnten wir uns den Luzie-Film gemeinsam anschauen.«

»Ah, ein Zaunpfahl?«

Und wenn schon? Seit dem missglückten Kuss, an dem sie nach wie vor nichts Falsches finden konnte, war sie nicht mehr bei ihm gewesen. Sie würde ihm nicht länger erlauben, sie aus seinem Leben auszuschließen. Erst nach der Geschichte heute hatte sie begriffen, wie problematisch Freitage für ihn in Wirklichkeit waren. Sie erinnerte sich, was er über den Beinahe-Unfall in der Nacht ihres Kennenlernens erzählt hatte. Jede Woche holte ihn die Vergangenheit ein. Fesselte seine Gedanken. Deshalb war er früher freitagnachts Taxi gefahren – um sich abzulenken.

»Du kannst zu meinem Vorschlag entweder Ja oder Ja sagen«, erklärte sie kategorisch.

Er gab sich geschlagen. »Dann also ... Ja.«

Der restliche Abend verlief unauffällig.

Nachdem Valentin eintraf, mit einer Flasche Wein und einer riesigen Schachtel Eiskonfekt unter dem Arm, bestritt er den größten Teil der Unterhaltung. Er hatte sich entschieden, einen Privatdetektiv zu engagieren, um nach Philippe zu suchen, von dem es offenbar keine Spuren im Netz gab. Möglich, dass er einen Künstlernamen angenommen hatte. Möglich auch, dass er das Rampenlicht scheute.

»Ich hoffe nur, dass er nicht aufgehört hat zu malen«, sagte Valentin bedrückt.

»Das kann ich mir nicht vorstellen.« Dominik blies einen Rauchkringel in die Luft.

Sehr viel mehr sagte er an diesem Abend nicht.

Aber das war ja bei ihm nichts Ungewöhnliches.


In der folgenden Woche hatte Emma so viel zu erledigen, dass sie kaum zum Luftholen kam. Eine Besprechung folgte der anderen, ein Termin jagte den nächsten.

Am Mittwochmorgen gab es einen Fehlalarm des Brandmelders, der die komplette Belegschaft aus dem Rathaus scheuchte. Es war Emma, die trotz des Alarms zurück ins Büro flitzte, um der schwangeren Standesbeamtin die vergessene Tasche mit dem Mutterpass und einen Stuhl zu holen. Zum Glück verkraftete die Arme die ganze Aufregung ohne Folgen.

Der Chef der Feuerwehr nahm den unnötigen Einsatz mit Humor, im Gegensatz zu Tom, der über die Kosten fluchte.

»Wäre es dir lieber gewesen, es hätte wirklich gebrannt?«, fragte Emma. »Was glaubst du, was das erst gekostet hätte?«

Leider fand Tom ihre Bemerkung nicht witzig.

Am Freitagmorgen stritt Emma sich gerade mit ihm über eine angeblich falsche Bilanz, die sie erstellt hatte, als eine Nachricht von Dominik eintraf.

*Sorry, ich muss absagen.*

Hatte er eine Tour angenommen?

Gelegentlich kam es vor, dass eine seiner Stammkundinnen, eine nette ältere Dame, die unter Flugangst litt, ihn für ein Wochenende buchte, um ihre Enkelkinder in Hamburg zu besuchen. Sie bezahlte neben einem Pauschalpreis für das Taxi jeweils auch sein Hotelzimmer am Zielort.

*Schade*, tippte sie. *Dann nächsten Freitag?*

Er meldete sich nicht. Wahrscheinlich war er schon unterwegs.

Dennoch wurde Emma das unheilvolle Gefühl nicht los, dass irgendwas nicht stimmte.

Aber was sollte sie tun?

Dominik war erwachsen.

# 17

Gitarrensound riss Emma aus dem Tiefschlaf.

»*This world will never be what I expected ...*«

Schlaftrunken erkannte sie die Melodie, die sie Dominiks Anrufen zugeordnet hatte, und tastete nach dem Telefon auf ihrem Nachttisch. »Ja, hallo?«

Zuerst hörte sie gar nichts. Dann ein Rauschen.

Ihr Blick fiel auf den Radiowecker, der 02:12 Uhr anzeigte. Sie wusste, dass Dominik oft schlecht schlief, aber um diese Zeit hatte er sie noch nie angerufen. War er gestern wirklich nach Hamburg gefahren?

Schlagartig war sie hellwach.

»Dominik?«

Mit verwaschener Stimme nuschelte er leise ihren Namen. »Em...«

Es fühlte sich an, als würde ihr Herz zu Eis gefrieren. Sie war schon halb aus dem Bett, ehe sie begriff, was sie tat. »Bist du betrunken? Was ist los?«

Ein Schnauben war die Antwort. Lachte oder weinte er? Was es auch war, er klang vollkommen verzweifelt.

»Dominik!« Ihre Finger umklammerten das Telefon. »Wo bist du?«

»Wo ich bin? Mitten in der Hölle ...«

Sie lauschte angestrengt, aber außer seinem stoßweisen

Atmen konnte sie nichts hören. Keine Kneipengeräusche. Das war gut, oder? »Bist du zu Hause?«

»Nein, ich ... Scheiße, blutet das.«

»Du blutest?! Wo und wieso?« Ihre Stimme schraubte sich eine Oktave höher. »Geht es dir gut? Himmel, Dominik, sag mir sofort, was los ist!«

Seinem folgenden wirren Gestammel und Gefluche entnahm sie, dass er einen Unfall gebaut hatte. Und er war zweifellos betrunken, so wie er sich anhörte. »Das Taxi, ich ...«

»Was ist mit dem Taxi?«

»Hängt in der Böschung. Ich kriege es allein nicht raus, hab mich festgefahren ...«

»Wo bist du?«

»Bei der verdammten Brücke!«, brüllte er, und Emma wäre vor Schreck fast das Telefon aus der Hand gerutscht.

»Bist du verletzt?«

»Sieht ganz so aus ...«

»Ich rufe einen Krankenwagen.«

»Nein, tu das nicht!«

»Aber warum, du ...«

»Ich bin komplett am Arsch, wenn das rauskommt«, unterbrach er sie heftig. Dann knackste und rauschte es, offenbar bewegte er sich. Abwechselnd fluchte und stöhnte er vor sich hin. »Wenn die Polizei hier auftaucht, kann ich mich gleich erschießen, verstehst du?«

Emma verstand nur eines. »Aber du brauchst Hilfe!«

»Deswegen rufe ich dich ja an«, lallte er. »Dachtest du, ich wecke dich, weil ich schlecht geträumt hab? Scheiße, du bist doch nicht meine Mutter!«

»Ich ...« Emma verstummte. Sie wusste nicht, was sie tun sollte. Sie wusste nicht einmal, was sie sagen sollte.

Aber sie konnte Dominik unmöglich im Stich lassen. Nicht nach allem, was er ihr letzte Woche erzählt hatte. Sie machte sich Vorwürfe, dass sie seine Absage so einfach akzeptiert hatte, anstatt nachzuhaken, was los war.

»Bleib, wo du bist. Ich komme hin.«

»Echt? Verdammt, Emma, ich ...«

»Halte durch«, beschwor sie ihn. »Ich bin gleich da.«

Die Verbindung brach ab.

Im Rekordtempo zog sie sich an und schlüpfte in die Sneakers. In weniger als drei Minuten war sie aus dem Haus. Sie brauchte ein Auto, wenn sie Dominik helfen wollte. Womöglich musste sie ihn ins Krankenhaus bringen. Aber Valentins Carport war leer, der Kinobesitzer war nicht da.

Mist, dann blieb ihr nur noch das Rathaus.

Sie preschte mit dem Fahrrad los. Jede Minute zählte. Kies spritzte auf, während sie durch den Park raste. Die Luft war lau, und ein orangefarbener Mond erhellte die nächtliche Umgebung. Irgendwo hörte sie Gelächter, ein paar Jugendliche waren noch unterwegs.

Der Rathausplatz vor der Freitreppe war verlassen. Und – Gott sei Dank! – der Dienstwagen stand auf Toms Parkplatz.

Sie schob das Rad in den Ständer, ohne es abzuschließen, und rannte die Stufen zum Rathausportal empor. Karte scannen, Code eintippen – schon öffnete sich die Flügeltür, und Emma hastete ins Büro und riss den Autoschlüssel vom Brett.

Eine Minute später saß sie im Wagen. Wie war das noch? R war der Rückwärtsgang. Ruckelnd setzte sie aus der Parklücke und ignorierte den Warnton, den sie vom letzten Mal noch kannte. Es schepperte, als sie gegen den blechernen Mülleimer stieß.

Jetzt war sie es, die fluchte, so wie vorhin Dominik.

Als Emma vom Parkplatz rollte, erlosch das Warnsignal wieder. Na also. Nichts passiert. Höchstens eine Delle.

Sie gab Gas. Das Scheinwerferlicht fand sie nach hektischem Suchen, Schalten übernahm das Auto, und Lenken war kein Problem. Zum Tierheim hatte sie es damals auch geschafft. Außerdem war auf den Straßen um diese Uhrzeit kaum jemand unterwegs. Trotzdem waren ihre Hände, die das Steuer umklammerten, schweißnass.

Emma betete, dass sie nicht zu spät kam.

Dass Dominik noch lebte und nicht schlimmer verletzt war.

Warum hatte sie die Verbindung nicht aufrechterhalten? Sie hätte nie zulassen dürfen, dass er auflegte …

Es war die längste Viertelstunde ihres Lebens, bis sie endlich die Straße erreichte, die sich in engen Kurven durch den Wald wand. Links von ihr verlief der Bach.

Wo war die Brücke?

»Bitte, bitte …«, flehte Emma. War sie falsch abgebogen? Müsste sie nicht schon da sein?

Doch dann bog sie um eine weitere Kurve und erreichte den Unfallort.

Der Passat war unmittelbar vor der steinernen Brücke die Böschung hinabgestürzt. Tief hatten sich die Vorderräder in die weiche Erde gegraben. Ein Hinterrad hing halb in der Luft, die Heckklappe stand offen.

Doch das Schlimmste war der Baum. Die am Bachufer wurzelnde Erle hatte nicht nur die Fahrertür eingedrückt. Ein Ast hatte zudem das Seitenfenster durchschlagen.

Emma bremste abrupt, riss den Gurt los und stürzte beinahe aus dem Auto. »Dominik?«

»Ich bin hier.«

Er saß hinter dem Taxi, am oberen Rand der Böschung.

Sie rannte auf ihn zu.

Offenbar hatte er sich durch die Beifahrertür befreien können. Gesicht und T-Shirt waren blutverschmiert, und er hielt sich die linke Seite. Neben ihm lagen ein Verbandskasten und sein Handy, aus dem leise Musik erklang.

»*I've never been so torn up in all of my life …*«

Im Mondlicht wirkte er leichenblass. Sie kniete neben ihn in den Dreck und merkte kaum, dass sie schluchzte. »Kannst du aufstehen?«

Er hob den Kopf. »Emma …«

»Du musst zum Arzt. Da ist überall Blut. Steh auf, ich bringe dich ins Krankenhaus.«

»Nein. Auf keinen Fall.« Sein Tonfall war schleppend, aber er hörte sich nicht mehr so betrunken an wie vorhin am Telefon. Dafür summte er jetzt den Song mit.

»I should have seen this coming …«

»Mach das aus«, sagte sie.

»I've never felt so hopeless than I do tonight …«

»Dominik, mach das aus!«

»Warum?«

»Du bist verletzt!«

»Ist nicht so schlimm …«

Sie hätte ihn am liebsten geschüttelt.

Der Alkoholgeruch, den er verströmte, war unglaublich. Als hätte er in Whisky gebadet.

Der Song endete – und begann dann von vorn.

»*I've never been so torn up in all of my life …*«

»Hörst du das Stück in Endlosschleife? Wie lange geht das schon so?« Emma kickte das Handy beiseite. Das Display wies bereits einen Sprung auf, vermutlich war es bei dem Unfall beschädigt worden.

»He, was machst du? Das war meins.« Dominik setzte sich aufrechter hin und stöhnte. »Hilf mir einfach nur von hier weg. Den Rest schaff ich schon.«

»Wo willst du denn hin?«

»Nach Hause.«

Es war sinnlos, ihn zu etwas anderem überreden zu wollen. Dominik wollte auf keinen Fall ins Krankenhaus.

»Die Schnitte sind nicht tief. Ja, vielleicht hab ich mir die Rippen geprellt. Aber das wird schon wieder.«

Er biss die Zähne zusammen, und sie half ihm hoch. Schwankend stand er neben ihr. Durch das zerrissene Shirt schimmerte das Tattoo auf seiner Schulter.

»Hol das Abschleppseil aus meinem Kofferraum.«

Emma starrte ihn an. »Du erwartest nicht von mir, dass ich dein Taxi aus dem Graben ziehe ...«

»Wir können den Passat nicht hierlassen. Dann kann ich gleich ein Nickerchen hinterm Steuer machen und warten, bis mich die Polizei weckt. Das Taxi muss verschwinden!«

Sie hatte noch nie ein Auto abgeschleppt. Sie hatte keine Ahnung, wie das ging. Doch Dominik ließ ihr keine Wahl. Er erklärte ihr, wie sie das Seil am Heck des Passats einhaken und festknoten musste.

»Und wo soll ich das andere Ende befestigen?« Hilflos musterte Emma ihren Dienstwagen. Der Hybrid hatte nur glatte Stoßstangen. Nirgends war eine Abschleppöse zu sehen.

»Such nach einer kleinen Klappe, die sich öffnen lässt.« Mit schmerzverzerrtem Gesicht beugte Dominik sich vor. »Dahinter muss ein Gewinde sein. Die passende Öse liegt wahrscheinlich im Werkzeugfach.«

So war es tatsächlich. Emma hatte trotzdem ein mulmiges Gefühl im Bauch, als sie das Seil gemeinsam festzurrten.

»Ob das hält?«

»Warte«, keuchte Dominik, bevor sie einstieg. »Leg erst noch die Fußmatten hinter meine Räder. Das hätte ich vorhin schon tun sollen, dann finden die Reifen besser Halt. Sonst drehen sie nur tiefer in den Matsch.«

Emma rutschte die Böschung hinunter und zerrte die Gummimatten aus dem Passat. Sie waren übersät mit Scherben und

Blättern. Im Fußraum lag eine leere Flasche Johnnie Walker, die erstaunlicherweise heil geblieben war.

»Was auch immer der Grund war«, sagte sie. »Du bist der größte Idiot unter der Sonne!«

»Ich weiß.« Mit toten Gespensteraugen schlitterte Dominik an ihr vorbei und lehnte sich im Bachbett vor die Motorhaube.

»Was wird das?«, fragte sie alarmiert.

»Ich schiebe, du ziehst.«

Emma fand sein Vorhaben bescheuert. »Wenn das Seil reißt und das Taxi noch weiter abrutscht, überrollt es dich.«

»Steig ein«, knurrte er. Mit einer Stimme, die sie nicht von ihm kannte und die ihr klarmachte, dass er vollkommen am Ende war. Physisch und psychisch. Wenn sie ihn nicht schleunigst von hier wegschaffte, würde er zusammenbrechen. Und vielleicht würde er anschließend nie wieder der sein, der er war.

Ohne ein weiteres Wort kletterte sie die Böschung hinauf und setzte sich hinters Steuer. Der Hybrid bockte. Sträubte sich gegen die Last, die er ziehen sollte. Zentimeterweise bewegte er sich vorwärts. Matsch und Erdbröckchen klatschten gegen das Heck, aufgewirbelt durch die Reifen des Taxis.

»Weiter«, brüllte Dominik.

Als der Kipppunkt überwunden war, ging es schnell. Mit einem schmatzenden Geräusch landete der Passat auf der Straße.

Emma hätte heulen können vor Erleichterung.

Den Streit, wie sie zum ehemaligen Schäferhaus kamen, gewann sie. »Du fährst heute Nacht keinen Meter mehr!«

»Ich muss auch ans Steuer, wenn du mich abschleppst. Gib mir den Schlüssel!«

Sie ließ sich auf keine Diskussion ein.

Schließlich gab Dominik nach und stieg wortlos ins Taxi.

Vermutlich war er zu schwach, um noch länger mit ihr zu streiten.

In Schrittgeschwindigkeit schleppte sie den Passat auf holprigen Schleichwegen durch den Wald und die angrenzenden Felder.

Um 03:35 Uhr rollte sie vor die Scheune neben Dominiks Haus. Das Tor stand offen.

Im Scheinwerferlicht glänzte ihr der schwarze Lack eines Motorrads entgegen.

Emma wartete auf der Veranda, bis Dominik in Boxershorts aus der Dusche kam. Mit einem Handtuch rubbelte er sich das Haar trocken. Seine Schnittverletzungen sahen jetzt, da das Blut abgewaschen war, weniger dramatisch aus. Die dunklen Hämatome, die seinen Brustkorb zierten, besorgten Emma schon eher.

»Es geht mir gut«, versuchte er, sie zu beschwichtigen. Doch das Lächeln erreichte seine Augen nicht.

»Ich glaube dir kein Wort.«

»Kaffee?«

Sie nickte. Um vier Uhr morgens war Kaffee zweifellos eine gute Idee. Wenn es Dominik half, wieder nüchtern zu werden, umso mehr.

Sie folgte ihm schweigend zur Küchenzeile, wo er einen Berg Kaffeepulver in die Maschine schaufelte und Wasser in den Behälter goss.

»Wenn ich dir sage, dass es mir leidtut, glaubst du mir dann?« Er stützte sich am Spülbecken ab.

Sah sie nicht an. Das tat nur der schwarze Engel auf seiner Schulter. Nie war Dominik ihr gleichzeitig so nah und so fern gewesen.

Emma ging auf ihn zu und lehnte die Stirn gegen seinen Rücken. Hörte, wie er bei ihrer Berührung scharf den Atem einsog. Roch den Duft des Duschbads. Spürte die Wärme seiner Haut. Wenn sie jetzt anfing zu weinen, würde sie nie wieder aufhören.

»Was, in aller Welt, ist passiert?«, flüsterte sie.

»Ich ... konnte einfach nicht mehr.«

Unendlich langsam legte sie von hinten die Arme um ihn. So behutsam, wie es nur ging, um ihm keine weiteren Schmerzen zuzufügen. Er ließ es zu. Seine Schultern bebten. Sie spürte seine Bauchmuskeln und wie eine Hand sich auf ihre legte.

»Ich hab Mist gebaut, ich weiß. Und ich wollte dich nicht mit reinziehen. Tut mir leid.«

»Wir sind Freunde, schon vergessen?«

Er antwortete nicht.

Emma fragte sich, warum er überhaupt zur Brücke gefahren war. Dorthin, wo Tobi ums Leben gekommen war. Ihm musste doch klar gewesen sein, dass das eine hirnverbrannte Idee war – Alkohol hin oder her.

»Wann hast du wieder angefangen zu trinken?«

»Heute Mittag.«

»Du meinst gestern?«

Aber eigentlich wollte sie etwas ganz anderes wissen.

»Was hast du vorgehabt?«, fragte sie. »Was wolltest du dort mitten in der Nacht? Gegen den Brückenpfeiler rasen? Deinem Leben ein Ende setzen?«

Er schwieg.

»Bitte, sag mir die Wahrheit.«

Sekunden vergingen. »Ich ... weiß es nicht.«

Emma schloss die Augen. Versuchte, die Angst zu verdrängen, die seine Antwort in ihr auslöste. Wenn Dominik im Moment eines brauchte, dann einen Menschen, der ihm Halt gab.

Nicht jemanden, den er beruhigen und trösten musste.

Die Maschine gluckerte vor sich hin. Kaffeearoma wehte durch die Küche.

Dominik drehte sich um, und sie lockerte ihren Griff, ohne ihn ganz loszulassen. Nie hatte sie sich vorgestellt, so dicht vor seiner nackten, trainierten Brust zu stehen, ohne ihn ins Bett zerren zu wollen.

»Danke«, sagte er rau. »Dass du mich da rausgeholt hast.«

Jetzt weinte sie doch. »Versprich mir einfach nur, dass du das nie wieder versuchst.«

Er zog sie an sich. Sanft. Warm und lebendig. Sie spürte seine Lippen auf ihrem Haar. »Ich verspreche es.«

Sie saßen bis zum Morgen auf der Veranda und redeten.

Die Sonne ging auf, als wäre es ein Tag wie jeder andere. Die Vögel zwitscherten, in der Ferne tuckerte ein Traktor über die Felder.

»Leg dich hin«, sagte sie. »Du siehst aus, als hättest du ein bisschen Schlaf dringend nötig.«

»Und du?«

»Ich bin da, wenn du aufwachst.«

Sie ging eine Weile spazieren, während er im Alkoven hinter dem dunkelblauen Vorhang schlief. Versuchte, ihre Gedanken zu sortieren. Fragte sich, wie sie ihm helfen konnte.

Es war offensichtlich, dass er mit der Vergangenheit nicht abgeschlossen hatte.

Da stand sein Motorrad in der Scheune und wartete seit über acht Jahren darauf, dass er die Reise antrat, von der er mit Tobi geträumt hatte. Mit keinem Wort hatte er die Maschine erwähnt, und Emma hatte nicht das Geringste von ihrer Existenz geahnt.

So könnte Dominik unmöglich weitermachen. Es zerriss ihn, ein halbes Leben im Jetzt zu führen und ein halbes Leben im Gestern festzuhängen.

Sie spürte, dass er das längst wusste.

Etwas musste sich ändern.

Sonst würde er das Versprechen, das er ihr gegeben hatte, auf Dauer nicht halten können.

Niemand konnte das.

# 18

Reichlich übernächtigt traf Emma am Montag im Rathaus ein.

Sie hatte das restliche Wochenende bei Dominik verbracht, aus Sorge und weil sie ihn in seinem Zustand nicht allein lassen wollte. Kathrin, die noch einen Ersatzschlüssel für das Haus besaß, war so nett gewesen, mit Lenny die Tiere zu versorgen. Um was für einen Notfall es ging, hatte sie dabei nicht einmal wissen wollen.

Emma war erst heute früh kurz heimgefahren, hatte sich fürs Büro umgezogen und ihre Augenringe notdürftig mit Concealer abgedeckt.

Sie war darauf gefasst, dass Tom angesichts des dreckigen Dienstwagens nicht sehr begeistert reagieren würde. Dass er jedoch regelrecht ausflippte, überraschte sie dann doch.

»Hast du den Verstand verloren?«, zischte er.

»Es ist nur ein Auto. Man kann es waschen.«

»Und warum hast du das dann nicht längst getan? Stattdessen stellst du den Wagen auf meinem Parkplatz ab. Damit jeder, der auch nur in die Nähe des Rathauses kommt, sich fragt, was der Verwaltungsleiter damit angestellt hat! Ein Dienstwagen ist städtisches Eigentum, den kannst du doch nicht so behandeln. Was hast du überhaupt damit gemacht?«

»Es war ein Notfall«, antwortete sie ausweichend.

»Ein Notfall?«

»Ich musste jemandem helfen.«

»Indem du Crossrennen mit meinem Dienstwagen fährst?«

»Ach, jetzt ist es also *dein* Dienstwagen?«

»Ist es auch«, sagte er mit zornfunkelnden Augen. »Wenn ich geahnt hätte, wie fahrlässig du mit dem Wagen umgehst, hätte ich dir nie erlaubt, ihn zu benutzen. Ab sofort lässt du die Finger davon, klar?«

Emma nickte stumm. Sie war höllisch müde und hatte nach den Ereignissen des Wochenendes kein Interesse daran, mit Tom zu streiten. Aber er beharrte weiterhin auf einer Erklärung für den Zustand des Wagens. Als sie stockend schilderte, dass sie ein anderes Fahrzeug aus dem Graben gezogen hatte, holte er aus und hieb mit der Faust so unbeherrscht gegen die Wand, dass der Kalender herunterfiel, den sie aufgehängt hatte.

»Tom!« Sie starrte ihn an.

»Ich fasse es nicht! Wahrscheinlich hast du auch noch den Antrieb beschädigt bei deiner hirnlosen Aktion. Der Hybrid ist fürs Abschleppen doch gar nicht zugelassen!«

»Kannst du bitte aufhören zu brüllen?«

Er konnte. Türenknallend rauschte er ins Nebenzimmer ab, nicht ohne ihr noch einen vernichtenden Blick zuzuwerfen.

Emma sank auf ihren Schreibtischstuhl. Stützte den Kopf auf die Hände und fragte sich, wie sie den Tag überstehen sollte. An die Arbeitswoche, die vor ihr lag, wollte sie gar nicht erst denken. Die Uhr zeigte fünf nach acht, und schon klingelte das Telefon.

Emma ließ es klingeln. Sollte Tom doch abnehmen, wenn ihm der Anrufer wichtig war.

Sie musste sich erst einmal beruhigen.


Im Laufe der Woche pegelte sich ihr Alltag allmählich wieder ein. Dominik bemühte sich um Rückfallaufarbeitung und bekam unerwartet schnell die Zusage von der Krankenkasse für eine Aufnahme in jener Klinik, in der er damals seine Therapie gemacht hatte. Vorerst konnte er drei Wochen dorthin – mit der Aussicht auf Verlängerung, falls notwendig.

Da sie ihn dort gut aufgehoben wusste und es ihm nach eigener Aussage wichtig war, allein mit sich ins Reine zu kommen, ohne Kontakt nach außen, konzentrierte Emma sich auf das, was nicht warten konnte, und das war eine ganze Menge.

Der geplante Bücherbasar in der Bibliothek stand im August an, und Rosemarie war es gelungen, eine ausrangierte Telefonzelle aufzutreiben, die zu diesem Anlass feierlich eingeweiht werden sollte. Was bedeutete, dass sie zuvor neben dem Eingang zur Bücherei aufgestellt, gesäubert und innen mit Regalbrettern und Lesestoff ausgestattet werden musste.

Die Bewilligung dafür erteilte Tom zähneknirschend. »Aber aus der Gemeindekasse gibt es keinen Cent dafür, weder jetzt noch in Zukunft!«

Das war auch nicht nötig. Koljas geniale Idee, eine Crowdfunding-Aktion dafür ins Leben zu rufen, hatte überraschend großen Erfolg. Vielleicht lag es an seiner netten Reportage über Betty, die er begleitend im *Tagblatt* veröffentlichte. In einem kleinen Ort wie Bickstädt zogen die Menschen noch an einem Strang, wenn es um einen guten Zweck ging.

Umso schäbiger fand Emma es von Tom, diese Bereitschaft auszunutzen und sich aus der Verantwortung zu stehlen.

Ein Bauunternehmer aus der Umgebung erklärte sich bereit, kostenlos den Transport zu übernehmen, und Rosemarie überredete die Heimleiterin der Seniorenresidenz, Fred für zwei Tage zum Helfen freizustellen. Mit dem von Spenden gekauften Holz und passendem Werkzeug fuhr er vor.

Als er eintraf, wienerten Emma und Betty gerade den Schmutz von den Scheiben des Telefonhäuschens. Rosemaries Enkel hatte es am Tag zuvor mit Freunden frisch gestrichen. Knallrot, damit man es bereits von Weitem sah. Emma fand den Effekt der leuchtenden roten Farbe toll.

»Hallo, Fred.«

Er musterte sie kopfschüttelnd. »Du und deine Ideen.« Das klang so grummelig wie früher, aber irgendwie meinte sie, einen freundlicheren Unterton wahrzunehmen. »Seid ihr bald fertig?«

»Ja.« Betty pustete sich eine verschwitzte Strähne aus der Stirn und strahlte ihn an. »Nimmst du nachher die Bücher in Großschrift mit ins Heim, die ich herausgesucht habe? Heute ist doch Büchertaxitag.«

»Klar«, brummte er.

Zu Emmas Freude klappte das provisorische Bestellsystem, das sie sich ausgedacht hatte, so gut, dass sie es beibehalten konnten. Im Seniorenheim wurde der neue Service rege angenommen. Allerdings blieb, solange Dominik ausfiel, der Büchertransportdienst vorerst an Fred hängen.

Während Betty in der Bibliothek verschwand, um den Putzeimer auszuleeren, drückte Emma sich daher weiter in seiner Nähe herum.

»Fred, falls es dir zu viel wird«, begann sie vorsichtig.

»Keine Sorge, Prinzessin.«

»Ich meine ja nur, weil ...«

Er verschränkte die Arme vor der Latzhose. »Ist nichts Neues, dass ich deinetwegen haufenweise Arbeit habe!« Er grinste kaum merklich. »Neu daran ist nur, dass manches davon Spaß macht.«

»Du bist also nicht sauer auf mich?«

Fred hüstelte. »Na ja, zugegeben, als ich damals wegen dir die Stelle im Rathaus verloren habe, habe ich dir die Pest an den Hals gewünscht. Aber inzwischen weiß ich, dass du mir bloß einen Gefallen getan hast. Ich bin froh, dass ich nicht mehr dort arbeite.« Verlegen kratzte er sich am Kinn. »Weißt du, Betty hat neulich gesagt, du seist eine Glücksbringerin. Schätze, das bist du wirklich.«

Seit Emma ihn kannte, hatte Fred ihr gegenüber noch nie so viel gesprochen – und er war noch nicht fertig.

»Was Dominik betrifft ...«

Sie zögerte. »Ja?«

»Ich weiß, dass er einen Rückfall hatte. Er hat mir Bescheid gegeben, bevor er in die Klinik gegangen ist.« Fred sah zu Boden. »Ich hoffe, er schafft es dieses Mal.«

Ja, das hoffte sie auch.

»Er ist ein feiner Kerl. Das Leben hat ihm übel mitgespielt, und ich weiß von meinem Bruder, wie verdammt schwer es ist durchzuhalten. Uwe und ich haben jahrelang zusammen beim selben Sicherheitsdienst gearbeitet, bis er sich mit der Dienstwaffe erschossen hat. Er hat seine Scheidung nicht verkraftet, und die Sauferei hat es nicht besser gemacht.«

»Wie furchtbar.« Diese tragische Geschichte hörte Emma zum ersten Mal. »Hast du deshalb den Job gewechselt?«

Er nickte. »Ich konnte nicht mehr dort arbeiten. Nirgends, wo ich eine Waffe tragen soll. Hausmeister zu sein ist okay. Und wenn ich zwischendurch dringend den Kopf freikriegen muss, geh ich ins Fitnessstudio.«

»Wie Dominik«, sagte sie leise.

»Genau.«

Seltsam, dass ihr nicht schon viel früher aufgefallen war, dass die beiden so ungleichen Männer etwas Besonderes verband. Von Anfang an war zwischen ihnen doch mehr als eine harmlose Sportkumpanei zu spüren gewesen.

»Grüß Dominik, falls du von ihm hörst.«

»Das mache ich«, versprach sie. Wann das sein würde, wusste sie allerdings nicht. Er hatte gesagt, dass er Zeit für sich brauchte.

Als sie später ins Rathaus zurückkehrte, erlebte sie Tom zum zweiten Mal innerhalb kürzester Zeit in Rage. Offenbar hatte ihn jemand auf ihren Blog angesprochen.

»Sag mal, was genau treibst du da eigentlich hinter meinem Rücken?«, tobte er, kaum dass er sie erblickte. »Merkst du nicht, wie lächerlich du uns damit machst?«

»Uns?«

»Ja, mich natürlich auch, wenn die Leute glauben, ich würde deinen Aktionismus dulden oder gar gutheißen!«

Aha, das war vermutlich das Problem. Die Erklärung, warum er solch einen Aufstand veranstaltete. Es ärgerte ihn, dass sie ihn nicht eingeweiht hatte.

Die Kollegin aus der Wohngeldstelle, die vor dem Büro auf Emma gewartet hatte, presste ihre Unterlagen an die Brust und suchte das Weite. »Ich komme ein anderes Mal vorbei ...«

Emma wünschte sich, es ihr gleichtun zu können. Innerlich seufzend schloss sie die Tür. »Was stört dich an meinem Blog? Der ist Privatsache.«

»Glaubst du!« Drohend baute er sich vor ihr auf. Wenn er wollte, konnte Tom wirklich beängstigend wirken.

Sie drückte sich hastig an ihm vorbei und verschanzte sich hinter ihrem Schreibtisch.

»Ich beschäftige mich ausschließlich in meiner Freizeit damit, also ist es meine Privatsache und geht dich nichts an.«

»Du denkst, es geht mich nichts an, wenn du die Fundsachen für dein albernes Archiv im Rathaus entwendest? Das ist Diebstahl, das muss dir doch klar sein!«

»Diebstahl?« Fassungslos starrte sie ihn an. Er selbst hatte ihr doch befohlen, sämtliche Dinge wegzuwerfen, bei denen die gesetzliche Aufbewahrungsfrist überschritten war. Als Krempel hatte er die Fundsachen bezeichnet, als unnützes Gerümpel, das sie schon längst hätte entsorgen sollen. Ohne ihr Eingreifen wäre alles im Müll gelandet.

»Wie würdest du es nennen? Du hast die Fundsachen heimlich fortgeschafft! Ich war im Keller und habe nachgesehen, das Fundbüro ist nahezu leer.«

Jetzt übertrieb er aber! Leer war es nicht und würde es auch niemals werden. Schließlich sammelten sich fast täglich neue Fundsachen darin an. Niemand wusste das besser als Emma, die sie alle entgegennahm und registrierte. »Du selbst hast mir aufgetragen, das Fundbüro aufzuräumen.« Sie merkte, dass ihre Stimme zitterte. »Ich habe nur deine Anweisungen befolgt.«

»Meine Anweisungen beinhalteten gewiss nicht, dass du dich an den aussortierten Sachen bereichern darfst.«

Sie schnappte nach Luft. Was unterstellte er ihr denn da?

»Ich bereichere mich nicht an den Fundstücken!«

»So? Da hatte ich beim Lesen deines Blogs aber einen anderen Eindruck!«

»Dann ist dein Eindruck falsch.«

Seine Augen blitzten. »Mir missfällt dein Ton.«

Emma biss sich auf die Lippen und schwieg. Ihr missfiel schon seit einer Weile so einiges. Aber ihm das jetzt an den Kopf zu werfen, wäre unklug.

Da half ihr mehr, dass sie seinen Terminkalender betreute. In Kürze würde die Galeristin eintreffen, um mit ihm über die geplante Kunstausstellung in der Eingangshalle zu verhandeln. Das würde ihn hoffentlich auf andere Gedanken bringen. Schon ertönte der Summer.

Emma atmete auf. »Das ist –«

»Ich weiß, wer das ist«, zischte Tom. »Aber glaub nicht, dass wir beide schon fertig sind. Den Unfug mit deinem Archiv klären wir noch!«

Zu ihrer Erleichterung rauschte er dann aber doch davon, um die Galeristin zu empfangen, und bis zu Emmas Feierabend tauchte er nicht wieder auf.

Auf dem Heimweg schlenderte sie durch den Park.

Eine Eiswaffel mit Stracciatella war jetzt genau das, was sie dringend brauchte. Nervennahrung.

Stefano sah ihr offenbar an, wie es ihr ging. Mitfühlend erkundigte er sich, was los war, und reichte ihr dann eine Extrakugel über den Tresen.

»Hat mein Bruder dich erreicht?«

»Nein, warum?« Emma schüttelte den Kopf. »Wollte Paolo mich anrufen?«

Stefano lachte. »Ja, du sollst ihm helfen, einen Ring wiederzufinden.« Es folgte eine wortreiche Erklärung des Streits, den der Trattoriabesitzer mit seiner Frau geführt hatte und der damit geendet hatte, dass die wütende Gattin ihren Ehering vom Finger gezogen und in hohem Bogen aus dem Seitenfenster des fahrenden Autos geworfen hatte. »Mitten in das Maisfeld, in der Nähe vom Sportplatz.«

»Du meine Güte …«

»Keine Sorge, sie vertragen sich wieder.«

Emma wusste aus früheren Erzählungen, wie aufbrausend Paolo sein konnte. Stefano war mit seinem sturen Bruder schon öfter aneinandergeraten. Wenn Paolos Frau ein ähnliches Temperament hatte, war ihre Reaktion verständlich.

»Haben sie schon nach dem Ring gesucht?«

»Stundenlang«, behauptete Stefano. »Aber sie haben ihn leider nicht wiedergefunden, und weil der Ring ein Erbstück unserer Nonna war, ist Paolo nun untröstlich.«

»Ich weiß nicht, wie ich ihm helfen kann«, bedauerte Emma und vergaß fast, ihr Eis zu essen. »Ich meine, ich kann über das Fundbüro keine Suchanzeigen schalten. Das Onlineformular wird nur ausgefüllt, wenn man etwas gefunden hat. Also, falls jemand den Ring findet, dann erfahre ich das, aber sonst …«

»Paolo dachte an deinen Blog«, unterbrach er sie.

»Das Archiv der verlorenen Träume?«

Stefano nickte eifrig. »Ja, darum geht es doch dort, oder? Verlorene Sachen. Paolo sagt, er könnte dir ein Foto von dem Ring geben und eine Beschreibung. Eine Belohnung will er auch zahlen.«

Emma knabberte an ihrem Eis und dachte nach. Vor Kurzem hatte Kathrin sie etwas ganz Ähnliches gefragt: Ob sie das Archiv nicht um eine Rubrik für spezielle Gesuche erweitern wollte. Sie war darauf gekommen, weil sie in einem Antiquitätenladen arbeitete und selbst immer nach besonderen Stücken Ausschau hielt – bei Haushaltsauflösungen oder Auktionen.

»Die Menschen verlieren Dinge«, hatte sie gesagt. »Aber nicht ihre Erinnerungen daran. Manche suchen ihr ganzes Leben lang nach etwas, mit dem sie den Verlust ersetzen können. Wer zum Beispiel bei einem Hausbrand Möbel verloren hat, dem kann ich die Originale nicht wiederbeschaffen. Aber es besteht immer die Chance, vergleichbare Stücke zu finden.«

Ein Schokostückchen schmolz an Emmas Gaumen.

Sie lächelte Stefano an.

»Ja«, sagte sie. »Sag Paolo, er soll sich melden.«

Wenn sie ihm nicht weiterhelfen konnte, dann vielleicht der Bauer, dem das Maisfeld gehörte, oder Kolja von der Zeitung. So schwer konnte es doch nicht sein, einen verlorenen Ring zu finden.


Es gab noch eine Begegnung, die sie aufrüttelte, während Tom ihr mit Konsequenzen wegen ihres Archivs drohte und Dominik in der Klinik weilte, ohne von sich hören zu lassen. Sie vermisste ihn, mehr konnte sie nicht tun. Eines Abends – draußen regnete es in Strömen – klingelte Herr Friedrich an ihrer Tür.

»Guten Abend«, sagte er und schüttelte den Schirm aus. »Ich störe Sie ungern zu Hause, aber es ist wichtig.«

Sie bat ihren ehemaligen Chef herein. Sobald er den Wintergarten betrat, wo seine Grünlilie fleißig austrieb, begrüßte

Rocky ihn standesgemäß mit wildem Geflatter und erbostem Geschrei. »Ha, ha, halt die Fresse!«

»Achten Sie bitte nicht auf ihn.« Emma warf dem Papagei einen finsteren Blick zu. »So empfängt er jeden Besucher, den er nicht kennt. Ich versuche bislang vergeblich, es ihm abzugewöhnen.«

Herr Friedrich lächelte nachsichtig. »Mein Dackel zerkaut mit Vorliebe Schuhe oder bellt den Postboten an. Von beidem lässt er sich nicht abbringen.«

Emma schob die protestierende Luzie vom Sofa, damit sie sich setzen konnten. Verblüfft hörte sie sich an, was Herr Friedrich zu sagen hatte. Seit der Pensionierung engagierte er sich verstärkt für den Tierschutz in der Stadt, und was Tom mit dem Bickstädter Tierheim vorhatte, missbilligte er aufs Schärfste.

»Ich habe versucht, mich einzuschalten, um zwischen Herrn Brunner und Herrn Plischke zu vermitteln, aber es war nicht möglich«, berichtete er. »Dabei liegt mir viel daran, zu einer Einigung zu kommen. Ich glaube nämlich, dass Herr Brunner im Unrecht ist mit dem, was er vorhat.«

Während Emma Augen und Ohren aufsperrte, erzählte er ihr, dass das Grundstück, auf dem sich das Tierheim befand, zwar schon seit vielen Jahren der Gemeinde gehörte, der einstige Besitzer es jedoch nur unter Auflagen vererbt hatte.

»Das steht natürlich nicht im Grundbuch, aber es muss eine entsprechende Urkunde geben, in der das vermerkt ist. Mein Vorgänger im Amt hat es mir gegenüber einmal erwähnt. Für gemeinnützige Zwecke muss das Grundstück dem jeweiligen Nutzer kostenfrei überlassen werden, so war es vorgesehen. Da kann sich Herr Brunner nicht einfach darüber hinwegsetzen.«

»Weiß Lutz Plischke das?«

»Also von mir nicht.« Herr Friedrich seufzte bekümmert. »Sie kennen ihn ja und wissen, wie er sich aufführen kann.

Solange ich keine Beweise habe, dass diese Regelung existiert, fand ich es nicht angebracht, ihn einzuweihen.«

»Wir brauchen also diese Urkunde.«

Er nickte. »Sie muss irgendwo im Rathausarchiv sein.«

Emma rieb sich die Stirn.

Tom würde ausrasten, wenn er davon erfuhr.

Aber das tat er derzeit ohnehin ständig. Warum also sollte sie Rücksicht darauf nehmen? Schlimmer konnte es doch kaum werden, oder?

»Ich werde mich danach umsehen.«

»Haben Sie vielen Dank, Emma.« Er lächelte. »Ach, und übrigens ...«

»Ja?«

»Wenn Sie schon dort im Keller herumkramen, schauen Sie nach, ob Sie bezüglich der Bücherei nicht auch fündig werden. Das Bibliotheksgebäude ist ebenso lange in städtischem Besitz, und meines Wissens hat es früher einem Lehrerehepaar gehört. Vielleicht gibt es dazu ja eine ähnliche Vereinbarung. Das halte ich zumindest für möglich.«

Emma blinzelte ihm verschwörerisch zu. »Wenn es eine gibt, werde ich sie finden!«


Der Sommer legte eine Pause ein, das Wetter wurde stürmisch und nass. Nachdem Emma auf dem Weg zur Arbeit mit dem Fahrrad in den Regen geriet, zog sie sich eine üble Erkältung zu. Hustend und schniefend schleppte sie sich trotzdem ins Büro, weil es einfach zu viel zu tun gab.

Immerhin hatte ihre Erkältung den Vorteil, dass Tom ihr aus dem Weg ging und kein Problem damit hatte, wenn sie für Stunden ins Rathausarchiv abtauchte. Ihrer fadenscheinigen Begründung, was sie dort zu erledigen hatte, schenkte er kaum Aufmerksamkeit.

Trotzdem war Emma froh, als sie das gesuchte Schriftstück

endlich fand. Sie scannte die Nachlassurkunde ein und schickte Herrn Friedrich eine Kopie, damit er sich in die weiteren Verhandlungen mit Lutz Plischke einschalten konnte. So wie es aussah, würden Toms Pläne mit der »Außenstelle« bald platzen.

Für die städtische Bücherei konnte sie nichts Vergleichbares ausfindig machen. Aber dort lief der Betrieb aktuell unter den veränderten Bedingungen ziemlich gut weiter. Rosemarie sprühte vor Energie und war wie früher an der Rathauspforte ganz in ihrem Element: Sie hielt Schwätzchen mit den Leuten, tauschte interessante Neuigkeiten aus und hatte alles im Griff. Betty kam mit ihr besser zurecht als mit Agnes, die sie mitunter als streng und einschüchternd erlebt hatte. So war Rosemarie nie – direkt allerdings schon.

»Willst du nicht lieber gleich bei uns arbeiten, so oft wie du aus deinem Büro flüchtest?«, fragte sie Emma unverblümt in der Mittagspause. »Ehrlich, ich verstehe nicht, wie du es mit dem Schnösel aushältst. Keine Minute würde ich den Kerl ertragen! Wenn du mich fragst, siehst du auch nicht sehr glücklich aus, seit du seine Assistentin geworden bist und ständig mit ihm zu tun hast.«

Rosemaries Worte summten durch Emmas Kopf, als sie abends mit von der Erkältung leicht schummrigem Kopf und tränenden Augen am Laptop saß, um Blognachrichten zu beantworten.

Nein, sie war nicht glücklich mit ihrem Job.

Ganz und gar nicht.

Anfangs war sie stolz gewesen auf die Beförderung – und dass Tom ihr so viel mehr zutraute als sie sich selbst.

Er hatte sie angespornt.

Auch manche seiner Komplimente hatten ihr gutgetan.

Aber für all das, was sich in den letzten Wochen in ihrem Leben und Alltag zum Positiven verändert hatte, war nicht Tom Brunner verantwortlich, sondern allein sie selbst.

Es waren ihre Kreativität, ihre Tatkraft, die sämtliche Veränderungen in Gang gesetzt und all das Aufregende und Gute in ihrem Leben bewirkt hatten.

Ihre Ideen. Ihre Einfühlsamkeit. Ihr Mut.

Tom dagegen torpedierte sie permanent.

Das durfte sie nicht zulassen.

Vor allem ihren Mut würde sie noch brauchen – um den Schritt zu gehen, der ihr plötzlich unausweichlich schien.

Sie warf einen Blick auf die Uhr. Halb zwölf. Draußen nieselte es noch immer.

Emma öffnete ein leeres Dokument und begann zu tippen.

# 19

»Du hast ... was getan?« Dominik blieb mitten auf dem schmalen Weg, der durch die Gartenanlage der Klinik führte, stehen und starrte Emma schockiert an.

»Gekündigt«, sagte sie.

Wie befreiend es sich anfühlte, das auszusprechen. Trotz der leisen Zukunftsangst, die sie zwischendurch befiel, seit sie Tom am Freitagnachmittag die Kündigung auf den Schreibtisch gelegt hatte. Es war die mutigste Entscheidung, die sie je getroffen hatte.

»Oh, Emma ...«

»Mach dir keine Gedanken um mich. Tom kann mir schlecht den Kopf abreißen, wenn er die Kündigung am Montagmorgen vorfindet. Und ja, das Ganze war vielleicht ein bisschen spontan, aber im Grunde unvermeidbar.«

»Warum?«

»Weil Tom und ich nun mal völlig gegensätzliche Vorstellungen haben. Ich will nicht mehr für jemanden wie ihn arbeiten. Mir sind Menschen wichtiger als Kosten und Zahlen auf Papier.«

Aber eigentlich wollte sie gar nicht über sich reden.

»Mich interessiert viel mehr, wie es dir geht.«

»Am Anfang war es schwer.«

Sie näherten sich einer Sitzgruppe zwischen Kastanienbäumen, und Dominik blickte in den Himmel, wo ein Schwarm Krähen vorüberzog. Heiseres Krächzen hallte zu ihnen herüber.

»Ich habe mir pausenlos Vorwürfe gemacht, dass ich wieder hier gelandet bin. Dass ich es nicht geschafft habe, trocken zu bleiben. Bis ich begriffen habe, dass ich es gar nicht schaffen konnte.«

»Was meinst du?«

»Na ja, Tobis Tod, meine Schuld an der Sache ...« Er schob die Hände in die Hosentaschen. »Ich habe mich dem, was damals passiert ist, nie wirklich gestellt. Ich habe es verdrängt, nicht verarbeitet. Es konnte gar nicht funktionieren. Es war nur eine Frage der Zeit, bis das Kartenhaus zusammenbrechen musste.« Er schwieg einen Moment. »Mehr war mein Leben doch bis zuletzt nicht. Ein flüchtig errichtetes Kartenhaus. Ohne jeden tieferen Sinn.«

»So siehst du es?«, fragte Emma betroffen.

»Siehst du es anders?«

»Allerdings!« Jetzt kam sie in Fahrt. »Du hast dich jahrelang schuldig gefühlt für etwas, wofür du nichts konntest. Es wird Zeit, dass du damit aufhörst! Tobias' Tod war ein Unfall – und wenn er wirklich ein so guter Freund für dich war, hätte er niemals gewollt, dass du dir die Schuld an allem gibst.«

»Wow.« Dominik grinste. »Ich glaube, meine Therapeutin würde dich mögen. Sie hat mir genau dasselbe an den Kopf geworfen, nur mit Fragezeichen am Ende.«

»Für mich gibt es da kein Fragezeichen.«

»Ich weiß. Das Universum und so ...«

Sie musste lachen. »Genau.«

»Willst du dich setzen?« Er zog eine Schachtel Players hervor und ließ das Feuerzeug aufschnappen.

Emma nahm auf der Bank unter der Kastanie Platz. Der

Wind auf ihrer Haut war warm und sanft. Wenn sie den Kopf in den Nacken legte, konnte sie durch das schattige Blätterdach den Augusthimmel sehen.

Aber noch lieber sah sie Dominik beim Rauchen zu.

Sie war froh, dass er sich gemeldet hatte. Über vierzehn Tage hatte Funkstille zwischen ihnen geherrscht, bis er sie angerufen und um einen Besuch gebeten hatte.

»Wann wirst du entlassen?«

»Voraussichtlich nächsten Freitag. Freddy hat angeboten, mich abzuholen.« Er nahm einen tiefen Zug und drückte die Zigarette dann im Aschenbecher neben der Bank aus. »Aber ich denke, ich fahre mit der Bahn. So wie ich hergekommen bin.«

Nichts hatte sich verändert. Seine Unabhängigkeit ging ihm über alles.

»Schick mir eine Nachricht, wann du ankommst«, sagte sie.

»Warum, willst du mich am Bahnhof empfangen?«

»Purer Eigennutz.« Sie lächelte. »Ich musste schon mehrere Freitage mit Essen aus der Mikrowelle überbrücken.«

»Verstehe. Dir fehlt ein Koch.«

Es war der richtige Ton, um ihn zu erreichen.

Mit jeder Minute entspannte er sich mehr. Es war schön, Seite an Seite mit ihm zu sitzen. Sein Gesicht war leicht gebräunt und nicht mehr so blass, offenbar verbrachte er viele Stunden im Freien. Im hinteren Bereich der Gartenanlage gab es einen Sportplatz mit Basketballfeld, vielleicht spielte er dort mit Mitpatienten.

Geschickt wie immer schaffte er es, das Gespräch bald wieder von sich abzulenken und auf ihr Leben zu bringen. »Wie geht es dann jetzt bei dir weiter?«

»Zunächst werde ich wohl Urlaub nehmen.« Sie hatte nicht fristlos, sondern regulär zum Quartalsende im September gekündigt, was zu Toms Ärger dennoch bedeuten würde, dass sie ihm nur noch wenige Tage zur Verfügung stand. »Mein kompletter Jahresurlaub ist noch offen.«

»Und danach? Was willst du machen?«

»Das, was ich schon seit einer Weile mache«, sagte sie. »Mein Archiv der verlorenen Träume weiterführen und ausbauen.«

»Beruflich?«

Emma hoffte es. »Sandras Mann hat mich mit Infos versorgt, wie ich mich selbstständig machen kann. Dank ihm weiß ich schon, wie man einen Businessplan aufstellt, sollte ich irgendwann einen benötigen. Vorerst versuche ich, alles über Sponsoren zu regeln.«

Valentin, der Kinobetreiber, hatte bereits zugesagt, sie zu unterstützen. Vielleicht konnte sie auch das Bickstädter Busunternehmen überzeugen, das Hotel und Café am Markt, Paolos Trattoria und ein paar andere kleine Läden.

»Außerdem habe ich jetzt ein Konto für Verkaufserlöse und Spenden eingerichtet. Mal sehen, wie das anläuft.«

Crowdfunding war eine weitere Möglichkeit, wie sie seit Koljas Aktion mit dem Bücherhäuschen wusste. Ein bisschen Geld hatte sie in den letzten Jahren auch gespart, so schnell würde sie nicht aufgeben müssen. Und falls sich herausstellte, dass das Archiv auf Dauer nicht genügend einbrachte, um davon leben zu können, musste sie sich eben wieder einen Job suchen. Gerade in diesem Jahr hatten so viele Kollegen und Menschen, die sie kannte, bewiesen, dass es möglich war, eine andere Stelle zu finden und irgendwo erfolgreich neu anzufangen – Fred, Agnes, Rosemarie … warum sollte ihr das nicht gelingen?

Vielleicht waren auch Schreibkurse eine Möglichkeit. Hanno hatte sie neulich darauf hingewiesen, dass sowohl an dem Gymnasium, wo er unterrichtete, als auch an der Volkshochschule derzeit keine Kurse in Kreativem Schreiben angeboten wurden. Nachfrage dazu bestand aber sehr wohl. Er hatte sie gefragt, ob sie sich vorstellen könne, mit ihm gemeinsam so etwas anzubieten. Ihre Liebe zum Schreiben und Geschichtenerzählen auf diesem Weg weitergeben zu können, schien Emma eine verheißungsvolle Idee – sie musste sich nur erst noch in die Grundlagen einarbeiten, weil sie bis auf die Schulungsmaßnahmen im Rathaus, zu denen Tom sie gedrängt hatte, zuvor nie unterrichtet hatte.

Oder vielleicht ... vielleicht würde sie das Abenteuer wagen, einen Roman zu schreiben. Daran dachte sie in letzter Zeit immer öfter. Die Zukunft lag jedenfalls wie ein bunter Strauß an Möglichkeiten vor ihr. Emma war gespannt, welche das Herauspicken lohnten.

»Es wird sich schon alles fügen«, sagte sie.

»Bei dir bestimmt.«

»Was willst du damit sagen?«

»Dass du dich täuschst, wenn du glaubst, es hat etwas mit Magie zu tun. Es sind die Entscheidungen, die wir im Leben treffen. Richtige oder falsche.« Dominik lehnte sich vor und starrte auf seine abgewetzten Sportschuhe. »Ich habe übrigens auch eine Entscheidung getroffen.«

Nachdenklich betrachtete sie das verknotete Lederband in seinem Nacken. Das war neu. Seit wann trug er es? Plötzlich ahnte sie, worum es bei seiner Entscheidung ging.

»Denkst du an eine Motorradreise nach Portugal?«

»War anscheinend nicht schwer zu erraten, hm?«

»Nein.« Sie schluckte. »War es nicht.«

»Ich hätte damals schon fahren sollen. Nach Tobis Tod.«

»Vielleicht.« Wer wusste, wie es ausgegangen wäre? Hätte es Dominik geholfen, die Tragödie besser zu verkraften? Oder wäre er unterwegs an seinen Selbstvorwürfen gescheitert? Das Wort »Unfall« kam ihm ja bis heute schwer über die Lippen.

»Es ist nicht leicht, einen Traum, den man lange gemeinsam geträumt hat, allein wahr zu machen«, sagte sie vorsichtig.

Er nickte. »Schlimmer ist es nur, ihn gleich zu begraben. Als würde das irgendetwas ändern …« Seine Schultern spannten sich an. Dann richtete er sich auf, holte einmal tief Luft und wandte sich ihr zu. Sah ihr fest in die Augen. »Mir ist bewusst, welches Risiko ich eingehe, wenn ich allein zu dieser Tour aufbreche. Aber ich habe es schon viel zu lange aufgeschoben. Ich muss fahren.« Er zog das Lederband unter seinem T-Shirt hervor und zeigte ihr die beiden Anhänger daran – das T und das D. »Ich bringe sie dorthin, wo Tobi und ich zusammen hinwollten.«

»Weil du denkst, dass du ihm das schuldig bist?«

»Nicht nur.« Da war ein Hauch von Wehmut in seinem Blick. »Ich bin es vor allem mir selbst schuldig.«

Sie verstand.


Der Rest ihres Gesprächs verlief lockerer.

Dominik erkundigte sich nach Lenny, und Emma fiel ein, dass sie ein gemaltes Bild von ihm in der Tasche hatte. »Hier, das hat er mir für dich mitgegeben.« Er hatte zwei wuschelige Klumpen im Gras gezeichnet, die Lolek und Bolek darstellen sollten.

»Luzie hat sich geweigert, Modell zu stehen, und ist in den Nachbargarten abgehauen. Sonst hätte er sie dazugemalt. Ich soll dir viele Grüße ausrichten, auch von Kathrin.«

Auf dem Handy hatte sie außerdem Fotos von Lennys Schulanfang. Hinter der Schultüte war sein fröhliches Grinsen kaum zu sehen. »Schade, dass du seinen großen Tag verpasst hast.«

»Ja, leider.«

»Lenny ist fest entschlossen, so schnell wie möglich lesen zu lernen«, berichtete sie. »Damit er seiner Oma und den anderen Bewohnern im Heim vorlesen kann. Er meint, dann wäre es nicht schlimm, wenn sie dauernd ihre Brillen verlegen.«

Dominik lachte leise.

Sie erzählte ihm auch von der Schatzsuche im Maisfeld, zu der Paolo ganze Schulklassen angestiftet hatte. »Der Bauer hat zugestimmt, aber erst, nachdem das Feld abgeerntet war. Einen Samstag lang haben die Kinder mit einigen Eltern und Lehrern jeden Erdbrocken umgedreht, um den vermissten Ring zu finden. Irgendjemand hatte sogar einen Metalldetektor dabei.«

»Mit Erfolg?«

»Ja!« Natalie war die stolze Finderin gewesen, das Mädchen mit der Zahnspange, das bei Emma einst die Geldbörse des Paketboten abgeliefert hatte. »Sie scheint, ähnlich wie ich, ein Gespür für verlorene Dinge zu haben.«

»Tja, wenn du irgendwann eine Nachfolgerin brauchst ...«

Paolo hatte den suchenden Kindern anschließend Pizza und Eis spendiert, was für Begeisterung gesorgt hatte. Die Belohnung wollte Natalie nicht für sich behalten. »Sie hat mit ihrer Klasse beschlossen, eine Tierpatenschaft für das Geld zu übernehmen.«

Wieder musste Emma etwas weiter ausholen, um Dominik auf den Stand der Dinge zu bringen. »Das Bickstädter Tierheim wird weitergeführt. Nicht als Außenstelle der Kreisstadt, sondern eigenständig, wie bisher auch. Es gab da ein Dokument, das die Mietfreiheit garantierte ...« Es war ein Triumph für die Tierschutzinitiative gewesen. »Lutz Plischke hat bereits das erste Tier aufgenommen. Du errätst nie, um was es sich handelt!«

»Eine Boa constrictor?«

Sie schüttelte den Kopf.

»Ein Waran? Eine Vogelspinne?«

»Nein, ein Esel!«

Dominik brach in schallendes Gelächter aus. »Stell dir vor, den hätte es damals schon gegeben, als Plischke den Zoo in dein Auto geladen hat ...«

»Sehr witzig.« Sie funkelte ihn an. »Jedenfalls hat Natalies

Klasse ein Jahr die Patenschaft für den armen, verwahrlosten Esel übernommen. Weil er vermutlich nicht vermittelt werden kann, sondern dauerhaft dort einzieht. Sie haben ihn Rucio getauft, nach dem Esel von Sancho Panza.«

»Und Plischke spielt Don Quijote?« Dominik grinste. »Na, wenigstens hat er ein neues Maskottchen – nachdem du Rocky und Luzie behalten hast.«

Auch vom mehr als gelungenen Start des Schreibwettbewerbs erzählte sie ihm. »Das Thema lautet *Fundstücke.*«

Das war nicht ihr Vorschlag, sondern Hannos gewesen. Seiner Ansicht nach war ihr Archiv der verlorenen Träume das beste Beispiel für die Vielfältigkeit des Themas.

Mehrere Geschichten waren schon eingetroffen. Rosemarie sammelte die Texte in der Bücherei bis zum Einsendeschluss, dem Ende der Herbstferien. Anschließend würden sie alle eingegangenen Beiträge sichten und bewerten. Die feierliche Preisverleihung und Lesung der Gewinnertexte sollte dann im Advent in der Aula des Gymnasiums stattfinden.

»Wenn ich dir zuhöre, habe ich den Eindruck, seit Monaten in der Klinik zu sein«, sagte Dominik, nur teilweise im Scherz. »Kommst du überhaupt noch zum Schlafen?«

»Deutlich weniger als früher«, gab sie zu. »Der Trubel ist manchmal schon verrückt.«

»Das sollte keine Kritik sein! Ich finde es toll, was du auf die Beine stellst.« In seinem Blick lag so viel Herzlichkeit und Wärme, dass ihr Puls ein bisschen schneller schlug.

»Eigentlich mache ich gar nichts«, sagte sie. »Es passiert einfach so.«

»Gar nichts passiert einfach so.«

Sie knuffte ihn gegen die Schulter. »Hey, das mit dem Schicksal und dem Universum ist mein Part, nicht deiner.«

Lachend zündete er sich noch eine Zigarette an.

Die Krähen waren verschwunden. Wolken zogen am Himmel auf, und der Wind ließ die Kastanienblätter über ihren Köpfen rascheln. Vielleicht war es auch ein Eichhörnchen, das im Verborgenen über die Äste sauste.

»Danke, dass du gekommen bist.«

»Ich habe darauf gewartet, dass du anrufst.« Scheu sah sie ihn von der Seite an. »Du hast mir gefehlt.«

Er rauchte und schwieg.

»Geht es dir wirklich gut?«

»Ja«, sagte er. »Besser als seit Ewigkeiten.«

»Das freut mich.«

»Mich auch, glaub mir.«

Natürlich glaubte sie ihm. Er wirkte stärker, innerlich gefestigter als vor seinem Unfall. Und dass sie sich für ihn freute, war auch nicht gelogen. Aber gleichzeitig erfüllten sie Traurigkeit und leise Angst.

Dominik war zweifellos auf einem guten Weg. Dem einzigen Weg, der für ihn richtig war. Trotzdem konnte ein Teil von Emma nur daran denken, dass die neue Richtung, die er eingeschlagen hatte, ihn bald von ihr fortführen würde.

Sehr weit fort.

Vielleicht … unerreichbar weit.

An jenem Freitag im März war er so unerwartet in ihr Leben geplatzt wie die Menschen und Geschichten zu den besonderen Fundstücken. Aber Dominik hatte nie von ihr gefunden werden wollen. Stattdessen hatte er immer nur weggewollt. Weg von seiner Vergangenheit und den Erinnerungen.

Bei der Vorstellung, ihn gehen zu lassen und für Wochen oder Monate nicht zu sehen, wurde ihr das Herz schwer. Aber wenn er ihr wirklich etwas bedeutete, durfte sie ihn nicht festhalten. Sie musste ihn ziehen lassen.

# 20

Verdutzt stand Emma am Dienstagmorgen vor dem Rathausportal und starrte die geschlossene Flügeltür an.

Hatte sie sich vertippt?

Erneut gab sie den vierstelligen Sicherheitscode ein, aber vergeblich. Das Lämpchen schaltete nicht auf Grün. Die Tür blieb verschlossen. Im Grunde konnte das nur eines bedeuten: Tom hatte den Code der Schließanlage geändert, ohne ihr Bescheid zu geben.

Emma seufzte. War das seine verspätete Rache, ihr für die Kündigung eins auszuwischen?

Gestern hatte sie mit seiner Wut gerechnet, mit Ärger und vielleicht auch Gebrüll – aber da hatte er sie mit eisigem Schweigen behandelt und sich den ganzen Tag über in seinem Büro verschanzt.

Emma wandte den Kopf. Toms Porsche stand noch nicht auf dem Parkplatz. Aber soeben trottete der Azubi, dem sie vor einiger Zeit mit einem Schrankschlüssel aus dem Fundbüro ausgeholfen hatte, die Freitreppe hoch.

»Guten Morgen«, grüßte sie ihn freundlich. »Offenbar habe ich heute ein Problem mit der Tür.«

»Emma …« Bei ihrem Anblick wurde er blass. »Ich darf dich nicht mit reinnehmen.«

Bitte? Was sollte das denn heißen?

243

»Der Chef hat gestern Nachmittag angeordnet, dass du ab sofort Hausverbot hast.«

»Ich habe was?«

»Hausverbot. Weißt du nichts davon? Das ging als Rundmail an alle Abteilungen, kurz vor Feierabend.«

Emma konnte es nicht fassen. Was bezweckte Tom mit dieser Aktion hinter ihrem Rücken?

Der Azubi sah sie unglücklich an. »Tut mir leid.« Anscheinend bereute er es, heute pünktlich gewesen zu ein.

»Schon gut«, murmelte sie. »Du kannst ja nichts dafür.«

Dann würde sie Tom eben hier draußen abpassen. Irgendwann musste er ja auftauchen, damit sie ihn persönlich zur Rede stellen konnte. Von stummem Trotz erfüllt setzte Emma sich auf die Stufen und wartete.

Als Tom zwanzig Minuten später vorfuhr, war die komplette Rathausbelegschaft bereits an Emma vorbeimarschiert, und sie fühlte sich angesichts der vielen entsetzten und mitleidigen Gesichter, in die sie geschaut hatte, hundeelend.

»Was soll das, Tom?«, fuhr sie ihn an. »Musst du mich vor allen lächerlich machen, indem du mich aussperrst?«

»Lächerlich ist daran gar nichts«, sagte er. »Dachtest du, ich lasse dich hier weiterhin rein- und rausspazieren, nach dem, was du getan hast?«

»Dass ich gekündigt habe, ist doch kein Grund fü...«

»Ich rede nicht von deiner Kündigung«, schnitt er ihr das Wort ab.

»Wovon redest du dann?«

»Von deinen Diebstählen im Fundbüro! Davon, dass du mich und die Gemeinde wochenlang beklaut hast!«

Ein Kübel Eiswasser über dem Kopf hätte Emma nicht heftiger schockieren können. Tom hatte ihr schon einmal Konsequenzen angedroht, machte er seine Drohung jetzt wahr?

Auf einmal fühlte sie sich vollkommen hilflos. »Du weißt genau, dass das nicht stimmt.«

Die Angst in ihrer Stimme war nicht zu überhören, und Tom weidete sich geradezu daran.

»Ach, Emma. Für Ausflüchte ist es jetzt ein bisschen zu spät. Sieh ein, dass du verloren hast.«

»Nein, das …«

»Ich habe mich in der Angelegenheit gestern ausführlich mit meinem Anwalt beraten und entschieden, Strafanzeige gegen dich zu stellen.«

O Gott, er meinte es ernst. Panik erfasste Emma. Was sollte sie bloß tun?

»Frau Müller wird mir helfen, den finanziellen Schaden zu berechnen, der durch dich entstanden ist.« Tom warf einen betont beiläufigen Blick auf die Uhr. »Sie hat gleich einen Termin bei mir, also lass mich vorbei. Wir sehen uns dann demnächst vor Gericht.«

»Nein!« Emma stellte sich ihm in den Weg. »Bitte, das kannst du nicht tun …«

»Und ob ich das kann«, sagte er kalt.

»Tom!«

»Dein verdammtes Archiv ist bald Geschichte! Du hättest auf mich hören sollen.« Da war kein Fünkchen Entgegenkommen in seinen Augen, nur blanker Triumph. Vielleicht auch eine Spur Verachtung. »Hast du wirklich geglaubt, du könntest dich mit mir anlegen? Ausgerechnet du?«

Reglos ließ Emma es zu, dass er an ihr vorbeiging.

Sie fragte sich, wie sie je auf sein Äußeres und seinen Charme hatte hereinfallen können.

Tom Brunner war dabei, alles kaputt zu machen, was ihr am Herzen lag – und Emma hatte nicht die geringste Ahnung, wie sie ihn aufhalten konnte. Sie konnte ja nicht einmal mehr das Rathaus betreten.

Sie verkroch sich zu Hause auf dem Sofa und heulte sich die Augen aus, während Luzie um sie herumstrich und unablässig maunzte.

Das Telefon, das mehrmals im Laufe des Tages klingelte, ignorierte Emma ebenso wie die Türglocke am Nachmittag. Nein, sie würde nicht öffnen! Vermutlich war das die Polizei, die sie wegen Toms Strafanzeige befragen wollte. Würde man sie festnehmen? Vielleicht wollten die Beamten auch die Fundsachen sicherstellen, und Emma würde niemals mehr herausfinden können, wem die Dinge gehörten ...

»Hallo, sind Sie da?« Jemand stand vor der Glastür, die in ihren Garten führte, und klopfte gegen die Scheibe.

Emma zuckte zusammen. Presste das Gesicht tiefer ins Kissen und hoffte, dass man sie nicht sah. Luzie sprang vom Sofa. Ihre Katzenkrallen kratzten über das Parkett, als sie den Besucher mit lautem »Miau« begrüßte.

»Emma, bitte öffnen Sie mir!«

Sie hob den Kopf. Die Stimme kannte sie doch ... »Herr Friedrich?«

»Ja.« Der weiße Haarkranz leuchtete in der Sonne, und sein gutmütiges Gesicht sah gerötet und leicht verschwitzt aus. »Ich überfalle Sie ungern auf diese Weise, aber ich muss dringend mit Ihnen reden.«

Also hatte er auch schon gehört, was passiert war.

Resigniert stand Emma auf, schlurfte zur Glastür und ließ ihn herein. »In Wahrheit war alles ganz anders«, begann sie.

»Oh, ich weiß, wie es war.« Jetzt wirkte der ehemalige Rathauschef grimmig. »Dieser Mistkerl wird nicht damit durchkommen, glauben Sie mir!«

Emma traute ihren Ohren nicht, als er ihr berichtete, was heute im Rathaus stattgefunden hatte.

»Frau Müller hat ein konspiratives Treffen einberufen, um meinem Nachfolger das Handwerk zu legen. Man hätte Herrn

Brunner vor der Einstellung besser überprüfen sollen, aber der Stadtrat fand ihn damals sehr überzeugend. Nun ja, egal, wessen Versäumnis es am Ende war ... Tatsache ist, alle im Rathaus empfinden ihn als Fehlbesetzung.«

Er wischte sich mit einem Stofftaschentuch über die Stirn. »Die lukrativen Geschäfte, die Herr Brunner so gern tätigt, geschehen jedenfalls aus Eigennutz. Er pflegt enge Kontakte zu den Firmen, denen er städtische Aufträge erteilt. Seinem Bruder gehört beispielsweise das Autohaus, von dem der neue Dienstwagen stammt, und für die Schließanlage hat er sogar eine Art Provision kassiert. Entsprechend lief es bei der Stadtverwaltung, wo Herr Brunner zuvor beschäftigt war. Und das sind nur die Details, die Frau Müller in kürzester Zeit herausfinden konnte. Sicher gibt es noch mehr.«

Emma musste sich setzen. »Tom hat sich auf Bickstädts Kosten persönlich bereichert?«

Herr Friedrich schnaubte. »In einem Ausmaß und mit einer Dreistigkeit, die man sich kaum vorstellen kann! Frau Müller vermutet, dass er manche Verträge sogar rückdatiert hat, um noch mehr Geld herauszuschlagen. Sie will versuchen, das zu beweisen. Vielleicht könnten Sie ihr dazu sein persönliches Passwort zukommen lassen?«

Sie nickte. »Ja, ich ...«

»Wir sind alle auf Ihrer Seite, Emma. Alle kämpfen für Sie! Plischke sammelt sogar Unterschriften und fordert, dass Sie Ihre Stelle im Rathaus behalten.«

Allmählich sickerte die ganze Tragweite seiner Worte zu Emma durch. Sie begriff, wie sehr er und einige andere Menschen sich gerade für sie engagierten. Nur ... änderte das an Toms Macht und ihrer Situation irgendwas?

Wie sollte ihr das helfen?

»Verstehen Sie nicht?« Herr Friedrich lächelte. »Wir werden ihn dazu bringen, die Strafanzeige gegen Sie zurückzuziehen, falls er es überhaupt wagt, eine zu stellen. Was Sie getan haben, war vielleicht nicht ganz korrekt, und es hätte vorab einer schriftlichen Vereinbarung bedurft, aber Korruption in solcher Form ist ein anderes Kaliber.«

Er war überzeugt, dass das Tom Brunner ebenfalls klar war.

»Der Mann wird seinen Platz räumen, nicht Sie! Bitte geben Sie Ihren Kollegen noch ein paar Tage Zeit. Wir lassen Herrn Brunner damit nicht durchkommen.«

»Danke.« Emma schluckte.

Es war schön zu hören, dass die Kollegen sich so sehr für sie einsetzten, und sie freute sich darüber mehr, als sie in Worte fassen konnte. Wenn es bedeutete, dass sie ihr Archiv der verlorenen Träume weiterführen durfte, war es außerdem das allergrößte Glück!

Aber es änderte ja nichts daran, dass sie wegen Tom bereits gekündigt hatte.

Herr Friedrich sah sie lange und nachdenklich an. »Emma, darf ich Ihnen eine Frage stellen?«

»Natürlich.«

»Was wäre, wenn … es diese Kündigung nicht gäbe? Alle, mit denen ich im Rathaus gesprochen habe, wünschen sich, dass Sie zurückkommen. Niemand kann sich vorstellen, dass Sie nicht mehr für unser Fundbüro zuständig sind.«

Emma holte tief Luft, aber in ihrem aufgewühlten Zustand war sie zu keinem klaren Gedanken fähig.

»Versprechen Sie mir, darüber nachzudenken.« Herr Friedrich drückte ihr aufmunternd die Hand. »Ich komme wieder, sobald ich Neuigkeiten habe, und frage Sie dann noch einmal.« Verschmitzt fügte er hinzu: »Und wenn Sie auf mein Klingeln hin die Haustür öffnen, verspreche ich auch, nicht wieder wie ein Einbrecher durch Ihren Garten zu schleichen.«

Emma lächelte matt. Herr Friedrich war zweifellos der netteste Einbrecher, den sie kannte.

Zwei Tage voller Bangen und Hoffen folgten.

Ängste und Zweifel plagten Emma.

Würde sie das Blogarchiv löschen müssen, in das sie so viel Zeit und Energie investiert hatte? Würden sich ihre Träume und wundervollen Pläne in Luft auflösen, weil Tom all das Gute zerstörte, was sie damit schon erreicht hatte?

Ein einziges Mal schaffte sie es, den Laptop anzuschalten, um ihre Nachrichten durchzusehen. Der neueste Kommentar im Blog stand unter der italienischen Brosche und enthielt ein Foto – Moni vom Blumeneck hatte es angehängt. Sie und ihre Schwester verbrachten gerade einen gemeinsamen Kurzurlaub an der Riviera. DANKE VON HERZEN, stand darunter, flankiert von zwei Smileys mit Herzaugen.

Monis glückliche Rückmeldung bestärkte Emma darin, dass das, was sie tat, das Richtige war. Sie gab ihr Mut und genügend Kraft, um das endlose Warten durchzuhalten, bis am Freitag wieder Herr Friedrich vor der Tür stand.

Dieses Mal war er nicht allein gekommen. Frau Müller stand in einem ihrer adretten Blazer neben ihm und lächelte Emma über den steifen Blusenkragen hinweg an. In der rechten Hand hielt sie eine Schriftmappe. »Er ist weg«, sagte sie.

»Tom?« Emma konnte es kaum glauben.

Aber laut Herrn Friedrich hatte Tom das Chefbüro ziemlich abrupt geräumt, nachdem er mit den Beweisen konfrontiert worden war, die gegen ihn vorlagen.

»Sein Anwalt wird in nächster Zeit wohl Besseres zu tun haben, als Ihnen Scherereien zu machen. Sollten Sie dennoch von ihm hören, legen Sie einfach das Schriftstück vor.«

Ehe Emma nachfragen konnte, wovon er sprach, öffnete Frau Müller ihre Mappe und hielt Emma ein förmliches Schreiben mit dem Briefkopf des Rathauses hin.

»Was ist das?«, fragte sie verwundert.

»Eine Vereinbarung, die ich mit Ihnen geschlossen habe«,

sagte Herr Friedrich. »Zu einer Zeit, als Herr Brunner noch gar nicht im Dienst war. Damit sollten Sie auf der sicheren Seite sein.« Er blinzelte Frau Müller zu. »Zumindest sagt das die Expertin für rückdatierte Verträge. Unterschreiben müssen Sie natürlich noch.«

Atemlos überflog Emma die Zeilen. Es war eine offizielle Vereinbarung, die ihr gestattete, über den Verbleib jener Fundsachen nach eigenem Ermessen zu entscheiden, die bis zum Ablauf der gesetzlichen Lagerfrist nicht aus dem städtischen Fundbüro abgeholt worden waren.

Sie nahm den Kugelschreiber, den Frau Müller ihr reichte, und unterschrieb auf der Stelle die beiden Exemplare des Schriftstücks. Eines behielt Emma, das andere schob Frau Müller in die Mappe zurück.

»Damit wären wir wohl quitt«, sagte sie vergnügt.

Emma dachte an den Tag zurück, als sie ihr den kleinen, bemalten Holzelefanten gebracht hatte. Sie erinnerte sich noch sehr gut daran.

»Ach, übrigens«, Frau Müller erwiderte Emmas spontanes Lächeln, »ich heiße Regine.«

Herr Friedrich rieb sich zufrieden die Hände. »Dann wäre da nur noch die Frage, ob und wann Sie zu uns ins Rathaus zurückkehren ...«

Emma holte tief Luft. Sie hatte sich etwas überlegt, wusste aber nicht, ob das möglich sein würde. »Ich möchte gern ins Fundbüro zurück. Aber am liebsten nur mit einer Halbtagsstelle. Dann könnte ich die Arbeit dort weitermachen und hätte trotzdem noch genug Zeit für mein Archiv der verlorenen Träume.«

Oder andere Dinge, die ihr wichtig waren. Zum Beispiel der Roman, den sie schreiben wollte.

Herr Friedrich nickte bedächtig. »Ich bin sicher, das sollte sich einrichten lassen.«

»Das entscheidet dann der neue Verwaltungsleiter, oder? Es kommt darauf an, was der zukünftige Rathauschef davon hält.«

Emma verstummte. Warum schmunzelte er so?

»Vorläufig ist der neue Chef der alte«, erklärte Regine Müller. »Herr Friedrich hat sich bereit erklärt, das Amt wieder zu übernehmen, bis Ersatz gefunden ist.«

»Ich gebe zu, ich musste zuerst meine Frau fragen, was sie davon hält. Aber wie sich herausstellte, ist sie froh, wenn sie mich tagsüber eine Weile los ist.« Er lachte. »Ich bin ihr daheim wohl nicht beschäftigt genug.«

Eine Assistentin würde er nicht brauchen – seine bisherige Sekretärin hatte mitgeteilt, dass sie ihre Krankschreibung nicht verlängern würde und ab Montag wieder zur Arbeit kam.

»Also, das ist ja ...«

Emmas Handy klingelte auf der Flurkommode.

Siedend heiß fiel ihr ein, dass sie Dominik versprochen hatte, ihn am Bahnhof abzuholen.

Sie bedankte sich überschwänglich. »Verzeihen Sie mir, aber ich muss unbedingt los!«

Während sie gleich darauf zum Bahnhof stürmte, ging ihr auf, dass sie nicht bloß zu spät kommen würde, sondern für das Freitagskochen nicht einmal etwas im Haus hatte. Diese ganze Woche war derart verrückt gewesen, dass sie das Einkaufen völlig vergessen hatte.

Dann musste sie Dominik eben auf eine Pizza einladen. Zur Feier seiner Klinikentlassung und ihrer Nichtkündigung.

# 21

Unmittelbar nachdem Dominik aus der Therapie zurück war, begann er seine Abreise vorzubereiten.

Er verschwendete keine Minute.

Freddy kannte einen Mechaniker, von dem er die Unfallschäden am Passat beheben ließ und der auch das Motorrad gründlich durchcheckte, bevor Dominik es wieder anmeldete. Er war seit Jahren nicht gefahren, aber die Z750 hatte ihre ausgedehnte Winterschlafphase recht gut weggesteckt, und er hielt sie für tourentauglich. Von einem Fahrsicherheitstraining, das er vorsorglich absolvierte, kam er völlig euphorisiert zurück.

»Ich hatte vergessen, wie genial es sich anfühlt.« Seine Augen leuchteten, als er den Helm abnahm und sich durchs Haar fuhr. »Wirklich, es ist mit nichts zu vergleichen.«

Er schränkte seine Taxijobs drastisch ein, um mehr Zeit für die Reiseplanung zu haben.

»Du kannst den Passat haben, wenn ich weg bin«, bot er Emma an.

»Bitte?«, fragte sie perplex.

»Er ist repariert, hat TÜV, und die Versicherung ist für dieses Jahr auch schon bezahlt. Du hast kein Auto und wohnst am Arsch der Welt.«

»Ich wohne nicht …«

»Zu dir in die Parksiedlung fährt nicht mal ein Bus! Willst

du im Winter bei Minusgraden deine Einkäufe aufs Rad packen? Oder die Tiere, falls du zum Tierarzt musst?«

Sie stellte sich kurz vor, wie sein Auto in ihrer Einfahrt stand und sie an ihn erinnern würde, während er unterwegs war – und stimmte zu.

»Soll ich dir vorher noch ein paar Fahrstunden geben?«

»Traust du mir das nicht zu?«

»Na ja, es ist kein Automatik ...«

»Ich kann fahren!«

Nach einer Proberunde um die Häuser war sie dann doch froh, mit ihm geübt zu haben, ehe sie das erste Mal allein zu einem Ausflug in die Stadt startete.

Sogar die Tiere spürten, dass etwas in der Luft lag.

Immer wenn Dominik kam, wich Luzie ihm nicht von der Seite oder legte sich auf seine Motorhaube, als könne sie ihn so am Wegfahren hindern. Dass er das Auto jetzt öfter Emma überließ und gar nicht in der Nähe war, verwirrte sie.

»Nicht zu fassen, wie penetrant diese Katze ist«, sagte er kopfschüttelnd, wenn sie ihm maunzend hinterherschlich. »Ich kann dich nicht mitnehmen!«

Amüsiert erzählte er Emma, dass es jemanden gab, der mit seiner Katze im Tankrucksack, um die Welt reiste. »Aber ich fahre ohne Tankrucksack, und überhaupt – das kannst du vergessen, Luzie!«

Emma konnte die verliebte Katze verstehen.

Ihr fiel es ja selbst schwer, Dominik loszulassen.

Diesen Dominik, der so lebhaft von den Orten und Landschaften schwärmte, die er bereisen wollte. Der eifrig Tourenpläne schmiedete und mit unbeirrt guter Laune Wasser aus seinen Motorradstiefeln kippte, nachdem er auf dem Weg zu ihr in ein Gewitter geraten war.

Vielleicht gab es eine zweite Chance für ihre Gefühle, wenn Dominik von seiner Reise zurückkehrte.

Wenn er endlich seinen Frieden gefunden hatte.

Bis dahin tat sie eben so, als ob sie mit tausenderlei anderen Dingen beschäftigt wäre und der bevorstehende Abschied ihr nicht das Geringste ausmachte.

Erstaunlich, wie gut sie schauspielern konnte.

Gemeinsam besuchten sie ein letztes Mal Frau Siewert in der Seniorenresidenz, und während Dominik sich mit ihr, Lenny und Kathrin in der Cafeteria fröhlich unterhielt, machte Emma kurz einen Abstecher ins Büro der Heimleiterin, die sie wegen einer anderen Bewohnerin kontaktiert hatte. Deshalb hatte sie heute auch den Ring mit dem Schmetterlingsstein mitgebracht.

»Ich möchte Ihnen gern Frau Noack vorstellen.« Die Leiterin klopfte an eine Apartmenttür im Haus Regenbogen, hinter der leise Chopin zu hören war. »Sie war früher Klavierlehrerin. Am Wochenende hat sie ihren fünfundneunzigsten Geburtstag gefeiert.«

Das Zimmer war voll mit prächtigen Blumen, deren Duft süß und schwer im Raum hing. Emma fand, es roch wie in ihrem Garten oder in Monis Blumeneck.

Eine gebrechliche Dame im Rollstuhl saß vor einem Tischchen, auf dem Glückwunschkarten ausgebreitet waren. Als sie die Schritte vernahm, wandte sie den Kopf.

»Ach, Sie sind es«, sagte sie.

»Ja, ich hatte Ihnen doch versprochen, die nette junge Dame anzurufen, von der Frau Siewert das Schaltuch hat.«

»Guten Tag.« Emma reichte ihr verlegen die Hand.

»Bei Ihrem Jubiläum haben Sie Ihren Verwandten und Gästen von einer Freundin erzählt, erinnern Sie sich?«

»Natürlich.« Das faltige Gesicht verzog sich zu einem feinen Lächeln. »Im Gegensatz zu meinen alten Knochen funktioniert mein Gedächtnis noch tadellos.«

»Schön, dann lasse ich Sie beide mal allein.« Schmunzelnd zog die Heimleiterin die Apartmenttür hinter sich zu.

Emma setzte sich.

»Ich habe schon von Ihnen gehört«, sagte Frau Noack. »Ihnen verdanken wir das Büchertaxi, richtig?« Sie nickte zu ihrem Nachttisch hinüber, auf dem zwei Bücher lagen. »Ich bin froh, wenn ich mir damit ein bisschen die Zeit vertreiben kann. In meinem Alter schläft man nachts nicht mehr so gut, und was im Fernsehen läuft, herrje …«

Emma lachte. »Ich ziehe das Lesen auch vor.«

»Falls es stimmt, dass Sie hier einen Lesekreis einrichten wollen, können Sie mit mir rechnen.«

»Das würde mich freuen«, sagte Emma herzlich.

Dann besann sie sich auf den eigentlichen Grund ihres Besuchs und kramte die kleine Schmuckschachtel aus der Tasche. Darin bewahrte sie den Ring auf, der zuvor viele Jahre lang in einer Schublade des Fundbüros geschlummert hatte – unregistriert und unbeachtet.

»Leider kann ich Ihnen zu seiner Herkunft überhaupt nichts mitteilen«, bedauerte sie.

»Zeigen Sie ihn mir«, bat Frau Noack und beugte sich vor.

Emma klappte den Deckel der Schachtel auf. Auf dem dunklen Samt kam der Ring mit dem rosafarbenen Schmetterlingsstein zauberhaft zur Geltung.

Die alte Dame schlug die Hände vor den Mund.

»Erkennen Sie ihn wieder?«, fragte Emma.

»Ich weiß nicht.« Zweifelnd wiegte sie den Kopf. »Es ist so lange her …«

»Wann haben Sie ihn denn verloren?«

»O nein«, wehrte sie entrüstet ab. »Ich hätte meinen Ring niemals verloren! Mein Vater hat ihn mir zum Geburtstag geschenkt, als ich ein junges Mädchen war, und ich war so stolz darauf. Ich trug ihn ständig. Aber dann …« Sie seufzte tief.

»Dann blieb mein Vater im Krieg, und die Zeiten wurden immer schlimmer.«

Emma lauschte mitfühlend.

»Meine Freundin Rahel, bei deren Mutter ich Klavierstunden nahm, durfte plötzlich nicht mehr in die Schule und sollte einen gelben Stern tragen. Die Familie entschied sich schließlich zur Flucht, aber es war zu spät. Sie schafften es nicht mehr, auszureisen. Stattdessen wurden sie abgeholt. Ich habe das Geschrei auf der Straße gehört, das Trampeln der Stiefel, als die Männer die Häuser durchsuchten. Rahel stand weinend im Treppenhaus, um sich zu verabschieden. Da habe ich ihr den Ring geschenkt, weil ich in dem Moment nichts anderes hatte und wusste, dass sie mich darum beneidete. Sie hatte sich immer auch so einen gewünscht ...«

Ihre Schultern sackten nach vorne. »Ich weiß nicht, was aus Rahel geworden ist, in welches Lager sie und ihre Familie damals gebracht wurden. Vermutlich hat niemand von ihnen überlebt. Unser Haus wurde später zerbombt, und ich bin mit meiner Mutter weggezogen. Von Rahel habe ich jedenfalls nie wieder gehört.«

Emma fand die Geschichte unsagbar traurig. »Aber Sie erinnern sich noch immer an sie.«

»Weil sie meine Freundin war.« Frau Noack nickte. »Nur dank ihr bin ich später Musiklehrerin geworden. Jedes Mal, wenn ich am Klavier saß, musste ich an Rahel denken. Sie hat viel besser gespielt als ich und immer davon geträumt, Pianistin zu werden. Ich bin sicher, sie hätte es auch geschafft, wenn nicht ...« Sie seufzte schwer. »Dieser elende Krieg hat so viel zerstört, an Leben und Talent.«

Nachdenklich betrachtete sie den Ring.

»Darf ich ihn einmal anprobieren?«

»Natürlich.« Emma nahm ihn vorsichtig aus der Schachtel und reichte ihn ihr.

Trotz ihrer schmalen Hände passte er nur auf den kleinen Finger. »Die Gicht hat leider keinen Bogen um mich gemacht, ebenso wenig wie das Alter.« Wehmütig schaute sie auf ihre geschwollenen Knöchel.

»Möchten Sie ihn gern behalten?«, fragte Emma. »Zum Andenken? Auch wenn es vielleicht nicht derjenige ist, den Sie damals Rahel geschenkt haben?«

»Ja, das wäre schön.« Sie hielt die Hand näher ans Fenster, sodass das Licht von draußen auf den Schmetterlingsstein fiel. Er funkelte leicht. »Vielleicht hat sie ihn mir geschickt. Zum Zeichen, das wir verbunden sind und uns bald wiedersehen. Ich weiß, dass ich krank bin und mir nicht mehr viel Zeit bleibt. Vielleicht weiß Rahel das auch. Vielleicht wartet sie schon im Himmel auf mich. Damit wir wieder vierhändig spielen können, so wie damals, als wir Freundinnen waren.«

Auf dem Heimweg im Taxi erzählte Emma Dominik die berührende Geschichte. Er hörte ihr schweigend zu. Irgendwie hatte sie den Eindruck, er war in Gedanken sehr weit weg.

In letzter Zeit war er das oft.

»Sehen wir uns morgen?«, fragte sie beim Aussteigen.

»Klar. Ist doch Freitag.«


Dominik beabsichtigte, Anfang Oktober aufzubrechen, damit er es möglichst weit Richtung Süden schaffte, ehe das Wetter zu schlecht oder die Nächte zu kalt wurden. Im Schnee über einen Bergpass zu fahren, war keine Erfahrung, nach der er sich sehnte.

Valentin bestand darauf, sich vor Dominiks Abreise noch für den einstigen Grillabend zu revanchieren und sie beide zum Essen einzuladen. Längst duzte Emma ihren netten Nachbarn. Neben der exzellenten Paella, die Valentin auf den Tisch brachte, hatte er auch jede Menge Neuigkeiten zu verkünden.

»Stellt euch vor, ich habe Philippe gefunden!«

»Wirklich?« Vor Überraschung hätte Emma beinahe ihr Weinglas umgestoßen.

»Also, natürlich nicht ich, sondern der Detektiv, den ich angeheuert habe.« Im Schein der edlen Esszimmerlampe glänzte Valentins Gesicht vor Freude. Seine Augen strahlten hinter den Brillengläsern, als er weitersprach. »Er lebt seit Jahren in Amerika und nennt sich schlicht Phil, deshalb konnte ich ihn nicht finden. Künstlerisch hat er sich sehr verändert, er zeichnet jetzt Comics und Graphic Novels! Eine Weile hat er sogar in einem Filmstudio gearbeitet.«

»Spannend.« Dominik spießte eine Muschel auf die Gabel. »Hast du Kontakt zu ihm aufgenommen?«

Valentin nickte. »Ja, und er hat mir sofort geantwortet, als ich ihm geschrieben habe. Es geht ihm gut.« Eine dezente Röte überzog seine Wangen. »Vielleicht sehen wir uns bald. Im Dezember will er nach Europa kommen. Er meinte, er sei schon so lange nicht mehr hier gewesen und habe Sehnsucht nach dem Kontinent.«

Dominik grinste. »Jaja, der gute alte Kontinent ...«

Gleich darauf berichtete er zu Emmas Verblüffung, dass er auch jemanden ausfindig gemacht hatte.

»Eigentlich bin ich eher zufällig über den Namen gestolpert. Der ehemalige Schlagzeuger von Tobis Band lebt in Barcelona und ist Mitinhaber eines Clubs, in dem regelmäßig Metalbands auftreten. Wir haben telefoniert, und Chris meinte, ich soll unbedingt vorbeikommen. Ich kann auch eine Weile bleiben und bei ihm wohnen. Er hat inzwischen eine Familie. Vielleicht kann er mir sogar einen Job anbieten.«

»Was? In seinem Club?« Emma hoffte, nicht als Barkeeper. Bei aller Selbstbeherrschung, über die Dominik zweifellos verfügte, das traute sie auf Dauer niemandem zu.

»Am Mischpult. Falls ich nicht alles vergessen habe, was ich früher an den Reglern draufhatte.«

Er und Valentin vertieften sich in ein Gespräch über Kunst und Musik, während Emma in ihrem Essen stocherte. Zum Glück schien niemandem aufzufallen, dass sie plötzlich keinen Appetit mehr hatte.

»Ich freue mich«, murmelte sie. »Für euch beide. Wenn Philippe im Dezember herkommt, musst du ihn mir unbedingt vorstellen, Valentin.«

»Ehrensache.« Er nickte. »Schließlich verdanken wir es dir, dass wir uns wiedergefunden haben. Ohne dein Archiv wäre das nicht geschehen. Obwohl ...« Er lachte. »Die Geschichte, die du dir zu Philippes Porträts ausgedacht hast, war ja nicht ganz zutreffend.«

»Ich bin schließlich keine Hellseherin«, verteidigte sie sich. »Immerhin war es eine Liebesgeschichte.«

»Stimmt. Geht es im Leben nicht immer darum?« Er prostete ihr zu. »Auf die Liebe!«

Sie unterhielten sich über die neuesten Beiträge im Blog und dass Emma einen Interviewtermin mit Kolja vereinbart hatte. Er hatte nach Ende seines Volontariats eine Redakteursstelle beim *Tagblatt* in Aussicht. In der Abteilung Lokales ging bald jemand in Rente, und da Koljas mitreißende Reportagen bei den Leserinnen und Lesern großen Anklang fanden, standen seine Chancen gut. Wenn alles klappte, würde er sogar eine eigene Rubrik bekommen.

»Alltagshelden will er sie nennen«, berichtete Emma.

Dominik schob das Besteck auf seinem Teller zusammen. »Wenn Kolja aktiv Werbung für dich und dein Archiv macht, trudeln sicher bald noch mehr Heiratsanträge bei dir ein.«

»Was?«, rief Valentin.

»Der war doch nicht ernst gemeint.«

»Woher willst du das wissen?«

Sie funkelte ihn an. »Weil ich es weiß!«

»Könnte mich bitte mal einer aufklären?«, bat Valentin.

Das blieb Emma überlassen, weil Dominik es vorzog, sich nach draußen zu verkrümeln, um eine Zigarette zu rauchen. Während seine Silhouette von der Dunkelheit des Gartens verschluckt wurde, berichtete sie, worauf sich seine Anspielung bezog.

»Vielleicht erinnerst du dich noch, dass ich mehrere Kaufangebote für den signierten Gedichtband von Leander Wagenbach erhalten habe? Von Anfang an war eine ziemlich hohe Summe dabei. Zuerst dachte ich, jemand kennt und schätzt den unbekannten Dichter, aber wie sich herausstellte, ging es um die Widmung.«

»Für Beatrice?«

»Genau. Ich habe inzwischen drei Anfragen von Frauen, die Beatrice heißen, und der allererste Interessent war ein Mann, der den Band seiner Frau zum Hochzeitstag schenken wollte. Sie heißt auch Beatrice und liebt Lyrik. Er hatte vor, so zu tun, als sei er selbst der geheimnisvolle Dichter. Ich wusste nicht, ob ich mich darauf einlassen sollte, auch wenn er mir viel Geld bot.«

Sie räusperte sich. »Und nun hat sich jemand mit Nachnamen Wagenbach im Blog gemeldet, der vorgibt, mit dem unbekannten Dichter verwandt zu sein. Seelenverwandt sozusagen. Mit dem Unterschied, dass er keine Beatrice kennt, sondern mir im Kommentarbereich einen Heiratsantrag gemacht hat. Geld hat er nämlich keines, um den begehrten Gedichtband zu ersteigern, also wollte er mich auf diese Weise überzeugen, wie ernst es ihm ist.«

»Leute gibt's«, sagte Valentin, der verstand, dass sie dieses Ansinnen nicht in Erwägung zog.

»Tja, nur weiß ich weiterhin nicht, wem ich den Gedichtband verkaufen soll. Einfach dem Meistbietenden?«

Insgeheim hoffte sie, dass sich die richtige Beatrice noch meldete und sie die wahre Geschichte über Leander Wagenbach erfuhr. Solange sie auf das Geld nicht dringend angewiesen war, konnte sie abwarten und das Buch behalten.

»Bring den Band doch einmal zum Kaffeetrinken mit.« Valentin erhob sich und begann, den Esstisch abzuräumen. »Dann kannst du mir ein paar Gedichte daraus vorlesen.«

»Gern.«

»Wie schreibt dieser Leander Wagenbach denn?«

Emma überlegte, während sie ihm half, das Geschirr in die Küche zu tragen. »Hm, ähnlich wie Karl Krolow ...«

»*Und die Nacht zerbricht wie Soda, schwarz und blau?*«

Sie lachte. »Ich sehe, du kennst dich aus.«

»Ich liebe Lyrik. Manchmal jedenfalls.«

Seine Küche war viel größer als ihre und mit einer modernen Kochinsel ausgestattet, die Dominik begeisterte. Dafür besaß Valentin keinen Wintergarten. Und Emma hätte ihr gemütliches Idyll gegen nichts auf der Welt eingetauscht. Schon gar nicht gegen eine Küche!

Bei der Kaffeecreme, die es anschließend zum Dessert gab, bestritten wieder die Männer die Unterhaltung. Hauptsächlich ging es um lohnende Reiseziele in Frankreich, wo Valentin sich auskannte.

Als Dominik irgendwann ein letztes Mal zum Rauchen im Garten verschwand, beschwerte Emma sich – halb lachend, halb ernst – bei ihrem Gastgeber.

»Er denkt nur noch an seine Reise.«

»Ich glaube, du irrst dich.«

Sie stutzte. »Wieso?«

»Weil du es bist, die ihn behandelt, als sei er schon weg. Merkst du das nicht?«

Sie wusste nicht, was sie darauf antworten sollte.

Valentin beugte sich über den Tisch. »Mach nicht den Fehler und verwechsle das Leben mit einer von deinen Geschichten, Emma. Dominik ist keine Figur, die du dir ausgedacht hast.«

»Natürlich nicht.«

»Warum lässt du ihn dann einfach so gehen, als sei er dir nicht wichtig? Als wäre es dir egal, ob er hier ist oder tausend Kilometer von dir entfernt?«

»Aber das stimmt doch gar nicht!«

»Ach?« Valentin sah sie eindringlich an. »Weiß er das?«

Nein, Dominik wusste es nicht.

Und sie würde es ihm auch nicht sagen.

Sie würde ihn nicht mit ihren Gefühlen belasten. Stattdessen war sie entschlossen, ihm die Trennung so leicht wie möglich zu machen. Deshalb teilte sie am Ende des Abends, nachdem sie sich bei Valentin für das Essen bedankt hatte, Dominik vor der Haustür mit, dass sie es besser fand, wenn sie sich bis zu seiner Abreise nicht mehr sahen. Sie war bereit, das letzte gemeinsame Wochenende zu opfern.

»Dann hast du genug Zeit zum Packen und …«

»Und?«

»Na ja, für das, was du eben zu tun hast.«

»Okay.« Er steckte den Motorradschlüssel ins Zündschloss und setzte den Helm auf. »Also sehen wir uns nicht mehr, bevor ich abreise?«

»Ich dachte, du kommst kurz vorbei und sagst tschüss, wenn du losfährst. Luzie verzeiht dir sonst nie.«

Emma hasste sich, weil sie so eine erbärmliche Lügnerin war. Bloß gut, dass sie Dominiks Augen hinter dem Helmvisier nicht erkennen konnte. Sonst hätte sie sich vermutlich in Grund und Boden geschämt.

»Geht klar.« Er schwang sich auf den Sitz. »Bis dann!«

Sekunden später brauste er ohne ein weiteres Wort davon.

Unglücklich starrte sie seinem Rücklicht nach.

Am Samstagmorgen klingelte Kolja, um ihr das versprochene Belegexemplar der Wochenendausgabe des *Bickstädter Tag-*

*blatts* vorbeizubringen. Er hatte zuvor ein dreistündiges Interview mit ihr über das Archiv der verlorenen Träume geführt sowie Fotos von ihr und einigen besonderen Fundstücken geschossen. Emma war gespannt auf das Ergebnis – auch wenn ihre Gedanken fast unablässig um Dominik kreisten.

In wenigen Tagen würde er weg sein.

»Meine Kollegen in der Redaktion finden, du kommst absolut sympathisch rüber.« Kolja drückte ihr die Zeitung in die Hand. »Hier, sieh es dir selbst an.«

Sie warf einen Blick auf die aufgeschlagene Seite mit dem Interview. Das Erste, was ihr auffiel, war nicht die in breiten Lettern gedruckte Überschrift »Die Glücksbringerin«, die er gewählt hatte. Auch nicht das Foto, auf dem sie lächelte und wirklich gut getroffen war.

Was ihr ins Auge sprang, war die Anzeige einer Immobilienfirma am Seitenrand. Das Haus mit Garten, das dort zum Verkauf angeboten wurde. Sie kannte es gut. Weil sie schon dort gewesen war.

Es war das ehemalige Schäferhaus.

Dominiks Grundstück.

# 22

Er stand in der Scheune und schraubte die Halterung für die Seitenkoffer an seinem Motorrad fest. Werkzeug lag um ihn herum verteilt auf dem Boden.

»Hi«, sagte er überrascht. »Ich dachte, wir sehen uns nicht mehr, bevor ich abreise.«

»Ich hab meine Meinung geändert.«

»Schön, dann mach ich eine Pause. Willst du was trinken?« Er wischte sich die Hände an der Jeans ab.

»Ja, bitte.« Sie folgte ihm ins Haus.

Alles war picobello sauber und aufgeräumt, nur rund um den Paletten-Sessel stapelte sich Gepäck – Zelt, Schlafsack, eine zusammengerollte Isomatte und ein paar vorsortierte Klamotten.

»Ich weiß echt nicht, wie ich alles unterbringen soll.« Er lachte, während er die Kühlschranktür öffnete und zwei Dosen Cola herausholte. »Aber irgendwie wird's schon gehen. Notfalls besorge ich mir unterwegs frische Socken.«

»Dominik …« Emma nahm all ihren Mut zusammen. »Stimmt es, dass du vorhast, nicht zurückzukommen?«

Wortlos stellte er die Dosen auf den Tisch. Für einen Moment wandte er sich ab, und sie hoffte, er würde sagen, dass alles nur ein Irrtum war.

Dann drehte er sich um und sah sie hart an. »Ja. Das ist der Plan.«

Tränen schossen Emma in die Augen. »Aber warum …?«

»Warum nicht?«

Seine simple Gegenfrage bewies, wie berechtigt Valentins Warnung gewesen war. Emma erkannte, welch schrecklichen Fehler sie gemacht hatte. Wie hatte sie nur so blind sein können? Menschen gingen aus unterschiedlichen Gründen fort – aber ohne einen Grund kehrten sie nicht zurück.

»Ich muss dir etwas sagen.« Ihre Stimme zitterte. »Etwas, das ich dir schon längst hätte sagen sollen.«

»Emma, du …«

»Nein, lass mich ausreden. Weil es wichtig ist.«

Sie sah, wie die Haut über seinen Wangen spannte, so fest biss er sich auf die Zähne.

»Ich möchte, dass du etwas weißt, bevor du gehst.«

Sein Blick verdüsterte sich, und ehe er sie erneut unterbrechen konnte, fuhr sie hastig fort: »Ich … liebe dich.«

So, da war es raus. Und weil Dominik keinen Ton von sich gab, sondern sie nur anstarrte, redete sie weiter.

»Ich habe es dir nicht erzählt, weil ich wollte, dass du die Reise antrittst, ohne an mich zu denken. Du musst dir deinen Traum endlich erfüllen, auch wenn Tobi dich nicht begleiten kann.« Ihre Finger verknoteten sich ineinander. »Ich wäre gern mitgekommen, glaub mir, aber ich kann nicht. Weil ich hier so viel anderes habe, um das ich mich kümmern muss. Das Fundbüro, mein Blogarchiv, die Tiere … Außerdem könnte ich mich niemals tagelang auf ein Motorrad setzen, ohne eine Panikattacke zu bekommen, egal, wie langsam oder rücksichtsvoll du fährst.« Sie rang nach Worten. »Aber ich werde dich schrecklich vermissen, wenn du weg bist. Weil du der wichtigste Mensch in meinem Leben bist. Der Mann, den ich liebe. Schon sehr lange. Und ich wünschte, ich hätte es dir früher gesagt.«

»Warum hast du's nicht?«

Sie blinzelte die Tränen weg. »Ich wollte nicht, dass du wegen mir auf deine Reise verzichtest.«

»Dachtest du ernsthaft, ich würde hierbleiben, nur weil ...?«

Das »Ja« blieb ihr im Hals stecken.

Warum fiel die Wahrheit bloß so schwer?

Weil es so ungeheuer wehtat, jemanden zu lieben, der dieses Gefühl nicht im gleichen Maß erwiderte?

Doch dann ... geschah ein Wunder.

»Du hast recht«, sagte Dominik langsam. »Hättest du es mir gesagt, wäre mir die Entscheidung viel schwerer gefallen.«

»Ich weiß«, flüsterte sie.

»Danke, dass du es mir leicht machen wolltest.«

Pure Verzweiflung überwältigte Emma. »Jetzt hab ich alles verpatzt, oder?« Aufschluchzend schlug sie die Hände vors Gesicht – und fand sich plötzlich in seinen Armen wieder.

Es war keine beschwichtigende, tröstende Umarmung, und das, was er ihr ins Ohr raunte, war ganz gewiss nicht das, was sie erwartet hatte.

»Verdammt, Emma! Ich liebe dich, seit wir uns zum ersten Mal begegnet sind. Seit du mit deinen verstrubbelten Locken aus diesem Kellerfenster im Rathaus zu mir hochgeblinzelt hast. Seit du mir in jener Nacht das Leben gerettet hast, ohne es zu wissen, weil ich damals eigentlich schon mit allem abgeschlossen hatte. Dass ich überhaupt noch hier stehe und zu dieser Reise aufbrechen kann, die für mich so wichtig ist, verdanke ich allein dir. Du bist verrückt, wenn du glaubst, dass ich dich nicht genauso liebe ...«

»Hör auf«, schluchzte sie.

»Ich denke gar nicht dran!«

Sie hob den Kopf. Fand erst seine Augen, die sie anlächelten, und dann seinen Mund. Ihre Lippen erinnerten sich noch daran, wie es war, ihn zu küssen.

Doch dieser Kuss war so viel besser als der erste.

Weil er andauerte ... und andauerte.

Bis sie beide lachen mussten, weil sie keine Luft mehr bekamen.

Emma beschloss zu bleiben.

Wenn sie schon so viel Zeit vergeudet hatte, wollte sie dieses letzte Wochenende mit Dominik verbringen.

Denn natürlich würde er abreisen wie geplant.

Er musste es tun.

Aber wenigstens würde keine Lüge mehr zwischen ihnen stehen und der Mann, den sie liebte, weiterhin glauben, er sei ihr nicht wichtig.

»Weißt du was? Ich hab eine Idee.« Dominik schnappte das Bündel mit der Plane und den Beutel mit den Zeltstangen und stapfte durch die Verandatür hinaus. »Komm, hilf mir!«

»Was hast du vor?« Sie rannte ihm hinterher.

Verständnislos schaute sie ihm zu, wie er den Garten taxierte und dann unter dem Kirschbaum stehen blieb.

»Ich denke, hier ist ein guter Platz.«

»Wofür?«

»Um das Zelt aufzubauen.« Er ließ die Zubehörteile ins Gras gleiten. »Ich möchte die erste Nacht draußen unter freiem Himmel mit dir verbringen. Damit ich mich in allen Nächten, die noch folgen, daran erinnern kann. Also, hilfst du mir jetzt?«

Sehr geschickt stellte Emma sich nicht an. Aber sie musste die Kunst des Zeltaufbaus ja auch nicht beherrschen, und irgendwann stand es doch. Mit dem ausgebreiteten Schlafsack sowie Decken und Kissen sah es sogar richtig gemütlich aus.

»So viel Komfort werde ich unterwegs nicht haben«, scherzte Dominik. Er würde nur seinen Schlafsack mitnehmen.

Aber Emma stellte sich vor, dass er beim Einschlafen noch

ein paar Tage lang den Duft ihres Haares in der Nase haben würde, und das war ein schöner Gedanke.

Um ihren Nacken surrte es. Sie schlug nach den blutgierigen Plagegeistern, erwischte aber keine einzige Mücke.

»Warte.« Dominik kam ihr nach, als sie sich ins Haus rettete, und kramte in seinem Gepäck. »Ich hab extra was gekauft, das helfen sollte.«

Von ihm berührt zu werden, war … unbeschreiblich.

Sanft massierte er die Anti-Mücken-Lotion in ihre Haut. Sie schloss die Augen und lehnte sich zurück. Spürte seine Hände, die über ihre Schultern strichen.

»Komm …«

Wie in Trance folgte sie ihm in die Küche.

Aus den Resten in seinen Schränken zauberte er etwas Essbares zusammen, und dann saßen sie auf der Veranda, schauten über die Felder und redeten, bis irgendwann die Dämmerung anbrach.

Das Windlicht auf dem Tisch flackerte. Im Hintergrund lief leise Musik.

»*When angels fall with broken wings …*«

Emma hob den Kopf und lauschte dem Refrain.

»*When all is lost and daylight ends*
*I'll carry you and we will live forever.*«

Es klang traurig und schön zugleich.

»Was ist das?«

»Breaking Benjamin.« In Dominiks Augen spiegelten sich die vertrauten Schatten. »Hab ich in der Klinik oft gehört.«

»Hast du an Tobi gedacht dabei?«

Er schwieg. Lange.

»Nein«, sagte er dann. »An dich.«

Sie begriff es nicht gleich. Erst als er es ihr erklärte. Sie war es, Emma, die ihn durch diese Zeit getragen hatte.

Sie und niemand anders.

Das Gras war kühl und feucht unter ihren Füßen, während sie durch den Garten gingen. Im Kirschbaum saß die Solar-Eule und sonderte noch einen schwachen Lichtschein ab.

Kirschen hingen keine mehr an den Zweigen.

Emma lächelte, als sie daran zurückdachte, wie sie Dominik heimlich beobachtet hatte. »Schade, dass du heute nicht in den Baum kletterst.«

»Warum? Damit du wieder meine Bauchmuskeln anstarren kannst und denkst, ich merke es nicht?« Ehe sie begriff, was er tat, zog er sein Shirt über den Kopf und lehnte sich lässig gegen den Stamm. »Bitte ...«

»Oh, du bist so ein Angeber!«

Aber ein Angeber, der sich unglaublich gut anfühlte.

Nie zuvor war sie ihm so nahe gewesen, nie so erfüllt von sprudelndem Glück. Leidenschaft, Begehren. Alles, wovon sie seit jenem ersten gestohlenen Kuss geträumt hatte. Alles, wonach sie sich sehnte.

Endlich ließ er es zu.

Und heute gab er sie nicht wieder frei. Heute hielt er sie so fest, als könnte sie andernfalls fortschweben wie eine Fee. Ihm entkommen über die nächtliche Wiese.

»Du brichst gerade deine Abmachung«, neckte sie ihn. »Was ist mit ... *Freunde*?«

»Wir sind viel mehr als das.«

»Ach ja?«

»Freunde bleiben wir trotzdem. Immer.«

Seine Lippen senkten sich auf ihre.

Der Kuss riss Emma aus ihrer gewohnten Umlaufbahn.

Schickte sie auf eine neue Reise durchs Universum.

Einmal hinauf bis zum Mond und zu den Sternen und wieder zurück.

Die Nacht pulsierte, als ihre Fingerspitzen jeden Millimeter seines Körpers erkundeten. Dominik zuckte nicht einmal dann zurück, als sie über sein Gesicht und die feine Narbe an der Schläfe strich. Er sah sie nur an.

Alles war anders.

Sie vergrub ihre Hände in seinem Haar.

Küsste ihn. Küsste ihn. Küsste ihn.

Liebte ihn.

Als sie anschließend vor dem offenen Zelt saßen, hinter sich die zerwühlten Decken, während Dominik rauchte, konnte Emma die Finger immer noch nicht von ihm lassen.

Jedes Detail von ihm wollte sie sich einprägen.

Im Mondlicht schimmerte der tätowierte Engel mit den schwarzen Flügeln auf seinem Rücken.

Emma hoffte, dass er unterwegs auf Dominik aufpasste.

Ihn beschützte, wenn sie es nicht konnte.

Etwas pikte unter ihrer Wade, und sie tastete danach. Es war ein kleiner Stein. Herzförmig, mit einer scharfen Kante.

»Schau mal. Hübsch, nicht?«

»Das ist ein Stein.« Dominik klang amüsiert.

»Nein, es ist viel mehr als das.« Sie schloss die Hand um ihren Fund. »Das ist ein Wunschstein!«

Plötzlich wusste sie, was sie damit machen würde. Das Zedernholzkästchen, das David Löwenthal ihr geschenkt hatte, war immer noch leer. Dabei war es der beste Ort, um Wunschsteine aufzubewahren. Die echten, magischen. Die, deren Kraft und Zauber funktionierte. Sie war vollkommen sicher, dass sie soeben einen gefunden hatte.

»Wenn das so ist …« Dominik küsste sie auf die Stelle neben ihrem Schlüsselbein, was ein wohliges Prickeln in ihr auslöste. »Dann halte ich überall, wohin ich komme, Ausschau danach. Ich verspreche, dir sämtliche Wunschsteine zu schicken, die ich finden kann.«

»Mach das.«

Als ihr klar wurde, dass sie jetzt wusste, wie die Geschichte weiterging, lächelte sie.

In ihrem Zedernholzkästchen war Platz genug für eine ganze Handvoll Wunschsteine.

Sie würde Dominiks Funde darin sammeln – und wenn das Kästchen voll war, würde er zu ihr zurückkehren.

Sie musste nur darauf warten.

Ja, genau so sah ihre Zukunft aus.

Sie wusste es einfach.

# Epilog

## 23

Am Vormittag von Heiligabend tanzten Schneeflocken durch den Garten. Die Büsche sahen aus wie mit Puderzucker bestäubt, und Luzie kehrte mit gesträubtem Fell von ihrem Rundgang durch die Nachbarschaft zurück.

»Na, Süße, ist es dir zu kalt draußen?«

Emma schob das Blech in den vorgeheizten Ofen. So perfekt geformt wie Bettys Kipferl waren ihre Plätzchen nicht, aber der feine Duft nach Zimt und Vanille, der schon jetzt in der Küche hing, machte das wett. Im Kochen war sie nach wie vor eine Niete, aber Backen fand sie ganz nett.

Sie wischte die Mehlreste vom Tisch, spülte die Teigschüssel aus und räumte auf.

Kleine persönliche Präsente an die komplette Belegschaft im Rathaus hatte sie vor ein paar Tagen schon verteilt. Nun packte sie ihre letzten Geschenke ein, während das fertige Gebäck abkühlte: weiche Kuschelsocken für Betty, eine Flasche Holunderlikör für Rosemarie, Schokotrüffel für Frau Siewert und für Fred ein antiquarisches Heimwerkerbuch.

Frau Noack war Anfang Dezember friedlich eingeschlafen. Den Ring mit dem Schmetterlingsstein hatte sie kurz vor ihrem Tod noch ihrer Urenkelin vermacht. Emma hatte sich gefreut, als Fred ihr davon erzählt hatte.

Außerdem war sie ihm dankbar, dass er während Dominiks Abwesenheit auf dessen Grundstück nach dem Rechten sah.

Denn natürlich verkaufte Dominik sein Haus nun doch nicht. Nach dem Abschiedswochenende war klar gewesen, dass er sein Leben gar nicht dauerhaft on the road verbringen wollte.

Sondern mit Emma.

Das T-Shirt vom letzten Abend hatte er dagelassen. »*Jump and touch the sky*« stand darauf. Emma trug sein Shirt seitdem zum Schlafen – immer, wenn sie sich ihm nah fühlen wollte.

Nachdem sie rotes und goldenes Geschenkband gekräuselt und um ihre Päckchen gebunden hatte, setzte sie sich mit einem Becher Tee in den Wintergarten. Mit dem verschneiten Rasen vor den Fenstern sah der gemütliche Raum zum ersten Mal wirklich wie ein Wintergarten aus. Emma hatte Lichterketten aufgehängt und Strohsterne an die Scheiben geklebt. Auch sonst hatte sie alles so weihnachtlich dekoriert, wie es ihr gefiel.

Schade, dass Dominik es nicht sehen konnte.

Während sie eine Kerze anzündete, passte sie auf, dass weder Luzie noch Rocky dem brennenden Docht zu nahe kamen und sich das Fell oder die Federn versengten. LED-Kerzen wären praktischer, aber Emma fand echtes Kerzenlicht viel heimeliger.

Sie legte Musik auf.

Lenny war gestern da gewesen und hatte sich bemüht, Rocky *Jingle Bells* beizubringen; leider trotz seiner Bestechungsversuche mit den grünen Weintrauben, die der Papagei liebte, erfolglos.

Dafür hatte Lenny es geschafft, seine Mutter zu überreden, dass Lolek und Bolek zu ihnen ins Winterquartier umzogen – er hatte so lange gebettelt, bis Kathrin zugestimmt hatte, den großen Käfig in sein Kinderzimmer zu stellen. Erst im Frühjahr würden die beiden Meerschweinchen zurückkommen, in das Freigehege in Emmas Garten.

Dann, wenn Dominik sich hoffentlich wieder auf dem Heimweg befand.

Er hatte sein Versprechen gehalten und Emma Fotos von den verschiedenen Stationen seiner Tour geschickt. Inzwischen besaß sie eine ganze Sammlung davon. Hin und wieder, wenn die Sehnsucht sie überfiel, klickte sie durch die Bilder und erfreute sich an der Vielfalt seiner Motive. Sie mochte vor allem die Landschaften: französische Flussauen im frühen Novembernebel, bizarre Steinformationen am Straßenrand der Pyrenäen, karge Pisten und verlassene Dörfer auf seinem Weg durch Andalusien. Immer, wenn sie sah, was er gesehen hatte, fühlte sie sich ihm verbunden.

Auch einige Städte an der spanischen Küste hatte er besucht – Valencia, Malaga und zuvor natürlich Barcelona, wo er Chris getroffen hatte.

Aus der katalanischen Hauptstadt stammte eines der wenigen Fotos, auf denen Dominik selbst abgebildet war; neben einem langhaarigen Mann, der ein schwarzes Bandana trug und ihm den tätowierten Arm um die Schulter gelegt hatte.

Beide lachten in die Kamera.

Es war für Dominik zweifellos ein wichtiger Schritt gewesen, die Freundschaft mit Chris aufzufrischen. Auf dem Foto wirkte er gelöst und frei.

Offenbar erzählte er unterwegs auch öfter von ihr, denn in der Kommentarspalte ihres Blogs tauchten seit einiger Zeit auch englische oder spanische Postings auf.

Aus Granada hatte er ihr einen wertvollen Ohrring geschickt und aus der Nähe von Gibraltar einen alten Schlüssel, den er beim Campen in der Wildnis gefunden hatte. Sie war gespannt, ob sich irgendwann jemand bei ihr melden würde, der diese Dinge vermisste. Der »Glücksstift« aus ihrem Archiv reiste derzeit durch die Schweiz zu einer Joana, die damit einen wichtigen Kaufvertrag unterschreiben wollte. Nie hätte Emma damals, als sie ihr Archiv der verlorenen Träume ins Leben gerufen hatte, erwartet, dass es irgendwann solche Ausmaße annehmen und so viele Menschen erreichen würde.

Ihre Gedanken wanderten zurück zu Dominik.

Er fehlte ihr. Auf gute, nicht schmerzhafte Weise. Trotzdem wischte sie sich kurz über die Augen.

Das letzte Foto, das sie vor wenigen Tagen von ihm bekommen hatte, zeigte einen einsamen Strand an der Algarve. Nicht unbedingt ein passender Ort, um Weihnachten zu verbringen, aber für Dominik der einzig richtige Ort.

Er war am Ziel.

Emma sah auf die Uhr. Am Nachmittag wollte er sich melden, so hatten sie es vereinbart.

Denn am Abend war sie nebenan bei Valentin und Philippe zum Weihnachtsessen eingeladen. Nachdem bis zu Philippes Ankunft einiges schiefgelaufen war – unter anderem war einer seiner Koffer während des Flugs abhandengekommen –, schmiedeten die beiden nun bereits Pläne für den nächsten Sommer. Valentin wollte seinen Freund dann in den USA besuchen.

»Eigentlich solltest du mitkommen«, hatte er Emma vorgeschlagen. »Dann könntest du dir dieses faszinierende Unclaimed Baggage Center in Alabama persönlich ansehen.«

Darauf waren sie bei der vergeblichen Suche nach Philippes Gepäck gestoßen. Täglich landeten Tausende fehlgeleiteter oder auf Flughäfen verlorener Dinge in Scottsboro. Ein sagenhaftes Fundsachenparadies zum Staunen, Stöbern und Einkaufen.

Seitdem träumte Emma von etwas Ähnlichem.

Ein kleiner Laden, mit dem sie ihr virtuelles Archiv ergänzen konnte. Ihre besonderen Fundstücke für Menschen greifbarer, erlebbarer machen.

»Ja, super!« Sandra war sofort begeistert gewesen. Überhaupt der ganze Lesekreis. »Emmas Trödelladen! Eine Lese-ecke muss es dort aber auch geben …«

So viele Veränderungen. So viele Ideen.

Seit sie im Fundbüro des Bickstädter Rathauses nur noch halbtags angestellt war, blieb ihr zum Glück ausreichend Zeit dafür. Auch der Schreibwettbewerb, den sie mit veranstaltet hatte, war ein voller Erfolg gewesen. Bei der Preisverleihung in der feierlich geschmückten Aula des Gymnasiums hatte Hanno angekündigt, dass sie das Ganze fortsetzen wollten. In diesem Jahr hatten sie die Teilnahme auf Schülerinnen und Schüler beschränkt, worüber sie am Ende froh gewesen waren, denn all die Einsendungen zu lesen und zu bewerten, war doch eine Menge Arbeit gewesen.

Josefine, ein Mädchen aus der Zwölften, hatte gewonnen und für den gelungenen Vortrag ihres Siegertextes im Rahmen der Preisverleihung viel Applaus erhalten. Kolja hatte in einem Artikel darüber berichtet und Josefines Geschichte gegen ein kleines Honorar im *Tagblatt* veröffentlicht. Vielleicht wurde irgendwann aus ihr eine echte Schriftstellerin.

Oder aus ihr selbst? Emma lächelte.

Der Roman, an dem sie schrieb, wuchs allmählich. Seite um Seite, Kapitel um Kapitel kam sie voran, seit sie ihr Thema gefunden hatte – dass nichts je wirklich verloren war im Leben, solange es noch irgendwo auf der Welt jemanden gab, der sich daran erinnerte. An einen Gegenstand, einen Traum, eine Sehnsucht oder eine große Liebe.

Oder auch nur an die Hoffnung auf Glück.

Was für ein spannendes Jahr hinter ihr lag – und das nächste würde vermutlich nicht weniger aufregend werden.

Emma freute sich unbändig darauf.

Das Telefon summte. Sie griff so hastig danach, dass sie den Rest Tee über ihre Wollstrumpfhose schüttete. Zumindest an ihrer Tollpatschigkeit hatte sich nichts geändert.

Schmunzelnd wischte sie die Tropfen ab.

Dominik hatte ein neues Foto geschickt. Das Innere einer Grotte im Morgenlicht.

*Dort habe ich unsere Anhänger ins Meer geworfen.*

Emma war sicher, dass Tobias damit einverstanden gewesen wäre. Es war ein mystisches Fleckchen Erde, die Felsen umspült von grünblau schimmerndem Wasser.

Ein zweites Foto folgte.

Es zeigte Dominiks linke Hand. Er hielt einen kleinen Stein darin. Schroffe Kanten, schwarz-silberne Maserung.

Die Nahaufnahme eines magischen Wunschsteins.

*Den habe ich dort gefunden. Ich bringe ihn dir mit.*

*Frohe Weihnachten, Emma!*

Ehe sie eine Antwort tippen konnte, summte ihr Telefon zum dritten Mal. Diesmal war es kein Foto, sondern ein YouTube-Link. Ein Albumcover von Alter Bridge. Neugierig klickte Emma auf den Vogel mit den schwarzen Engelsflügeln.

Kein Musikvideo wurde abgespielt.

Nur ein Songtitel. Track 5.

»*I'm coming home …*«

Ende

# Anmerkungen/Dank

Das größte Glück für eine Autorin ist es, beim Schreiben von Menschen begleitet zu werden, die das Ergebnis um so vieles besser machen. Wertvollere Unterstützung hätte ich mir bei diesem Roman nicht wünschen können (ja, manchmal braucht es keine Wunschsteine).

Mein herzlicher Dank geht zuallererst an meinen Literaturagenten Dr. Uwe Neumahr, der nicht nur ein wunderbares Verlagszuhause für meinen Roman gefunden hat, sondern mir gleich zu Beginn die Augen für Dominiks Geschichte geöffnet hat.

Ebenso herzlich danke ich Julia Stolz vom Piper Verlag für ihre klugen Anregungen und dafür, dass sie Emma immer bestärkt hat. Die Zusammenarbeit war mir eine große Freude! Das gilt gleichermaßen für Catherine Beck, die im Gegensatz zu mir alle Kommaregeln beherrscht und für den nötigen Feinschliff am Text gesorgt hat. Danke dafür!

Besonderer Dank gebührt außerdem meiner Familie, die meine intensiven Schreibphasen seit Jahren mit Gelassenheit und Humor nimmt – dank euch gibt es bei uns trotzdem immer etwas zu essen, der Hund kommt rechtzeitig vor die Tür, und bei diesem Roman durfte ich sogar eure Namen für das Pseudonym verwenden. Ihr seid unersetzlich in meinem Leben. Ein Glück, dass es euch gibt!

Und zuletzt: Danke an all die großartigen Bands und Songwriter:innen da draußen für die Musik! Ihr bereichert jede meiner Geschichten, jeden Tag. Und die Welt sowieso.

## Verwendete Songzitate:

S. 16 Metallica aus »Unforgiven II«
(vom Album Reload, Elektra Records 1997)

S. 210 Three Days Grace aus »Never Too Late«
(vom Album One-X, Jive Records/Sony Music 2006)

S. 214 Asking Alexandria aus »Moving On«
(vom Album From Death to Destiny, Sumerian Records 2013)

S. 268 Breaking Benjamin aus »Angels Fall«
(vom Album Dark Before Dawn, Hollywood Records 2015)

S. 277 Alter Bridge aus »Coming Home«
(vom Album Blackbird, Universal Republic Records, 2007)


## Verwendete Textzeile/Gedichtzitat:

S. 261 Karl Krolow aus »Liebesgedicht«
(in Gesammelte Gedichte, Suhrkamp Verlag)

# Welche Zutaten braucht ein gutes Leben?

Carsten Henn

**Der Geschichten-
bäcker**

Roman

Piper, 256 Seiten
€ 15,00 [D], € 15,50 [A]*
ISBN 978-3-492-07134-5

Eigentlich wollte die ehemalige Tänzerin Sofie den Job in der Dorfbackstube gleich wieder kündigen. Zu sehr hat das Ende ihrer Karriere ihr Leben erschüttert. Doch dann findet sie in der kleinen Bäckerei und in der Freundschaft mit dem Bäcker Giacomo viel mehr als eine Beschäftigung: die Weisheit eines einfachen Mannes und den Mut zur Veränderung.

»Carsten Henn hat einen ganz wunderbaren Roman geschrieben, der seine Leser wie eine warme Decke wärmt und einem ein ganz wohliges Gefühl gibt.« *WDR 2*

PIPER

Leseproben, E-Books und mehr unter **www.piper.de**

# Don't worry, bee happy

*Cover- und Preisänderungen vorbehalten

Mina Teichert

## Honigherzen

Roman

Piper Taschenbuch, 400 Seiten
€ 10,00 [D], € 10,30 [A]*
ISBN 978-3-492-31660-6

Ein verträumter Bauernhof auf dem Land mit wildem Obst-
garten, Bienenstock und einem eigenen Hofladen – das
wünscht Leni sich schon ihr ganzes Leben, und so wagt sie
kurzerhand den Neuanfang. Doch es gestaltet sich schwerer
als gedacht, den alten Hof zu renovieren und von der ein-
geschworenen Dorfgemeinschaft angenommen zu werden.
Zum Glück verspricht schon bald der gut aussehende Tisch-
ler Henry Hilfe. Und schon bald ist sich Leni sicher, dass die
Zukunft honigsüß sein kann …

**PIPER**

Leseproben, E-Books und mehr unter www.piper.de

# »Ein weiser, großartiger Roman.«

Markus Lanz

Clara Maria Bagus
**Die Farbe von Glück**
Ein Roman über das Ankommen

Piper Taschenbuch, 352 Seiten
€ 12,00 [D], € 12,40 [A]*
ISBN 978-3-492-31924-9

Eine falsche Entscheidung, die das Leben dreier Familien für immer verändert: Ein Richter zwingt die Krankenschwester Charlotte, sein sterbenskrankes Neugeborenes gegen ein gesundes zu tauschen. Folgt sie seiner Drohung nicht, entzieht er ihr den Pflegesohn. Die Welt aller Beteiligten gerät aus den Fugen, doch hinter allem wirkt der geheimnisvolle Plan des Lebens …

»Ein weiser, anmutiger Roman. Clara Maria Bagus beherrscht die Kunst des heilenden Erzählens.« *Nele Neuhaus*

**PIPER**

Leseproben, E-Books und mehr unter **www.piper.de**

*Cover- und Preisänderungen vorbehalten